3천만이 울고 웃은 경리안의 행복사용지침서

# 즐겁고 신나고 따뜻하게

경리안 지음

상상출판

# Contents

## 2장 ♥ 경리안, 결혼하다

20

## 3장 ♥ 경리안, 도전하다

# Prologue

내 이름으로 내 지난날을 엮어내는 나의 첫 책. 기대감보다는 걱정이 앞섰다. 이 책으로 인해 국제결혼에 대한 막연한 로망이 심어진다거나, 국제커플에 대한 편견을 깨기 위해 보여준 나의 이야기들이 오히려 편견을 조장할까봐. 그래서 책 제안을 받고 책을 내기로 시작한 순간부터 나는 아주 조심스러웠다. 독자들이 글쓴이가 의도한 것과는 조금 달리 받아들일 수도 있기에 글 쓰는 것에 더 신중했다. 솔직하고 담백하게, 한 문장도 내 감정에 거짓 없이. 그렇게 한 자 두 자에 내 진심을 담았다.

사실 글을 쓰면서도 종종 책에 대한 불확실함과 그로 인한 불안함이 밀려왔지만 이내 나답게 그냥 편안하게 생각하기로 했다. 나쁜 평이든 좋은 평이든, 책이 잘 되든 안 되든 이 또한 내가 선택한 일이니 받아들여야 할 면이라고 덤덤하게 마음먹었다. 책 수익금이 개발도상국 아이들과 갈 곳 없는 유기동물들에게 얼마만큼의 도움이 될지는 모르지만, 한 푼이라도 도울 수 있어 다행이란 생각에 손가락이 다시 바쁘게 움직였다. 그렇게 생각하니 다행히 점점 더 글 쓰는 것이 편해졌고, 부끄럽기만 하던 작가라는 호칭도 조금은 익숙해졌다.

스물네 살부터 지금까지의 길을 돌아보며 시간여행을 한 것 같아서 글을 쓰는 시간이 참 소중했다. 글을 쓰다가도 추억에 잠겨 사진을 한참 들여다보기도 하고, 그때 끄적였던 블로그 글을 다시 읽어보며 이안과의 연애 시절을 회상해보기도 하고, 엄마 아빠와 함께 '그땐 이랬었지' 하며 기억을 더듬어보기도 하고. 걱정스러웠던 시작과는 달리 즐거운 과정이었다. 우리에게 닥친 크고 작은 시련을 써내려갈 땐 과거형으로 쓸 수 있음에 내심 감사하기도 했다.

내 이야기를 통해 어느 누군가가 어떤 것을 얻어갈지 모르겠다. 하지만 단 한 명이라도 내 책을 읽고 마음이 따뜻해진다면 참 좋겠다. 책을 읽는 동안 지친 마음을 위로받고, 바쁜 일상 속 잠깐의 여유를 느낄 수 있다면 좋겠다. 심심할 때 읽을 수 있는 달달한 연애소설 같아도 좋겠고, 누군가에게 새로운 도전을 할 영감이 된다면 더없이 좋겠다.

내 서른 살의 마지막 겨울, 이 책에 도전하면서 내가 지금까지 지나온 길에 더 감사하는 마음으로 글을 썼다. 수많은 세월이 흐른 뒤, 지금 이 책을 넘겨보며 내가 그때의 그 생각과 마음가짐으로 잘 살아왔다는 안도의 웃음을 지을 수 있게.

그래서 나는 지금 느끼는 내 진심 그대로를 책에 고스란히 녹여본다.

2016년 2월, 경리안

# 1장

## 경리안, 연애하다

01

# 눈썹이 엮어준 인연

## : 그 한마디에서 모든 것이 시작됐다

나와 지금의 내 남편인 이안은 2009년 3월 한 펜팔 사이트에서 처음 만났다. 당시 나는 갑자기 오른 환율로 계획보다 짧은 어학연수를 마치고 막 한국에 돌아온 시기였다. 부족한 영어 공부에 갈증을 느끼던 찰나, 머릿속에 퍼뜩 든 생각이 바로 '온라인 펜팔 친구'였다.

펜팔 친구라고는 했지만 대학교 졸업반 복학에 취직 준비로 여유가 없기도 했고, 무작정 인터넷으로 친구를 사귄다는 것이 막상 겁이 나기도 해 손수 편지를 쓰고 보내진 않았다. 당시 나는 사이트마다의 특성을 알아보려고 많은 펜팔 사이트에 가입해둔 상태였다. 그래서 그중 내게 맞는 펜팔 사이트를 추려가는 중에 가입은 했지만 '데이트 사이트'라는 점이 마음에 걸렸던 한 온라인 사이트를 정리하기로 했다. 아니 근데, 당최 탈퇴를 어떻게 하는 건지 모르겠는 거다! 한참을 모니터만 뚫어지게 쳐다보며 씨름하던 난 결국 포기하고 말았다.

그러던 어느 날, 문득 그 사이트가 다시 생각나 또 한 번의 씨름 끝에 결국 탈퇴하는 방법을 찾았다. 탈퇴 전, 어떤 쪽지들이 와 있으려나 호기심이 발동해 그동안 받은 쪽지 목록을 훑어봤다. 그러나 딱히 별거 없었고, “역시 이 사이트는 별로야” 하며 쪽지함 창을 닫으려던 찰나 특이한 제목의 쪽지가 눈에 띄었다.

"I like your eyebrows! :-)"

이것이 바로 이안이 나에게 처음 보낸 메시지였다. 하지만 이게 끝. 그 제목 아래 별 내용은 없었다.

'인사나 자기소개도 없이 다짜고짜 내 눈썹이 좋다고? 얘 참 웃기는 애네.'

나는 재미 반 호기심 반으로 이안의 프로필을 눌렀고, 짙고 긴 눈썹에 집중된 이안의 캐리커처 사진을 보고 웃음이 터져 답장을 보냈다.

"I like your eyebrows too!!"

눈썹 하나로 나눈 희한한 대화가 우리를 부부로 만들어줄 거라고는 그때는 전혀 상상도 하지 못했다. 가만히 생각해보면 이안의 그 한마디에서 모든 것이 시작되었다는 게 참 재밌다. 연이 이어지려면 이렇게도 된다고 우리의 첫 대화를 떠올리면 아직도 마냥 신기하다. 그렇게 태평양을 가운데 두고 한국과 미국에 있던 우리는 눈썹 하나로 엮이게 되었다.

02

# 우리의 첫 만남

## : 2시간 50분의 기다림

눈썹으로 연을 맺은 이안과 나는 첫 메시지 이후 온라인 메신저로 종종 대화를 주고받았다. 그렇게 몇 개월이 지난 어느 날, 이안이 한국에 오게 된다는 깜짝 소식을 알렸다. 하지만 단지 친구와 함께 여행을 오는 것일 뿐, 특별히 나를 만나려고 오는 건 아니었기 때문에 큰 기대도, 설렘도 없었다.

이안은 단 한 번도 미국 땅 밖을 벗어나본 적이 없는 스물셋 청년이었다. 그런 그가 용기를 내 처음 세상 밖으로 나오려는 곳이 바로 한국이었다! 이안은 주변 친구들에게 한국에 대해 익히 들어 늘 궁금했던 나라였다고 했다. 당시 내가 알고 지내던 펜팔 친구들 중에서도 가장 한국을 사랑했던 사람이었기에 한국에 온다면 꼭 관광에 도움을 주고 싶었다. 내심 어학연수 후 오랜만에 직접 영어를 써먹어 볼 기회가 생겼다는 기대도 있었다.

이안과 만나기로 한 건 이안이 한국에 도착한 다음 날이었다. 기세 좋게 서울을 안내해주겠다고 했지만 사실 나는 엄청난 방향치에 길치였다! 그렇다고 한국에 놀러온 외국인 친구에게 '우리 동네로 좀 와주지 않을래?' 할 수도 없는 일. 이날만큼은 '친절한 경리씨'가 되어 이안을 데리러 가기로 했다.

드디어 이안이 묵는 호텔에 도착했다. 나는 약간은 떨리는 마음으로 기다렸다. 아무리 이성적인 감정이 없어도 온라인으로만 알고 지내던 친구를 실제로 만난다는 것은, 게다가 오랫동안 입 밖으로 꺼내지 않았던 영어를 써야 한다는 것은 꽤 긴장되는 일이었다. 그렇게 로비에서 이안을 기다리는데 약속한 시간이 다가오는데도 전혀 내려올 기미가 없었다. 짧은 시간 동안 '비행기가 잘못돼서 한국에 못 왔나?' '혹시 바람 맞은 건 아닐까?' 하는 생각들이 스쳐 지나갔다. 기다림 끝에 결국 호텔 프런트 데스크로 향했다.

"실례지만, 투숙객 중 Ian이라는 이름을 가진 사람의 방 번호를 알 수 있을까요?"
"투숙객의 성이 어떻게 되시죠?"
"성은 모르고, 어제 저녁에 미국에서 도착한 정보는 알고 있는데 그걸로 안 되나요?"
"죄송합니다. 고객님. 투숙객의 사생활 보호차원에서 성까지 다 아셔야 가능합니다."

생각해보니 이때까지 이안의 성조차 모르고 있었다. 맨날 "하이, 이안!" 하고 부르기만 했지, 굳이 내 펜팔 친구의 성까지는 알 필요가 없었으니까. 절망적이었다. 투숙객의 이름을 다 알아야 한다니…

"음, 그럼 방으로 전화 연결은 가능한가요?"

근데 이게 웬일인가. 그날 투숙객 중 이안이라는 이름을 가진 사람이 둘이었다. 진짜 오 마이 갓! 어떻게 이 작은 서울에서 하필이면 이 호텔에 두 명의 이안이 있을 수 있는 거지? 성을 모르니 누구한테 전화를 걸어야 할지도 모르고, 그 두 명의 성을 보여주면 얼핏 알 수 있을 것 같기도 한데 그렇게는 안 된다 하니 환장할 노릇이었다.

난 할 수 없이 계속 이안을 기다렸다. 그냥 갈 수도 있었지만 처음 한국에 놀러왔으니까 최대한 기다려주고 싶었다. 그러다 친구에게 전화해 내 메신저로 접속해서 이안이 온라인인지 확인하고 어디냐고 물어보라 부탁했다. 그때 나는 여전히 2G 폴더폰을 쓰고 있었기 때문에 내 휴대폰으로 인터넷을 쓸 수는 없었으니까.

마침 이안의 상태가 온라인이었기에 친구가 겨우 영어 한 글자 두 글자 받아쳐가며 이안에게 대화를 걸었는데, 이안은 대답이 없었다. 속으로 진짜 나쁜 놈이라고 생각했다. '어쩜 이렇게 매너가 없냐, 대체 뭐 하는 애냐!' 지금까지 친절한 경리씨로 무장했던 나는 드디어 폭발했고 30분까지 안 내려오면 정말 가버린다는 굳은 마음으로 휴대폰 시계를 주시하고 있었다.

27분…… 28분…… 29분…….

'에이 안 오려나 보다. 난 바람 맞았어! 지금까지 내가 왜 기다렸을까…' 하는 마음으로 일어서려는데 저기 엘리베이터에서 빨간머리에 딱 붙는 하늘색 티를 입은 사람이 나왔다. 이안이다. 이안이 왔다! 그 짜증났던 상황 속에서도 이안이 입은 쫄티가 눈에 걸렸지만(그렇다. 그는 내 이상형이 절대 아니었다) 시계를 보니 아직 29분이었다.

"에이! 이왕 온 김에!"

만나자마자 인사보다 미안하다는 말을 더 많이 했던 이안. 12시간 이상의 시차가 나는 미국에서 전날 온 이안은 만나는 시간까지 기다리다 깜빡 잠이 들었다고 했다. 선한 얼굴로 사과하는 이안에게 차마 화를 낼 순 없었다.

그렇게 2시간 59분 동안의 기다림은 우리를 만날 수 있게 해주었고 그때부터 '진짜 우리'가 시작되었다.

이런 상태로 첫 데이트를 했다니.
부스스한 내 머리가 귀여웠다는 이안을 보니
아무래도 서로의 눈에 콩깍지가 씌었었나 보다.

별로 마음에 들지 않았던 이안의 스타일.
하지만 이안이란 '사람'에게 끌리기 시작하면서
이내 꽁티는 전혀 신경 쓰이지 않았다.

03

# 운명적인 끌림

: 너무도 자연스러웠던 두근두근 설렘

눈썹 얘기로 시작해 3시간의 기다림을 거쳐 드디어 만나 서울 구경의 목적을 달성하게 된 우리! 한국을 사랑하는 이안을 위해 인사동으로 향했다. 알록달록 한국적인 물건들로 가득한 좁은 골목길을 거닐면서 꽤나 재밌는 시간을 보내며 우리는 몇 개월 동안 온라인에서 나눈 것보다 더 많은 이야기를 주고받았다.

메신저로만 알고 지내던 사람을 직접 만나 대화를 하다 보니 컴퓨터 너머로 볼 수 없었던 많은 모습이 보였다. 얘기를 하면 할수록 사람이 참 괜찮아 보였다. 이안도 같은 마음이었다. 스킨십이 있었던 것도 아니고, 첫 만남이 그리 유쾌하지도 않았고, 심지어 이안은 전혀 내 이상형에 가깝지도 않았는데 갑자기 내 마음이 쿵쾅쿵쾅 난리가 났다. 짧은 시간이었다. 하지만 누군가에게 마음을 들킬 것 같아 조마조마 떨리는 그 마음, 그것은 진짜였다.

내 옆의 사람이 외국인이라고 우리의 하루가 별다를 것은 없었다. 여느 썸남썸녀와 같이 점심을 먹었고, 서로의 재미없는 개그에 야유를 아끼지 않았으며, 소소한 대화가 끊이질 않았고, 별거 아닌 것에도 계속 웃음이 났다. 목걸이를 주렁주렁 달고 온 이안을 보며 액세서리를 좋아하는 것 같아 제법 한국스러운 목걸이를 선물하기도 했다.

이안에게 한국에 관한 모든 건 다 보여주고 싶은 마음에 종로의 한 전통술집에 갔다. 그곳에서 우리의 하루를 마무리하며 두툼한 파전에 막걸리 한 사발을 시원하게 쭉 들이켰다. 안주로 나온 반찬을 꽤나 잘 먹는 이안을 보며 한 번 더 같이 밥을 먹고 싶어졌다. 하루가 끝나는 것이 그렇게 아쉬울 수가 없었다. 그러면서 한편으로는 너무 신기했다.

'내가 왜 이러지. 이 짧은 시간에! 지금 이게 무슨 시추에이션이지!'

그저 영어와 외국문화를 알려주는 친구였던 이안. 우여곡절 끝에 만나 시작한 우리의 하루는 말 그대로 생각지도 못했던 감정의 연속이었다. 친구로서 서울 구경을 시켜주고자 시작된 하루는 잘 통하는 사람 대 사람의 만남이 되었고, 자연스럽게 데이트로 이어졌다. 이 사람이 어느 나라에서 왔고 어떤 언어를 쓰며 어떤 문화 아래 살고 있는지는 상관없었다. 서로의 마음이 끌리는 것을 느낀 이상 우리는 서로에게 그저 '더 알고 싶은 사람'일 뿐이었다.

그렇게 이안은 내 마음에, 나는 이안의 마음에 자연스레 물들어갔다.

처음 만난 날 저녁.
서로의 이야기를 안주 삼아
막걸리를 마시며 하루가 끝나는
아쉬움을 달랬다.

04

# 우린 친구? 연인?

## : 알쏭달쏭 미묘한 핑크빛 기류

이 신기한 감정은 대체 어디서부터 시작된 걸까? 온라인에서 알고 지낼 때도 흔히 말하는 '케미'가 전혀 없었고, 첫 만남부터 나를 세 시간이나 기다리게 했고, 이안은 꿈에 그리던 이상형도 아니었는데. 신기하게도 인사동에서의 단 하루가 우리의 마음을 알쏭달쏭하게 했다.

내 거인 듯 내 거 아닌 내 거 같은 너
네 거인 듯 네 거 아닌 네 거 같은 나
연인인 듯 연인 아닌 연인 같은 너

'친구'라기엔 사실 완전한 친구의 감정은 아니었고, 그렇다고 시작하는 '연인'이라기엔 확실한 무언가가 없었다. 밀물 들어오듯 쑥 들어오는 마음이었지만 이안도 나도 그 마음을 확신하지 못했다. 2009년, 그때 당시에는 '썸'이라는 단어가 없었는데 지금 생각해보면 그때 우리는 딱 썸 타는 기간이었다.

이안이 한국에 있는 3주가 채 안 되는 시간 동안 우리는 그렇게 애매한 감정으로 함께 지냈다. 나는 당시 학업과 아르바이트를 병행했기에 바쁜 날에는 이안을 만나지 못했는데, 그런 날은 꼭 이안이 잘 있나 궁금하고 보고 싶었다. 이안 역시 친구와 보내는 시간보다 나와 있는 시간이 더 좋았단다. 그래서 우리는 밤마다 화상채팅으로 만났다. 그러면서 아리송한 감정은 점점 더 깊어만 갔다.

한번은 이안과 동대문 쇼핑상가에 갔다. 늦은 시간에도 반짝거리고 시끄러운 동대문! 밤 10시만 되면 모든 곳이 문을 닫는 조용한 미국에서 온 이안에게 동대문은 신세계였다. 신나서 이곳저곳을 돌아다니다가 원하는 옷을 하나 발견해 옷을 사려고 카드를 건네는 순간, 그곳에서 일하던 직원이 물었다.

"둘이 사귀어요? 보이프렌드?"

사귄다는 말은 못 알아들어도 '보이프렌드'라는 단어는 캐치한 이안. 우리도 모르는 알쏭달쏭한 마음을 이렇게 대놓고 물어보다니! 지금까지 이안을 만나면서 그렇게 어색했던 순간은 처음이었다. 우리는 서로를 쳐다보며 잠시 머뭇거리다가 똑같이 대답했다.

"아니에요~"
"No~"

대답하고 나서도 정말 어색했다. 완전히 아니지는 않지만 또 확신에 차 "맞아요!"라고 대답하기에도 참 민망한 상황. 그 순간 그 직원이 기가 막힌 한마디를 내뱉었다.

"에이~ 뭐가 아니야! 딱 봐도 사귀는데~"

남들은 다 눈치챈 마음을 우리만 몰랐던 걸까? 아니면 부끄러워서 모른 척하고 싶었던 걸까? 그날 우리는 어색하지만 피할 수 없었던, 하지만 어차피 한

번은 겪어야 했던 일을 그 직원을 통해 마주했다. 그 이후에도 우리는 우리의 관계에 대해 별다른 대화를 하지 않았다. 이안에게 연인이 되어 달라는 프러포즈도 받지 않았다. 그런 순간은 필요하지 않았다. 그저 서로의 마음을 알고 있는 것만으로 충분했다.

지금 생각해보면 그 즈음에 우리는 점점 서로를 연인으로 받아들일 마음의 준비를 하고 있었던 것 같다. “친구? 연인?”이라는 질문에 이안도 나도 ‘연인’ 쪽으로 조금씩 기울어갔으니 말이다. 물증은 없어도 심증으로 충분했던 우리였다.

행여나 만나지 못하는 날에는 화상채팅을 하며
서로의 안부를 묻곤 했던 우리.
하루라도 못 보는 그 시간이 어찌나 아쉽던지.
매일매일 얼굴 보겠다며 화상채팅을 하던 풋풋하던 우리의 모습이 아련하다.

내겐 너무 익숙한 곳이 이안에게 "뷰티풀 코리아!"로 다가가니 신기했다.
그런 이안 덕분에 나 역시도 우리나라의 아름다움에 푹 빠져들곤 했다.

05

# 북한산 가족오락관

## : 우리 가족과 이안의 첫 만남

친구 이상의 감정임을 인정하고 나니 갓 사랑을 시작하는 여느 연인처럼 서로에 대해 알고 싶은 것이 많아졌다. 특히 나는 이안의 가족이 궁금했다. 이안의 가족을 만나 이안이 자라온 이야기를 듣고 싶었다. 나 역시도 이안에게 내가 어떻게 커 왔고 어떤 가정에서 자라고 있는지 보여주고 싶어졌다. 부모님께 이안을 소개하고 싶기도 했다. 그래서 용기를 냈다.

"이안! 우리 집에 놀러 갈래?"

갑작스러운 내 제안에 이안은 조금 놀란 듯했지만 한국 가정은 어떻게 사는지 직접 눈으로 볼 수 있는 좋은 경험일 거라는 내 말에 오케이를 했다.

그때부터 이안에게 존댓말을 가르쳐줬다. 존댓말이 없는 미국에서 나고 자란 사람이기에 이안이 알고 있는 몇 가지 한국어 문장들을 존댓말로 다시 알려주었다. 그런데 한 가지 더 큰 산이 있었으니, 바로 호칭! 당시에는 친구인 척하며 이안을 소개할 생각이었는데 도둑이 제 발 저린다고, '어머님, 아버님' 하고 부르기엔 왠지 남자친구인 것만 같았다. 머리를 쥐어짰다. 뭐라고 불러야 할까. 그렇다고 아줌마, 아저씨는 또 아니었다. 너무 남 같았다. 근데 또 생각해보면 남은 맞다. 아… 도대체 뭐라고 부르는 게 제일 자연스러울까?

고민 끝에 결국 '엄마, 아빠'라 부르기로 했다. 부모님께는 외국인이라 한국어 호칭을 어려워한다고 핑계를 댈 생각이었다. 그때부터 이안은 우리 부모님을 엄마, 아빠라 부르기 시작했다. 엄마는 젊은 외국인이, 그것도 수염까지 난 청년이 엄마라고 하니까 기분이 이상하다며 어색해하셨지만, 이내 "딸 친구도 다 우리 딸, 아들이지!" 하며 흔쾌히 받아들이고 이해해주셨다(물론 지금은 "우리 집 큰아들! 신통방통이 우리 아들~" 하며 이안을 부르는 엄마의 호칭도 바뀌었다!).

사실 우리 집에 놀러가기로 결정한 그날부터 이안의 남모를 고민이 시작됐다. 아무리 친구로 소개받아 가는 자리지만 우리 가족에게 점수를 따고 싶었던 것! 고민 끝에 이안은 우리 가족에게 기타 연주와 함께 음악 선물을 주고 싶다 했고, 그런 이안의 뜻을 존중해 우리는 함께 기타를 사러 갔다. 어렸을 때부터 음악을 접해서 기타를 꽤나 잘 치는 이안이었지만 은근히 떨렸는지 밤마다 호텔에서도 계속 연습하는 눈치였다.

갈비를 먹고 집 근처에 있는 4.19탑을 방문한 우리.
너무도 편안한 옷차림의 우리 가족 사이에서 정장을 갖춰 입고 있는 이안이 귀엽기만 하다.

'북한산 가족오락관' 덕분에 정말 유쾌했던 이안과 우리 가족의 첫 만남.
후식으로 먹었던 호박식혜보다 더 달콤한 하루였다.

드디어 이안이 우리 집에 가기로 한 토요일 오후, 그날은 유난히도 더웠다. 여느 때처럼 이안을 데리러 호텔로 갔는데, 오 마이 갓! 그 더운 날 이안이 정장 차림으로 나타났다. 순간 그동안 이안이 오늘을 위해 얼마나 고뇌했는지가 느껴져 귀여워서 웃음이 났다. 그렇게 이안은 땀을 뻘뻘 흘리면서도 정장 바지에 흰 와이셔츠를 입고 커다란 기타를 둘러멘 채 북한산 정기 가득한 우리 집으로 향했다.

평소에도 오픈 마인드였던 우리 부모님께서는 이안을 환영해주셨다. 우리 딸내미의 영어 공부를 도와준 친구라며 갈비도 사주시고, 집 근처 경치 좋은 곳으로 데려가기도 하셨다. 예상보다 편안한 분위기에 긴장했던 이안의 얼굴에도 점점 웃음꽃이 피어났고, 서툴고 어색하지만 얼마나 연습했는지 알 수 있었던 이안의 뜨문뜨문 한국말은 우리 가족을 깔깔 웃게 했다.

식사를 하고 후식으로 호박식혜를 먹으면서 슬슬 기타 줄을 튕기기 시작한 이안! 부끄러워했지만 최선을 다하는 게 눈에 보였다. 이안의 음악 선물은 우리 아빠의 화답으로 이어졌다. '사랑으로'로 시작해서 '만남'을 거쳐 '조개껍질 묶어'로 끝나는 아빠의 레퍼토리. 그 노래가 들리자마자 너무도 자연스럽게 나란히 앉아 옆 사람의 손바닥을 치면서 노래를 부르던 그 상황이 왜 그렇게도 웃기던지! 거기다가 오랫동안 부부 댄스스포츠 동호회 활동을 해오셨던 부모님께서 춤까지 추시는 바람에 분위기는 더욱 화기애애해졌다.

이안의 음악 선물은 '북한산 가족오락관'으로 이어졌고, 긴장하던 이안은 곧 우리를 따라하며 참 즐거워했다. 그날 우리 집을 떠나기 전, 이안은 그 기타를 우리 아빠께 선물로 드렸고 지금까지도 우리 집에 그대로 있다. 그때 이안이 둘러멨던 검은색 기타 케이스도, 이안과 아빠가 썼던 피크도 그대로!

그렇게 이안과 우리 가족과의 첫 만남은 대성공이었다. 서로 말은 잘 안 통해도 웃음이 가득했던 시간! 나름 진지했던 이안의 마음도, 처음 본 사람들 앞에서 기타 치고 노래했던 이안의 용기도, 그리고 조금은 어색할 수도 있던 자리를 열린 마음으로 받아준 우리 가족에게도 그저 고마웠던 첫 만남. 그래서일까. 아직도 그날을 잊을 수가 없다. 지금도 추억하면 추억할수록 행복해지는 기억이다.

아빠에게 자신의 기타를 선물한 이안.
딸만 둘 있는 집에서 처음으로 아들 가진 기분을 느끼셨을
아빠의 얼굴에서 그날의 즐거움이 잔뜩 묻어난다.

06

# 잠시만 안녕!

## : 사랑해… 그리고 시작된 장거리 연애

내 인생에서 정말 행복했던 3주였지만 그만큼 시간이 너무 빨리 흘러갔다. 서로의 마음을 확인한 뒤 즐겁고 설레는 감정으로 하루하루 지내다보니 어느새 이안이 미국으로 돌아갈 시간이 다가왔다. 갓 사랑을 시작한 우리에게 짧아도 너무 짧은 만남이었다.

"오늘이 지나면 3일밖에 안 남은 거네…"

이안이 떠나기 며칠 전부터 계속 눈물이 나왔다. 타들어 가는 내 속도 모른 채 빠르게만 가는 시간이 그렇게 야속할 수가 없었다. 속상하기는 이안도 마찬가지였을 거다.

이안이 떠나는 날. 인천공항으로 향하는 리무진 버스 안에서 우린 두 손만 꼭 잡은 채 별말이 없었다. 사랑하는 사람과 떨어져본 적이 한 번도 없었던 나는 이런 마지막 순간에 어떤 말을 해야 하는지 몰랐다. 모르기는 이안도 마찬가지. 막상 헤어질 시간이 다가오니 아무것도 떠오르지 않았다. 그저 흐르는 눈물만 닦을 뿐이었다.

공항에 도착해 티켓팅을 하고, 얼마 안 되는 짐도 다 붙이고, 마지막으로 공항에서 밥 한 끼 같이하고 싶었다. 입맛은 없었지만 앞으로 이안 혼자 가게 될 17시간의 여정이 걱정됐다. 배라도 든든하면 좀 나을 것 같았다. 같이 밥을 먹으면서 애써 웃어보려 해도 웃음이 예전처럼 밝지 못했다. 이안의 얼굴에서도 아쉬운 표정이 그대로 다 드러났다.

남는 이도 떠나는 이도 어쩔 수 없어 더 애잔했던 우리의 첫 헤어짐. 그간 정말 이렇게 행복해도 되는 건가 싶을 정도로 즐거웠던 만큼 헤어짐은 너무도 어려웠다.

게이트만 넘으면 끝이라는 게 너무 아쉬워 식사를 마치고도 한참을 공항 의자에 앉아 있었다. 이제 헤어지면 언제 다시 볼지 모르니 보고 싶을 때마다 꺼내보려고 동영상을 남기려 휴대폰을 열었다. 스마트폰도 아닌 창이 작은 폴더폰. 작지만 이안의 표정 하나라도 놓칠세라 오랫동안 이안의 모습을 담았다. 화면 속 이안은 곧 울 것만 같은 얼굴로 양옆을 두리번거리더니 내게 말했다.

"…사랑해."

서로 마음은 확인했지만 사랑한다는 말을 직접 들은 것은 처음이었다. 눈물이 쏟아졌다. 너무 펑펑 울면 이안이 마음 편히 가지 못할까봐 최대한 참았지만 그럼에도 한없이 터져 나오는 눈물은 어쩔 수가 없었다.

"나도…"

나에게 사랑하는 사람이 생겼다. 나를 사랑해주는 사람이 내 옆에 있다. 신기했다. 처음 이 사람이 한국에 온다 했을 땐 그저 "조심히 와~"라고 말하던 친구였는데 이제는 보내기 싫은 내 사람이 되었다. 분명 그때와 같은 하늘 아래 같은 우리 둘인데 예전의 친구 사이가 아니었다. 비록 '사랑'을 말하기엔 짧은 시간이었지만 그 마음만은 진실했다. 그래서 더욱더 파도처럼 들이닥친 헤어짐이었다.

그렇게 우리는 언제 다시 볼 수 있을지 모르는 채 그 짧은 만남 동안 쌓은 믿음 하나로 기약 없는 장거리 연애를 시작하게 되었다.

잘 가, 내 사랑! 잠시만 안녕!

이안의 비행기 탑승 시간을 기다리면서.
헤어짐을 앞두고 우리가 할 수 있는 건 보고 싶을 때마다
꺼내볼 사진을 찍는 것밖에는 없었다.
촉촉한 눈가와 웃어도 웃는 게 아닌 우리의 표정이 지금 봐도 짠하다.

07

# 추억은 방울방울

: 디지털 시대에 아날로그 감성을 타고~

갑작스레 맞이한 장거리 연애지만 어떻게든 버텨야 했다. 우연히 닿은 인연의 끈을 이대로 놓치고 싶지 않았다. 한국과 미국, 비행기로 태평양을 건너 11,104km를 가야만 다다를 수 있는 곳. 이안은 참 멀리도 있었다.

가장 큰 문제는 연락이었다. 한국과 미국 사이에는 12시간이 넘는 시차가 있었다. 밥은 먹었는지, 지금은 뭐 하고 있는지… 소소하게 주고받는 문자 연락은 언감생심, 국제문자라도 보낼 수 있음에 감사해야 했다.

001, 002, 00700. 나에겐 참 익숙한 번호다. 그때는 스마트폰이 흔한 시절이 아니었기에 작은 2G 휴대폰 폴더를 열어 국제문자를 보내곤 했다. 더도 덜도 아닌 딱 50자. 글자 수가 초과하면 요금이 추가됐다. 그때에도 지금처럼 무료로 그리고 수시로 메시지를 주고받을 수 있었다면 얼마나 좋았을까. 하지만 그렇지 못했기에 더 애틋한 연애였는지도 모른다.

Saranghae
Nado bogoshipo

이안의 휴대폰에는 당연히 한국어 자판이 없었다. 그래서 이안은 한국어 발음대로 알파벳을 써서 문자를 보내주곤 했다. 사랑해, 나도 보고 싶어… 어쩔 때는 "이거 대체 뭐라고 쓴 거지?" 하며 여러 번 읽다가 웃음이 터진 적도 많다.

이안의 문자를 보며 이안이 사무치게 그리울 때가 많았고, 그 문자들을 두고두고 보고 싶어 문자 저장함에 보관을 해두기도 했다. 하지만 저장할 수 있는 최대 메시지는 50개였다. 새 문자를 저장하고 싶으면 하나를 지워야 하는데 그게 왜 이리도 힘들던지. 떨어져 연애하다보니 서로의 작은 것 하나까지 다 간직하고 싶은 마음이 컸다.

문자메시지로도 다 전할 수 없는 마음은 손편지에 담았다. 굉장히 오랜만에 써보는 편지. 누구가를 위해 한 자 한 자에 마음을 담는다는 게 그렇게 즐거울 수가 없었다. 쓰면 쓸수록 보고 싶은 마음이 더 커졌고, 그만큼 내 사랑도 함께 커졌다.

 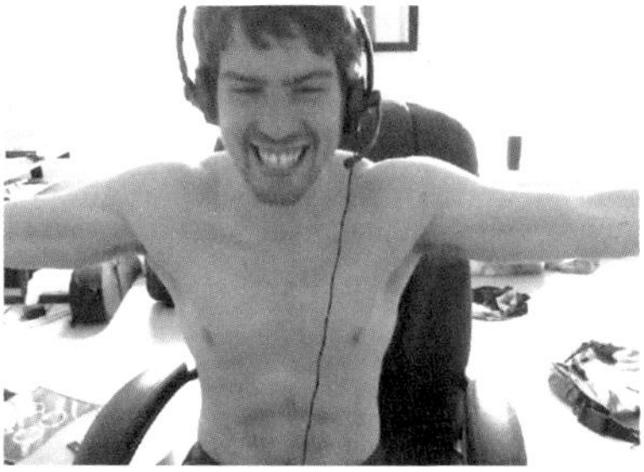

언제 봐도 반가웠던 이안의 해맑은 웃음!
하루 중 우리가 가장 환하게 웃는 시간이었다.

종종 전화 너머 목소리를 듣기도 했다. 이안이 밤이면 나는 낮이었기에 수업 시간에 전화가 오면 조용히 복도로 나가 받기도 하고, 아르바이트를 할 때 연락이 오면 화장실로 직행하기도 했다. 그때는 국제전화 요금 폭탄도 보이지 않았다. 그저 이안의 목소리를 듣는 것이 좋았다.

저녁이면 드디어 이안의 얼굴과 목소리 모든 걸 다 보고 들을 수 있었다. 바로 화상채팅! 갓 일어나 부스스한 머리를 한 이안의 모습도, 렌즈를 빼고 안경을 써 못난이가 된 내 모습도 아무 상관없었다. 그렇게라도 볼 수 있음에 더없이 행복했다(사실은 지금처럼 고화질 캠이 아니었던 게 천만다행이기도!).

작은 거 하나로도 마음을 확인하고 믿음을 쌓아가던 시간들. 문자를 보내고 하루 종일 답장을 기다리던 그 애틋한 마음. 편지와 함께 받는 서로의 사진을 소중히 마음에 품던 나날들. 디지털 시대에 살았지만 우리의 마음은 아날로그 감성을 타고 서로에게 전해졌다.

그렇게 우리는 장거리 연애에 점점 익숙해졌다. 떨어져 지냈지만 여전히 같은 마음임에 감사하면서. 나는 한국에서, 이안은 미국에서 각자 자신의 할 일에 열심히 몰두하면서 동시에 서로를 향한 마음은 놓지 않았다. 길게는 서너 달씩 떨어져 있어야 하는 시간들이 있었지만 잘 버텨냈다.

우리는 지금도 말한다. 그때 그렇게 간절히 서로의 존재에 소중함을 느꼈기에 지금도 함께 있음에 늘 감사할 수 있노라고.

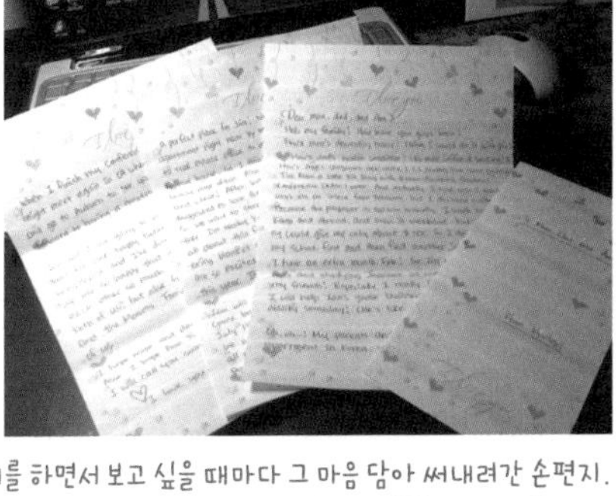

장거리 연애를 하면서 보고 싶을 때마다 그 마음 담아 써내려간 손편지.
내 손편지는 그때부터 지금까지 이안이 제일 좋아하는 선물이다.

08

# 장거리 연애, 어쩔 수 없다면…

## : 나를 위한 시간으로 채우기!

장거리 연애가 시작되면서 혼자 있는 시간이 많아졌다. 언제 다시 만날지 모르는 기약 없는 기다림에 지칠 법도 했지만, 그럴수록 더 바쁘게 지내기로 마음먹었다. 피할 수 없다면 받아들이기로!

당시 나는 취직을 준비하는 대학 졸업반이었기에 대외활동에 눈을 돌렸다. 그 첫 단추는 한미학생회의(Korean-American Student Conference, KASC). 한국과 미국에서 각각 25명의 대학생들이 모여 한 달간 한국과 미국의 이곳저곳을 다니며 자신이 정한 토픽에 대해 토론을 하고 문화체험도 하는 활동이었다. 이안을 보내고 난 그해 여름은 제2회 한미학생회의 참가자 자격으로 한국에서 한 달을 보냈고, 다음 해 여름 제3회 한미학생회의에는 한국집행위원장 자격으로 참가해 한 달 동안 미국 네 개의 주를 돌았다.

시간이 맞을 때마다 국제회의기획자(Professional Convention Organizer, PCO) 아르바이트도 꾸준히 했다. 그렇게 열심히 일을 하다 보니 감사하게도 한 회사와 함께 러시아 모스크바로 출장을 갈 수 있는 기회도 주어졌다. 한국과 러시아의 e-learning MOU 체결을 위한 자리로, 나는 그곳에서 한국과 러시아 스태프들의 통역 및 매니저의 비서 역할을 담당하며 열흘 동안 정말 열심히 뛰어다녔다.

정장을 차려입고 구두를 신고 목에는 스태프 명찰을 건 채 무선기를 들고 이리저리 뛰어다녔던 일. 그동안의 나는 늘 내가 아무 힘없는 학생이라고만 생각했는데, 그때 처음으로 사회를 겪어보며 한층 더 성숙해졌던 것 같다.

이런 큼지막한 일들이 없을 때는 주로 학교를 다니며 영어 과외를 했다. 이안과 떨어져 있었지만 이렇게 바쁘게 지내다보니 외로움도, 허전함도 조금은 줄어드는 것 같았다. 그렇게 정신없이 살면서 장거리 연애를 했음에도 서로를 향한 마음이 변치 않고 오히려 애틋함이 깊어질 수 있었던 건 정말 큰 축복이었다. 그러면서 느꼈다. 종종 밀려오는 그리움이 힘들어도, 각자의 인생을 열심히 살면서 서로를 향한 마음의 끈을 놓지 않는다면 어쩔 수 없는 장거리 연애도 할 만하다는 걸!

09

# 요금 폭탄

## : 국제전화 요금도 막을 수 없던 우리!

지금은 스마트폰이 대중화돼 수시로 연락도 가능하고 무료로 쓸 수 있는 커플 어플도 많지만 우리가 연애하던 시절에는 그런 건 꿈도 꾸지 못했다. 하지만 그 시절 연인들에게도 특권이 있었으니, 바로 커플요금제! 그러나 국제커플이었던 우리는 그 특권도 누릴 수 없었다. 그래서 밖에 있을 땐 유료 국제문자를 주고받고, 집에서는 컴퓨터로 무료 화상채팅을 했다. 편지로 마음을 전하기도 하고, 서로의 목소리가 너무 듣고 싶을 때는 시차나 요금은 생각할 겨를도 없이 무작정 전화를 하곤 했다.

하지만 부모님이 통신비를 내주시는 상황에서 마음 놓고 오랜 시간 통화할 순 없었다. 그렇다고 내 용돈과 아르바이트비로 충당하기에도 조금 벅찼다. 그래서 우린 내가 이안에게 전화를 걸거나 문자를 하면 이안이 다시 내게 전화를 거는 방식으로 통화를 했다. 당시 나는 학생이었고 이안은 일찍이 사회에 나와 일을 하고 있던 상황이었기에 그나마 다행이었다.

하지만 나의 러시아 출장 기간에는 상황이 달랐다. 러시아에서는 인터넷이 느려서 도저히 화상채팅을 제대로 할 수가 없었기에 열흘 동안 계속 전화를 했는데… 정말 말 그대로 요금 폭탄을 맞았던 것이다. 말은 안 했지만 그때 이안 심장이 덜컥했을 거다. 그럼에도 이안은 날 위해 매일 전화를 걸어줬다. 인터넷이 잘 되지 않아 페이스북도, 이메일도, 화상채팅도 못하는 상태에서 이안의 전화는 가뭄에 단비 같았다. 호텔 침대에 누워 퉁퉁 부운 다리를 주무르며 이안의 전화를 받고 나면 피로가 싹 풀리는 것 같았다. 너무 고마웠다. 함께 있진 못해도 이안의 목소리가 얼마나 큰 힘이 되었는지 모른다.

국제전화 요금도 막을 수 없었던 우리의 사랑! 비록 돈은 엄청 깨졌지만 그런 소소한 시간들이 쌓여 우리를 더욱 두텁게 만들었다. 말 그대로 요금 폭탄이 쌓아준 든든한 버팀목이었다.

10

# 미국으로 향하다

: 내 남자를 만나러 가는 길은 험난해!

장거리 연애를 하는 동안 이안은 학생이었던 날 위해 두세 달마다 한국에 왔다. 하지만 일 때문에 길어야 일주일 정도밖에 같이 있지 못해 더 애틋했던 우리. 그런 내게 드디어 겨울방학이라는 긴 시간이 주어졌다! 그래서 이번엔 내가 이안을 보러 미국에 가기로 했다.

이안이 태어나고 자란 미국 남부의 작은 도시 내슈빌(Nashville). 사실 이안을 통해 처음 듣는 도시였고 한 번도 가본 적 없는 낯선 곳이었다. 하지만 내게도 분명 좋은 여행이 될 것이고, 이안이 어떻게 살고 지내는지 알 수 있을 것 같아 설레는 마음으로 티켓을 구매했다. 내 남자를 만나러 가는 길이 그렇게 험난할 거라곤 감히 상상도 못한 채!

그때 당시 한국에선 무비자라는 것이 처음 실행됐다. 내가 어학연수를 갔을 때만 해도 그런 것이 없었기에 그때가 사실상 무비자 제도가 시작된 후 첫 미국행이었다. 그래서 나는 아무것도 모른 채 무비자라는 것만 믿고 여행 갈 준비를 마쳤다. 모든 짐을 다 싸고, 공항에 도착해서 티켓팅을 하려고 여권을 내밀었다. 그런데 직원이 어리둥절한 표정으로 나를 쳐다봤다. 불안한 내 직감은 현실이 됐다. 직원이 여권 안에는 학생비자밖에 없는데 학생비자에 꼭 필요한 서류인 i-20가 어디 있냐고 물었다.

"네? 저는 공부하러 가는 게 아니고 미국에 놀러가는 거라서 i-20가 없어요."

"죄송하지만… 무비자가 말이 무비자지, 사실은 입국허가서를 받아야 하는 제도에요. 어떡하죠."

직원은 내게 무비자라는 명칭 때문에 이런 사태가 종종 일어난다고, 지금 빨리 전자여권을 만들어 온라인에서 무비자, 즉 입국허가서(ESTA)를 받아 출력해서 가져오라고 친절히 설명을 해주었다. 당장에 미국에 갈 수 없는 상황에서 처음 들어보는 전자여권과 입국허가서라니. 하늘이 노랗게 변했다.

엉엉 울면서 아빠께 전화를 하니 바로 공항으로 오셨다. 아빠와 함께 우리 동네 구청으로 직행해서 전자여권을 만들려고 했는데, 빨라도 4일이나 걸린다고 했다. 게다가 그 상황에 여권사진까지 찍어야 한다니. 결국 근처 사진관에 가서 눈물범벅이 된 얼굴로 사진을 찍고(그때 만든 현재 내 여권 사진은 지금 봐도 참 우울하다) 전자여권을 신청하고 4일을 하염없이 기다렸다. 어쩔 수 없이 요금을 내고 비행기도 옮겨야 했다. 크리스마스 때가 성수기라 자리가 없었는데, 나를 딱하게 여긴 항공사 직원이 어떻게든 자리를 알아봐주겠다고 해서 겨우 갈 수 있었다.

우여곡절 끝에 전자여권과 입국허가서를 발급 받고 다시 공항으로 가서 드디어 미국행 비행기에 올라탔다. 17시간의 비행이 힘들기도 했지만, 날 위해 몇 번이나 마다하지 않고 한국으로 와준 이안의 수많은 17시간을 생각하면 내 비행은 아무것도 아니었다.

드디어 샌프란시스코에 도착! 이제 이곳에서 시카고를 거쳐 내슈빌로 가는 국내선을 타면 됐다. 그런데… 여기서 또 문제가 발생했다. 시카고까지는 잘 갔는데, 그해 미국에서 유례없는 폭설이 내려 내슈빌로 가는 비행기가 뜨질 못했던 것이다. 정말 최악 중 최악이었다. 우왕좌왕하던 중에 공항에서 체류할지, 아니면 유일한 항공편이었던 워싱턴DC로 갈지 등을 묻는 안내 방송이 나왔고, 결국 나는 워싱턴DC행 비행기에 몸을 실었다. 하지만 그곳에서도 당장 내슈빌로 갈 수는 없었다. 대체 이게 무슨 상황인 건지….

휴대폰도 없는데 상황은 모르겠고. 당황하니 영어도 막혔다. 정말 무서워서 눈물만 나왔다. 결국 눈물을 뚝뚝 흘리며 옆자리에 앉은 사람에게 휴대폰을 빌려 이안에게 전화를 걸어 항공사 직원을 바꿔주었다. 직원에게서 현재 돌아가는 상황에 대한 설명을 들은 이안 덕에 워싱턴DC 공항 근처 호텔에서 하루를 지낸 뒤 다음 날 오후 눈이 잠잠해졌을 때야 나는 내슈빌로 향하는 비행기를 탈 수 있었다.

한국에서의 무비자 문제부터 미국의 폭설까지. 이안을 보러 가는 길은 우여곡절의 끝 중 끝이었다. 하지만 그때만큼 사랑에 미쳐 모든 걸 다 감수하고도 이안을 보러 가겠다는 마음이 강한 적도 없었던 것 같다. 2009년 겨울, 미국 전역에 아무리 추운 엄동설한이 왔다 해도 우리의 뜨거운 마음을 얼릴 수는 없었다!

우여곡절 끝에 드디어 만나 이안의 집으로!
마침 집에 놀러온 이안 친구가 우리 사진을 찍어줬다.
다음에 꼭 다시 여기서 만났으면 좋겠다는 말과 함께!

11

# 메리 크리스마스?

## : 고뇌로 끝난 우리의 첫 크리스마스 데이트!

드디어 내슈빌에 도착! 계획대로였으면 크리스마스 일주일 전에 도착했어야 하지만 결국 크리스마스 이브 날이 되어서야 도착했다. 그래도 우리가 처음 맞는 크리스마스라는 사실에 그저 설렘만이 가득했다.

낯설기만 한 내슈빌 공항에서 드디어 만난 이안. 우리는 서로를 부둥켜안고 눈물의 상봉을 했다. 오는 길이 너무 무서웠고, 얼마 되지도 않는 짧은 시간이 벌써부터 아쉬웠고, 몇 달 만에 만난 이안이 너무 반가웠다. 모든 것이 섞인 눈물. 비록 짧은 시간이지만 하루를 일 년 같이 쓰자며 바로 이안의 집으로 향했다.

이안의 집으로 가는 길, 차창 밖으로 비치는 모든 것이 왜 이렇게 친근하게 느껴지던지. 이안이 태어나고 쭉 자라온 고향이라 그런 걸까? 이안이 아니었으면 테네시라는 주가, 그리고 내슈빌이라는 도시가 어디에 있는지도 몰랐을 텐데 처음부터 모든 게 마음에 들었다. 내 고향만큼 편안했다.

30여 분을 달려 이안의 집에 도착했다. 남자 혼자 사는 집 치고 정말 깔끔했다. 집을 둘러보다 보니 매일 화상채팅 할 때 이안의 뒤편으로 보이던 그 방이 눈에 들어왔다. 와… 내가 정말 이안이 사는 곳에 있는 건가! 별거 아닌데 너무 신기했다. 이안이 사는 곳에 내가 와 있다는 게 믿기지가 않았다.

짐을 놓고 이안 친구들이 마련한 자리에 갔다. 같이 영화를 보고 놀기로 했는데 솔직히 너무 피곤했다. 정신적으로도 그랬고 오랜 비행에 몸도 지쳤고. 그렇지만 고마운 친구들의 호의를 저버릴 순 없었다. 친구들과 인사를 나눈 뒤 이안과 나란히 앉아 크리스마스 이브에 데이트하는 기분으로 영화를 보기 시작했다. 정말 오랫동안 그리웠던 소소한 데이트!

그런데 피곤함이 도를 넘어 눈이 돌아갈 지경이었다. 이게 얼마 만에 하는 데이트인데 졸기는 싫고, 그렇다고 친구들을 두고 집에 갈 수도 없고. 그렇게 나름대로 안간힘을 써 가며 영화를 보고 있는데 코 위에서 뭔가 흘러내리는 기분이 들었다. 내 불길한 예감은 또 들어맞았다. 코피였다! 친구들 앞에서, 그리고 오랜만에 만난 남자친구 앞에서 코피라니!

결국 이안과 나는 영화가 끝나기도 전에 집에 와야 했고, 크리스마스 이브와 크리스마스에 별다른 데이트를 하지 못하고 그냥 쉬기만 했다. 아… 우리의 첫 크리스마스가 코피와 휴식으로 끝나다니! 아직도 잊을 수 없는, 차마 다 보지 못한 영화 〈아바타〉와 코피, 그리고 우리가 함께 맞는 첫 크리스마스. 지금 생각해보면 장거리 연애였기에 가능한 이런 즐거운 추억들이 그저 재밌기만 하다.

12

# Music City Nashville

## : 이안의 모든 것이 묻어 있는 곳

크리스마스 연휴를 보내고 날이 조금 풀리자마자 물 만난 고기처럼 내슈빌의 이곳저곳을 돌아다녔다. 이안이 좋아하는 레스토랑, 이안이 장을 보는 마켓, 이안이 운동하는 헬스장, 스트레스 받을 때 드라이브 가는 길. 소소한 것이지만 늘 궁금했던 것을 함께하니 정말 즐거웠다. "아~ 여기! 아! 이거!" 하면서 이안에게서 말로만 듣던 걸 실제로 보는 재미란! 떨어져 지내는 연인만이 느낄 수 있는 묘미였다.

한번은 혼자 사는 이안이 일에 바빠 밥을 차려 먹지 못할 때마다 자주 가는 음식점에 같이 간 적이 있다. 간단하게 샐러드를 파는 곳이었는데, 하도 자주 가 주인과 친구가 되었던 이안. 그런데 알고 보니 그 친구도 우리처럼 장거리 연애를 하고 있는 사람이었다. 이안은 한국, 그 친구는 키르키스스탄! 그래서 둘은 더 잘 맞았고, 이안이 그곳에 갈 때마다 둘이서 이 얘기 저 얘기를 하며 떨어져 있는 시간을 잘 버텼던 것 같다. 그 친구에게 이안이 혼자 와서 밥 먹을 때마다 날 많이 그리워했다는 얘기를 듣는데 왜 이렇게 짠하던지… 먼 거리에도 불구하고 수많은 사람들 중 서로를 발견했다는 사실에 새삼 감사한 마음이 들었다.

내슈빌은 참 따뜻한 곳이었다. 어학연수로 동부와 서부는 가봤어도 남부는 처음이었는데, 사람들이 정말 친절하고 좋았다. 특히 한국처럼 사계절이 다 있지만 근처에 바다가 없어서 그런지 여름엔 습하지도 않고 겨울엔 너무 춥지도 않은, 잔잔한 사계절을 가진 아름다운 곳이었다. 내슈빌과의 첫 만남이 겨울이라 아름다운 한여름 녹음과 가을의 푸름을 직접 보진 못했지만 얼마나 공기가 맑고 살기 좋은 곳인지 느낄 수 있었다.

미국의 각 주에는 별칭이 있는데 내슈빌은 '뮤직시티'라고 불린다. 미국 컨추리 음악의 본고장이 내슈빌이라 붙여진 별칭이다. 음악의 도시답게 다운타운에는 라이브밴드를 갖춘 수많은 펍(Pub)이 즐비했고 어딜 가나 흥을 돋우는 음악이 함께했다. 특히나 내슈빌에선 매년 미국 최대의 컨추리뮤직 시상식인 CMA(Country Music Award)가 열리는데 그때만 되면 수많은 가수들과 CMA를 보러 오는 관광객들로 이 작은 도시가 들썩인다. 미국 팝의 프로듀싱이 대부분 내슈빌에서 이루어진다니 이곳에서 태어나고 자란 이안이 왜 그리

CMA에 몰려든 사람들로 인산인해를 이룬 내슈빌 다운타운.

음악을 좋아하는지, 그리고 첼리스트였던 이안의 부모님이 왜 이곳에 터를 잡았는지 알 것 같았다.

짧은 시간이었지만 이안의 친구들도 자주 만났다. 이안도 내 친구들을 만나며 나에 대해 더 잘 알아갔듯 나도 이안의 친구들을 통해 이안을 더 알고 싶었다. 그렇게 이안의 여자친구가 아닌 '박경리'로서 친구들을 사귀며 내슈빌에서의 즐거운 일주일을 보냈다.

이안이 어떻게 사는지를 둘러보며 그때 처음으로 진지하게 우리의 미래에 대한 생각을 하게 된 것 같다. 당시 만난 지 반년밖에 안 된 사이였지만, 자꾸만 나도 모르게 우리가 함께하는 생활이 그려졌다. 다음에 다시 내슈빌에 가게 된다면 그때도 여전히 '방문'일지, 아니면 아예 '이민'일지! 내슈빌에서의 하루하루가 지날 때마다 더 궁금해졌다. 우리의 미래는 과연 어떻게 될까?

13

# 새로운 Mom and Dad

## : 또 하나의 가족을 얻다

이안이 처음 한국에 방문했을 때 우리 부모님을 뵈었듯, 나도 기왕 미국에 간 김에 이안의 부모님을 뵙고 싶었다. 좀 이른 감이 없지 않았지만, 또 언제 만날 수 있을지 모르기에 할 수 있을 때 많은 것을 하고 싶었다. 그래서 결국 이안의 부모님을 만나기로 했다.

캘리포니아의 한 산속에 소박하고 작은 통나무집을 짓고 사시는 이안의 부모님! 차창 너머로 점점 집이 보일수록 긴장감은 커져갔다. 떨리는 마음으로 두 손 가득 선물을 들고 차문을 열었는데 이안 어머니께서 저 멀리 집 앞에서부터 우리를 보며 손을 흔들고 계셨다. 너무도 포근하고 자상했던 어머니의 첫인상. 그때부터 내 얼굴엔 조금씩 미소가 번지기 시작했다.

이안의 가족들은 나를 보자마자 얘기 많이 들었다며 진심으로 환영해주고 따뜻하게 안아주었다. 낯선 미국 땅에서 느끼는 가족 같은 품… 나도 이안을 통해 가족사진도 보고 얘기도 많이 들었던 터라 두 배로 반가웠다. 그러다보니 도착하기 전 떨렸던 마음은 어느새 싹 사라지고 금세 편안함만 남았고, 자연스럽게 그분들을 "Mom, Dad"라 부르기 시작했다.

포근한 인상만큼이나 인자하고 정 많으신 이안의 어머니.
미소만 봐도 좋은 분이라는 게 느껴진다.

거동이 불편하심에도 나를 위해 직접 나와 인사해주셨던
이안 아버지와 사진 한 장!

에메랄드빛 눈이 너무도 아름다웠던 이안의 동생 앤.
꿈 많고 수줍음 많은 예쁜 동생이었다.

처음 만났지만 너무도 포근하게 나를 맞아주었던 이안의 가족들.
선물도 주고받고, 맛있는 음식도 만들어 먹고, 여행도 떠나고!
이제 딸이 둘이 되었다며, 자매가 생겼다며 환하게 웃음 짓던 가족들의 모습이 생생하다.

이안이 처음 우리 부모님을 만났을 때처럼 말이다.

처음 뵈었지만 마치 오랫동안 많은 추억을 쌓은 사람들처럼 우리는 2010년 새해를 함께 맞이했다. 내가 인사동에서 준비해 간 선물들도 너무 좋아하셨고, 내가 떠나도 이 집에 내 흔적을 남기고 싶으시다며 선물을 집 이곳저곳에 놔두셨다. 그런 작은 모습 하나하나에서 따뜻한 면모가 보여서 정말 좋았다.

이안의 가족은 내가 편안히 지낼 수 있도록 정말 많이 배려해주었다. 덕분에 나는 마치 원래부터 이 가족의 딸이었다는 듯 너무도 자연스레 메이슨가에 녹아들어 그동안 하고 싶었던, 그리고 듣고 싶었던 많은 이야기들을 나누었다. 남자친구의 부모님이라기보다는 그냥 좋은 부모님 한 분 더 둔 것 같은 기분이었다. 이안도 우리 부모님을 만나며 이렇게 좋은 감정을 느꼈겠지… 가족을 통해 서로에 대한 마음이 커지는 것이 신기하면서도 너무 좋았다.

우리는 그곳에서 몇 시간 운전해서 가면 다다르는 빅서(Big Sur)라는 곳에 놀러가기도 했다. 2박 3일을 함께 지내며 이안 가족을 더 많이 알아갔다. 얼마나 따뜻하고 정 많은 사람들인지 함께하는 작은 것 하나에서도 느낄 수 있었다. 특히 어머니는 동물과 자연을 사랑하는 소녀 같은 분이었는데, 그런 감성이 이안과 이안 동생에게 고스란히 전해진 것 같았다.

사실 나는 바쁘게 돌아가는 도시에서 태어나고 쭉 살아오던 사람이라 이안 가족의 넘치는 여유가 처음엔 좀 낯설기도 했다. 하지만 며칠 같이 지내다보니 마음이 절로 편해졌다. 우리가 함께하는 그 순간을 충분히 느낄 수 있는 따뜻하고 여유로운 시간이었다.

14

# 한국어? 영어?

## : 너무 재밌지만 너무 답답한 망할 놈의 언어장벽!

서로가 태어나고 자란 곳에서의 생활도 직접 보고, 서로의 가족까지도 만난 우리. 그렇게 우리 사이가 점점 가까워질수록 한 가지 바라는 것이 생겼다. 그것은 바로 한국어와 영어. 모국어가 다른 이안과 나는 함께하고 나서부터 서로의 언어를 더 잘하고 싶어졌다. 하지만 나에게 영어는 늘 풀리지 않는 숙제 같았다. 잘하고 싶어 열심히 공부했고, 어학연수를 다녀온 뒤에는 꽤나 잘하는 것 같다가도 막상 또 하다 보면 늘 제자리에 머물러 있는 느낌이었다.

네이티브 스피커가 아닌 나는 이안과 데이트를 하면서도 종종 영어 실수를 하곤 했다. 한번은 서로의 습관과 작은 질병에 대해 얘기를 하던 중 화장실에 자주 가는 나를 말하기 위해 '방광'이라는 단어를 쓰려고 하는데 도저히 모르겠는 거다. 말문이 막힌 나는…

"그… 음… pee house?"

라고 말해버렸다. 말 그대로 하면 소변 집, 하지만 내 머릿속에선 방광! 정말 딱 저렇게 말했고 이안은 자지러졌다. 웃다가 쓰러질 지경이었다. 또 한번은 한강 옆을 지나가며 얘기하는데 '유람선'이라는 단어가 떠오르지 않는 거다. 생각해보면 쉬운 단어인 것 같은데 막상 '유람선이 영어로 뭐지?' 하면 멈칫하게 되는 요상한 단어! 그래서 내가 떠올린 단어는…

"romantic ship!"

그때 당시 나는 유람선 하면 생각나는 게 연인들이 멋진 야경을 보며 함께하는 로맨틱한 저녁 식사였고, 결국 만들어낸 단어가 '로맨틱 십'이었다. 이런 잔꾀로 공부했다면 아마 하버드도 충분히 갔을 텐데!

사실 상대방에게는 언어 실수가 재밌게 들리겠지만, 정작 당사자는 답답할 때가 많다. 한번은 이안한테 "어떻게 쓰는지 알려줘!"라고 말해야 하는데 갑자기 나도 모르게 사용설명서에서 자주 본 "how to use(사용방법)?"하고 물어봤다. 이안은 나를 귀엽다는 듯 쳐다보며 깔깔 웃었지만 나는 그게 왜 틀린 건지 몰라 답답했다.

반대로 이안이 느낀 재미를 그대로 나도 느낀 적도 있다. 이안의 한국어 실수는 내 영어 실수보다 더했다. 지금까지 여러 가지 실수들이 있었지만 아직도 정말 잊을 수가 없는 실수 하나. 이안의 그 희대의 실수는 우리 가족과의 식사 자리에서 일어났다.

그때 당시는 이안이 10개월의 장거리 연애 끝에 나와 가족들을 위해 한국에서 1년 정도 생활하고 싶다고 왔던 때였다. 온 가족이 모여 저녁 먹는 자리. 아빠께서 이안에게 한국에서의 생활이 어떤지 여쭤보셨는데, 이안이 "저는 (한국에서 지낸) 올해가 너무 좋았어요"라고 말하고 싶었던 마음과는 달리 그만…

"아빠! 저는 이 년(this year) 너무 좋아요."

라고 말한 거다! 그런 이안이 이해도 되는 게 이안의 입장에서 'this year'이라는 건 말 그대로 이(this) 년(year)이었다. '올해'라는 말은 이안의 입에서 절대 나올 수 없는 단어였다. 다시 생각해도 웃긴 이 해프닝! 이안은 우리 가족이 당황하면서도 왜 이렇게 깔깔거리며 웃는지 영문을 알 리 없었다. 그때 이안도 느꼈을 거다. '아! 답답해! 대체 뭐가 잘못된 거지?'

너는 재밌지만 나는 답답한, 이 망할 놈의 언어장벽!

앞으로도 우리 사이엔 어쩔 수 없는 크고 작은 언어장벽이 있을 거다. 하지만 이안이 완벽하게 한국어를 구사하지 않아도 괜찮다. 나는 그런 이안의 실수가 귀엽기도 하고, 나 역시도 영어 실수를 하니까. 무엇보다 우린 수많은 실수를 하며 훈련된 우리만의 대화로 개떡같이 말해도 찰떡같이 알아듣는 쿵짝을 자랑하니까!

처음
한글

tip 01

# 미드로 영어 공부하기

나는 이안을 만나기 전부터 영어에 관심이 많았다. 그래서 낮에는 학원에서 공부하며 친구들과 많은 대화를 나누고, 밤에는 미드(미국 드라마)를 보며 교과서에서는 배울 수 없는 자연스러운 문장과 문화를 익혔다. 그렇게 공부를 하니 영어가 쑥쑥 늘었다. 여러 공부법 중에 가장 효과를 봤던 건 단연 미드 보기! 나처럼 미드로 영어를 공부할 사람들을 위해 나만의 팁을 공유해볼까 한다(참고로 나는 언제 봐도 재밌는 시트콤 〈프렌즈〉를 선택했는데, 이처럼 자신이 흥미 있는 미드를 선택하면 된다. 전문 용어가 나오는 의학 드라마나 범죄 수사 드라마도 괜찮다. 내가 꾸준히 즐겨 볼 수만 있다면!).

## 1 노트에 공부한 날짜와 미드 시즌, 에피소드 넘버, 제목을 적는다

**[예시]**

08/15/08 [2008년 8월 15일]

〈Season 708〉 [시즌 7, 에피소드 08]

The One Where Chandler Doesn't Like Dogs [에피소드 제목]

위의 예시처럼 구체적으로 적어야 다음에 드라마를 다시 찾아보기도 쉽다. 종종 이렇게 공부하고 잊는 표현들이 있는데, 그 표현을 다시 듣고 궁금할 때가 있다. 그땐 드라마 제목을 보면 내용이 떠올라 필기를 쉽게 찾을 수 있다.

## 2 처음 볼 때는 영어 자막으로 본다

미드를 처음 볼 때 영어가 들리지 않더라도 무조건 자막 없이 보라고 하는 사람이 있다. 하지만 그렇게 보면 아무것도 알아듣지 못해 답답하고, 결국엔 흥미가 떨어져 손을 놓게 된다. 언어는 꾸준함이 생명이므로 계속 보고 듣는 것이 중요하다. 그러니 일단 영어 자막을 놓고 보는 게 좋다. 물론 자막이 있다 해서 다 알아들을 수 있는 건 아니지만, 그래도 단어나 문장 몇 개 정도는 더 쉽게 알 수 있지 않을까? 전혀 모르겠는 표현이 나올 땐 일시정지를 해 놓고 꼼꼼히 기록해보자. 무엇이든 기초 공사가 제일 중요한 법! 모른다고 해서 부끄러워하지 말고 일단 다 적어볼 것. 이렇게 공부하다 보면 익숙해지는 표현들도 많아진다.

## 3 자막 없이 다시 한 번 본다

한 에피소드가 끝나면 정리했던 노트를 한 번 훑어본 후, 다시 한 번 같은 에피소드를 자막 없이 시청한다. 자막 없이 보는 게 여전히 어렵다면 영어 자막을 두고 일시정지 없이, 노트 필기 없이 한 번에 쭉 보고 난 뒤 마지막으로 자막 없이 보자. 이때 중요한 점은 반드시 '자막 없이' 봐야 한다는 것! 몰랐던 것들을 스스로 정리해가며 내 것으로 만든 후 바로 자막 없이 같은 영상을 보게 되면 공부했던 내용이 아직 머릿속에 남아 있어 기억이 잘 난다. 특히 장면 장면마다 주인공들이 어떤 대화를 했는지, 내가 어떻게 필기했는지 자연스레 떠오른다.

## 4 좋아하는 캐릭터를 따라한다

미드를 보다 보면 좋아하는 캐릭터가 생길 것이다. 그럼 한 캐릭터를 정해 자주 쓰는 단어, 억양, 행동, 표정 등을 따라해보자(그렇기에 동성 캐릭터를 정하는 게 좋다). 나는 나처럼 조금 어리바리한 레이첼(제니퍼 애니스톤)이 좋아 그녀의 억양, 말투, 말할 때 짓는 표정까지 따라하려고 했다. 이런 상황에선 레이첼이 어떻게 말하는지, 이런 분위기에선 어떤 느낌으로 말하는지 등등. 심지어는 악센트와 제스처까지!

언어를 배울 때는 소리를 듣고 따라하는 것이 가장 좋다. 마치 어린 아이들이 엄마가 하는 말을 듣고 배우는 것처럼. 내가 배우려는 언어권의 사람들이 어떻게 말하나 자꾸 따라하다 보면 점점 말투가 비슷해지고 자연스러워진다. 물론 나만의 억양으로 개성을 살리는 것도 나쁘지 않다.

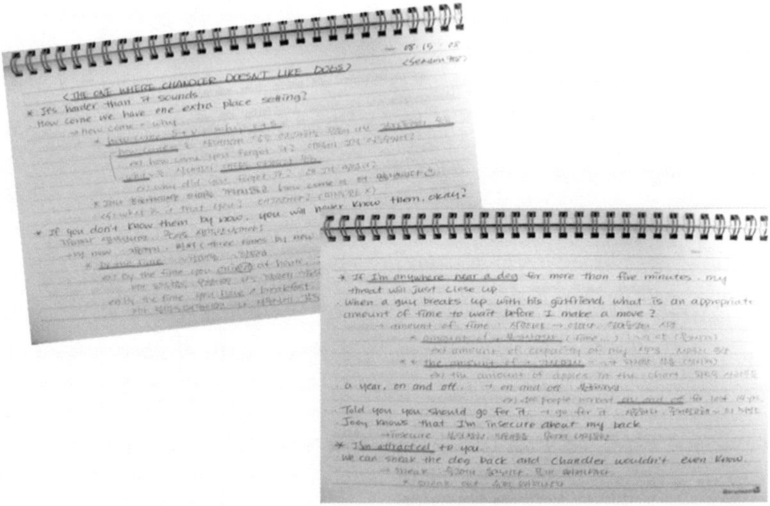

15

# 알게 모르게 느껴지는 문화차이

## : 우린 참 다른 곳에서 태어나고 자라왔구나

이안을 처음 만났을 때, 이안은 한국문화에 대해 어느 정도 알고 있었다. 특히 한국인 특유의 '정'에 굉장히 끌려 했다. 그도 그럴 것이 이안의 베스트프렌드가 재미교포였고, 그 친구의 가족 덕분에 한국을 더 잘 접할 수 있었기 때문이다. 한국 친구를 사귀기 위해 펜팔 사이트에 가입하고, 한국으로 여행을 오는 데에도 그 친구의 역할이 꽤나 컸던 것 같다.

이안은 첫 한국 방문 이후로도 나와 우리 가족을 위해 시간이 될 때마다 한국을 찾았고, 그때마다 한국을 직접 접하며 더 많은 것을 알아 갔다. 실제로 한국에서 생활하며 보고 느끼는 한국문화는 그에게 신세계로 다가갔다.

그러면서 점점 새로운 것들을 배워가기 시작했는데! 그중 하나가 바로 찜질방이었다. 처음에 찜질방을 가자고 했을 때는 그 개념에 대해 무지 낯설어했다. 목욕탕 문화가 없는 미국. 헬스장 같은 데서 샤워를 하더라도 다들 몸을 가리고 들어가거나 아예 샤워장 안에서 옷을 갈아입고 나오는데, 그런 나라에서 나고 자랐으니 함께 같은 공간에서 목욕을 한다는 자체가 이안에게는 놀라운 충격이 아닐 수 없었다!

찜질방과 목욕탕, 심지어 때 미는 것까지 다 설명을 해주고 나자 이안은 용기를 냈다. 한국인들이 그렇게 좋아하는 거라면 자신도 해보고 싶다고 했다. 그래서 처음으로 우리 가족과 찜질방에 갔다. 근데 이게 웬걸! 목욕하는 곳이라면서 식당도 있고 헬스장도 있고 심지어 텔레비전을 보는 공간과 컴퓨터실도 있다니! 이안은 그것부터 신기해했다.

이안은 생전 처음 본 불가마가 있는 방에서 자신이 혹시나 죽기라도 하면 어떡하냐고 엄청 걱정을 하더니, 결국은 만족스럽게 땀을 쫙 뺐다. 그리고 대망의 목욕 시간! 이안은 아빠와 함께 남탕으로 들어갔다. 한참 후 다 씻고 나온 이안에게 첫 찜질방 체험 소감을 물어봤더니 눈이 똥그래져서는 대답했다.

"나 이렇게 많은 남자들이 나체로 돌아다니는 거 생전 처음 봐!"

또 이안에게 아주 새로운 것이 있었으니, 바로 밤새도록 불빛이 꺼지지 않는 한국의 밤 문화! 이안이 한국에 올 때마다 내 친구들을 소개시켜주곤 했는데, 혈기왕성했던 내 친구들은 주로 저녁에 만나서 새벽까지 놀곤 했다. 이안은 이런 놀이문화를 굉장히 낯설어하면서도 재밌어했다. 피곤해하면서도 끝까지 술 게임을 하며 한 잔씩 받고 다음 날엔 또 피곤함에 기절하고 며칠 뒤에 또 만나 놀고. 한국인은 어떻게 이렇게 놀면서도 회사에 나가고 공부까지 하냐면서 세상에서 제일 부지런한 사람들이라고 놀라기도 했다.

이런 소소한 문화차이는 나도 종종 느꼈다. 미국에서 어학연수를 해서 그리 낯선 건 없다 생각했는데 막상 이안을 통해 접하고 나니 "아… 미국은 그렇지!" 하는 것들이 몇 개 있었다. 그중 하나가 바로 호칭이 없는 미국! 우리는 새 사람을 만나면 우선 나이부터 알고 언니/동생, 형/아우가 되는 반면 미국은 나이를 물어보는 게 어떻게 보면 실례다. 서로 이름을 부르니 굳이 알 필요가 없다. 나이 차이가 어떻든 다 친구가 되는 미국이 신기했다.

언제는 이안이 사진으로 자신의 가족을 소개해주는데 "이분은 우리엄마 마가렛, 이분은 아빠 로버트, 얘는 내 동생 앤이야!" 하며 이름을 붙여 말하는 게 어찌나 신기하면서 색다르던지! 더 재미난 일은 우리가 결혼하고 나서 일어났다. 우리 가족의 생일 때마다 꼭 생일축하 인사를 전해주셨던 다정한 이안의 부모님. 한번은 직접 우리 아빠께 생일카드를 보내주셨는데 카드 첫 줄에 이렇게 써 있었다.

"Dear Sung-Kwon"

디어 성권. 그 어렵다는 바깥사돈의 이름을 이리 자연스레 부르다니. 첫 줄부터 빵 터졌다! 옆집 할아버지도, 학교 선생님도 친구인 그들에겐 사돈과 같은 개념이 없어서 다 친구처럼 이름을 부르는 거였다. 지금은 나의 시어머니가 된 이안의 어머니. 지금도 여전히 전화 통화를 할 때면 꼭 다정하게 이름을 부르며 우리 가족과 사촌들의 안부를 물으신다.

"How is your uncle Dae-Hwan?"

이안이랑 함께하면서 알게 모르게 조금씩 느꼈던 문화차이들. 서로의 문화가 처음엔 낯설어도 그것이 틀린 것이 아닌 다른 것이기에 받아들이고 이해하다 보니 재밌기도 했다. '이런 문화도 있구나!' 하면서 하나둘씩 그것들을 섭렵해 갔고, 어느샌가 우리는 서로의 문화에 스펀지처럼 흡수되고 있었다. 사실 평소에는 이안이 외국인이라는 걸 잘 느끼지 못하는데, 종종 나에게는 너무도 새로운 것이 이안에겐 아무렇지도 않고 익숙한 걸 볼 때마다 생각한다.

우린 참 다른 곳에서 태어나고 자라왔구나!

내 동생, 그리고 친구들과 함께 떠난 양평 여행.
이때껏 밤새 술 마시며 놀아본 적이 없는 이안에겐 신선한 문화충격이었을 듯하다!

16

# 우연히 마주친 시선

## - 사람들은 우리를 어떻게 바라볼까?

사랑하는 사이인 우리도 종종 문화차이를 받아들이며 서로가 다름을 느끼는데… 하물며 다른 사람이 보는 우리의 모습은 어떨까?

지금이야 외국인 커플이 꽤나 많아졌지만 7년 전 그때는 우리가 굉장히 신기했나 보다. 너무도 다른 생김새의 두 사람이 나란히 서 있는 모습이. 함께 버스에 올라타면 우리에게 쏟아지는 사람들의 은근한 시선. 불편하진 않았지만 그렇다고 편한 것도 아니었다. 밖에선 일부러 손도 잘 안 잡고 다녔는데도 둘이 함께 서 있는 것 자체가 사람들에겐 새로웠던 것 같다.

언제 한번은 지하철을 기다리고 있었다. 근데 옆에서 어떤 여자 분이 자꾸 나를 쳐다봤다. 신경을 안 쓰려고 일부러 다른 곳을 봤는데도 느껴졌던 그 시선. 기분 나쁘게 쳐다본 건 아니었는데 나한테 무슨 할 말이 있어서 그런 건가 싶을 정도로 계속 쳐다봤다. 그래서 혹시 무슨 일 있는지 물어보려는 찰나…

"어머! 너… 박경리?"

그런데! 정말 신기하게도 그 사람은 오랜만에 만난 내 중학교 친구였다. 세상에! 이렇게 우연히 마주치다니!

"아하~ 나인 것 같아서 그렇게 쳐다봤던 거야?"

나는 호기심 어린 마음에 장난을 조금 섞어 물어봤다. 친구는 처음엔 나일 거라 생각 못하고 그저 한국인이 영어로 말해서 눈길이 갔는데 외국인이랑 사귀는 것 같아 보여 자신도 모르게 계속 쳐다봤다고 했다. 신경이 쓰였다면 미안하다는 말과 함께.

"아냐 미안은~ 이해해!"

생각해보면 굳이 사과 받을 일도 아니었다. 나도 만약 한국에서 외국인과 영어로 대화를 나누는 한국인을 보면 왠지 모를 신기함에 힐끔힐끔 쳐다볼 것 같으니까. 단, 그것이 그 당사자들의 감정을 해치지 않는 선에서. 이안이랑 다니며 사람들의 그런 시선을 받을 때마다 궁금했는데, 그날 이후로 나는 더 알고 싶어졌다.

과연 우리는 다른 사람들에게 어떻게 보일까?

17

# 현실 장벽

틀린 것이 아니라 다른 것일 뿐인데…

여느 연인과 같은 모습은 아닌 우리 둘. 하지만 우리는 어쩔 수 없이 부딪히는 사람들의 시선에 어느 정도 익숙해지고 있었다.

그러던 어느 날, 한쪽 면이 큰 유리창으로 되어 있는 흔한 커피숍에서 이안과 함께 커피 한잔 마시며 얘기를 하고 있었다. 부담스럽게 깔깔거리며 떠든 것도 아니었고, 매너를 지키며 조용히 우리만의 시간을 가지고 있었다.

그때 한 아저씨가 지나가다 우리를 봤는지 갑자기 커피숍으로 들어오더니 성큼성큼 우리 테이블로 다가왔다. 그리고는 다짜고짜 나에게 대학생인지, 어느 학교를 다니는지 물었다. 그것도 굉장히 무례하게. 아무리 어른이라지만 처음 본 나한테 반말로 내 개인적인 정보를 물어봤고, 내가 당황해 머뭇거리자 빨리 대답하라며 소리쳤다.

그때부터 뭔가 분위기가 이상해진 걸 느낀 나와 이안. 주변 사람들도 수군거리며 우리를 쳐다봤다. 그리고 그때, 그 아저씨가 우리에게 기분 나쁜 손가락질을 하며 소리쳤다.

"Shame on you!"

창피한 줄 알아라. 이안이 듣게 일부러 영어로 말한 것 같았다. 그리고 나서도 계속 영어로 우리에게 욕을 하며 사람들 앞에서 깽판을 놓더니 나가버렸다. 순식간에 당한 일에 우리는 아무 말도 못하고 얼어버렸다. 그 아저씨가 나가자 너무 황당했던 나는 눈물이 나올 것 같았다.

부끄러운 줄 알라고? 내가 왜? 외국인을 만나는 게 뭐가 그렇게 잘못된 일이지?

너무 억울해서 그 아저씨한테 따지고 싶었지만 우리 때문에 손님들이 피해를 본 것 같아 미안한 마음에 일단 그 자리를 벗어나 근처 지하철역으로 내려갔다. 근데 이미 떠난 줄 알았던 그 아저씨가 우리를 보더니 지하철역까지 따라왔다. 너무 무서웠다.

정말 열 받은 이안의 표정을 보니 누군가 중재해줄 사람이 없으면 큰일이 날 것 같았다. 여기서 싸움까지 나면 이안만 손해였다. 자초지종을 모르는 사람들 눈에는 그저 문제를 일으키는 외국인으로 보일 수도 있었으니까. 자신이 외국인 전체를 대표할 수도 있기에 항상 하나하나 조심스럽게, 더욱더 예의 바르게 행동하던 이안인데… 이 억울한 일 하나로 지금까지 잘해온 일을 수포로 돌릴 순 없었다. 속상하고 화가 났지만 꾹 참고 경찰을 불렀다.

경찰이 오기 전까지도 계속 우리에게 영어로 욕을 하던 그 사람. 사람들이 우리 주변을 둘러쌌고 그렇게 우리는 동물원의 원숭이처럼 사람들의 구경감이 되었다. 그 아저씨는 실컷 우리에게 화풀이를 하더니 경찰이 오기 전에 급히 도망갔다.

아무리 생각해도 너무 억울했다. 지극히 일반적인 내 상식으로는 이해가 가지 않았다. 이런 일이 일어났다는 것이 믿기지 않았다. 우리가 뭘 그렇게 잘못했는지 객관적으로 생각해봐도 어떤 잘못도 없었다.

그날 하루 종일 그 아저씨에 대한 증오감이 나를 부들부들 떨게 했다. 트렌치코트를 입은 그 사람의 옷차림이나 생김새, 목소리와 약간 어눌했던 영어 발음까지 다 기억하고 있던 나는 혹시 그 사람이 근처 대학교 교수인가 싶어 주변 학교 홈페이지를 다 뒤져봤다. 꼭 찾아서 왜 그랬는지 물어보고 싶었다. 무엇이 그리도 부끄러워야 하는 건지 알고 싶었다. 그런데 어느 홈페이지에도 그 사람은 보이지 않았다.

정말 잊고 싶은데 아직까지 잊히지 않는 그날의 악몽. 그 사람의 몽타주를 그릴 수 있을 만큼 아직도 생생하게 살아있는 그날의 기억. 내 인생에 그런 치욕은 처음이었다.

이안에게 너무 부끄러웠다. 비록 그 사람이 한국의 모든 사람을 대표하는 건 아니지만 그래도 한국에서 그런 일을 당했다는 것이 너무 미안했다. 미안한 마음을 가지는 나를 보며 이안은 더 미안해했다. 자신이 한국인이 아니라서 내가 이런 일을 당한 거라며 눈물을 보였다.

대한민국을 정말 사랑하고 더 많은 한국문화를 받아들이려고 참 많이 노력하는 사람인데… 그 아저씨는 우리 둘이 함께라는 이유로 창피한 줄 알라는 욕을 퍼부었다. 그래도 이안은 한국을 이해했다. 그럴 수 있다 했다. 그런 일이 있었음에도 불구하고 내 나라의 모든 것을 마음으로 받아들여준 이안에게 너무 고마웠다. 하지만 미안한 마음은 오랫동안 없어지지 않았다.

틀림과 다름에는 차이가 있다. 머리 색이, 눈동자 색이, 피부색이 다르다고 해서 누군 옳고 누군 그른 것이 아니다. 우리는 그저 남들과 조금 '다른' 모습의 연인일 뿐이다. 게다가 우리는 단 한 번도 그 다른 점을 특권처럼 생각하며 특별하게 행동하지 않았다. 그저 여느 연인들처럼 똑같이 연애하고 똑같은 마음으로 사랑하며 지내왔다.

일부러 외국인을 사랑한 것이 아닌, 내가 사랑한 사람이 외국인이었을 뿐이니까.

18

# 함께한다는 것의 소중함

: 평범한 일상도 우리 함께라면…

커피숍 사건 이후 밖에 나가는 것이 조금 두려워졌다. 갑작스러운 충격 때문일까. 자꾸만 "Shame on you"라고 말하던 그 아저씨의 목소리가 들리는 것 같고 사람들이 다 우리만 쳐다보는 것 같고… 나도 모르게 계속 움츠러들었다.

그러는 와중에도 이안과 나는 여전히 장거리 연애 중이었고, 이안은 곧 미국으로 다시 돌아가야 했다. 우리에게 주어진 짧은 시간… 사랑하고 즐기기에도 아쉬운 시간인데 이렇게 괜한 두려움에 방에서만 지내는 게 속상했다. 마음을 고쳐먹어야 했다. 이대로 시간을 흘려보내면 이안을 보내고 더 후회할 것 같았다.

곰곰이 생각해봤다. 과연 그 아저씨의 말에 한 치의 부끄러움도 없는지. 내 대답은 단호했다. 없었다. 나와 이안이 함께해 온 그 길엔 어떠한 잘못도 없었다. 그래서 난 더 당당해지려고 노력했다. 누가 쳐다보고 물어보면 틀린 게 아닌 다른 거라고 말해줄 자신감도 생겼다.

우리를 향한 부정적인 시선에도 불구하고 여전히 같은 마음이었던 우리.
그러면서 같이 밥을 먹고 이야기 나누는 소소한 일상의 소중함을
더욱더 마음 깊이 느낄 수 있었다.

나쁜 일은 되도록 생각하지 않기로 했다. '이런 사람도 있고 저런 사람도 있는 거지' 하면서 이 또한 지나갈 거라 생각하며 기억에서 잊으려고 애썼다. 하루아침에 내 마음이 확 달라질 순 없었기에 계속 노력했다.

마음을 바꾸고 나니 매 순간을 더 즐길 수 있게 됐다. 여느 연인들처럼 다른 사람 시선을 의식하지 않고 우리에게 주어진 시간을 최고로 보냈다. 함께 지하철이나 버스를 타고, 더운 날 길거리에서 아이스크림 와플을 함께 먹고, 따뜻한 차 한잔 마시며 이야기도 나누고, 내가 학교 공부에 바쁠 땐 우리 집 식탁에 나란히 앉아 나는 과제하고 이안은 옆에서 일을 하며 시간도 보내고. 그렇게 우리는 남들과 다를 것 없는 평범한 연애를 즐기며 더 단단해졌다. 정말 한번도 상처받지 않은 것처럼 더 열심히 사랑하며 닫힌 세상 앞에 조금씩 당당히 일어서고 있었다.

이안이 미국으로 돌아가서도 똑같았다. 평소처럼 각자의 일을 하면서도 아침 저녁에는 어김없이 화상채팅을 하면서 기약 없는 장거리 연애를 이어갔다. 눈에 보이지 않아 자칫하면 오해가 생길 수 있었기에 작은 것 하나도 더 주의하고 조심했다. 가끔 연락이 안 될 때는 혹시 무슨 일이 생긴 건 아닐까… 눈덩이처럼 커지는 걱정에 잠 못 이룰 때도 많았지만 한 번도 의심하지 않았다. 이안도 마찬가지였다.

하지만 모든 것이 완벽하게 쉬울 순 없었다. 매일 붙어 있어도 보고 싶은 연애 초기. 우리는 길어봤자 2주 정도 보고 또 몇 달을 떨어져 있어야 했기에 힘든 적도 많았다. 남자친구가 있지만 외로웠던 적도 있었고, 남자친구가 해줄 수 있는 소소하고 작은 역할들을 느끼지 못했기에 속상할 때도 많았다. 연락을 자주 할 수 있는 것도 아니었고, 휴대폰으로 수시로 얼굴 보며 통화할 수도 없었으니 늘 허전하기도 했다. 특히 내가 누군가에게 기대고 싶을 때 이안이 당장 내 곁에 없다는 점이 제일 아쉬웠다. 이안도 그랬을 거다. 내가 보고 싶고 내 어깨가 필요할 때 내가 가까이에서 버팀목이 되어 주지 못했으니까.

하지만 우리는 받아들였다. 모든 건 우리가 선택한 일이었기에. 그래서 나도 모르게 나쁜 생각이 들 때마다 다시금 생각했다. 이런 시간이 나중에 얼마나 가치 있는 추억이 될지. 서로에 대한 믿음으로 사람들의 시선과 장거리 연애를 버티고 나면 서로가 얼마나 더 소중하게 느껴질지.

그렇게 긍정적으로 생각하니 이안이 곁에 있지만 않을 뿐이지 그 존재만으로도 마음의 위안이 된 적이 더 많음을 알게 되었다. 순간의 외로움과 무거운 시선에 그 사실이 자꾸 가려졌을 뿐이었다. 그때만큼 그저 함께 있음이 가장 큰 힘이 된다는 것을 느낀 적도 없었다.

길게는 넉 달. 비록 우리보다 더 오랜 기간 떨어져 있는 장거리 연애 커플들 앞에선 햇병아리 수준이었지만 우연히 사랑이 시작되고 갑작스레 받아들여야 했던 헤어짐이 오히려 우리를 강하게 묶어주었다. 몸은 떨어져 있어도 서로를 향한 믿음과 마음은 언제나 돈독했다.

두들길수록 더 단단해지는 쇳덩이처럼 그렇게 우리는 더욱 강해져 갔다.

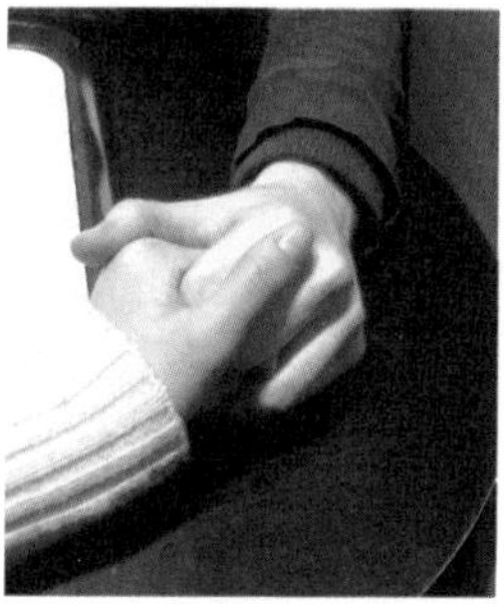

19

# 남산의 화가 아저씨

: 처음으로 느낀 따뜻한 시선

이안과의 연애 시절, 한번은 남산에 놀러간 적이 있었다. 케이블카를 타려고 올라가는 길에 눈에 띈 한 화가 아저씨. 멀리서 봐도 그림을 굉장히 잘 그리는 것 같아 우리의 모습을 그림으로 담고 싶었다. 하지만 '아저씨'에 대한 안 좋은 기억이 있어서 자신 있게 다가가질 못하고 근처에서 서성거릴 뿐이었다. 닫힌 세상 앞에 당당히 일어서려고 해도 여전히 잊히지 않는 아저씨에 대한 악몽… 그런데 우릴 지켜보던 화가 아저씨께서 먼저 말을 꺼냈다.

"둘이 착한 인상이 참 보기가 좋네! 그럼 하나 그려줄까요?"
"네? 정말요? 그럼 저희야 감사하죠!"

갑자기 다가온 기회에 우리는 가격도 묻지 않고 일단 아저씨를 마주 보고 앉았다. 하지만 평소에도 사람들 앞에서 스킨십을 많이 하지 않던 우리였기에 어떻게 포즈를 취해야 할지 몰라 어색하게 앉아 웃고만 있었다. 그냥 그렇게 그림이 그려져도 괜찮았다. 우리의 모습만 담으면 됐다. 그런데 아저씨가 또 한마디를 건넸다.

"지금 둘이 너무 뻣뻣하니 남자친구가 여자친구 어깨동무라도 좀 해봐요."

아저씨의 구수한 말투에 안심이 된 이안이 내 어깨에 손을 살짝 얹었고, 나도 이안의 손을 꽉 잡았다. 이윽고 화가 아저씨는 꼭 붙은 우리의 모습을 연필로 슥슥 그리기 시작했다.

사실 그 자리는 정말 큰 용기를 내야 했던 자리였다. 그림을 그리는 시간 동안 우리는 어깨동무를 하고 손깍지를 낀 채로 가만히 있어야 했고, 지나가는 사람들이 우리를 힐끗힐끗 쳐다보는 상황이었기 때문이다. 공공장소에서 아저씨한테 해코지를 당한 안 좋은 기억이 남아 있어 혹시라도 또 이상한 일이 생길까봐 맘이 편치 않았다.

하지만 아저씨께서 그림을 그리기 위해 우리를 볼 때마다 따뜻한 눈빛으로 웃어주셨다. 움직이지 말라고 말하는 아저씨의 다정한 말투와 정감 있는 웃음에 굳어 있던 우리의 마음도 어느새 녹았다.

그렇게 완성된 스물넷의 우리 모습이 담긴 초상화! 그림 속 우리의 모습도 마음에 쏙 들었고, 처음 느낀 우리에 대한 따뜻한 시선도 너무 감사했다. 미국에 꼭 가져가고 싶다는 이안의 뜻에 따라 즉석에서 액자까지 구매했다. 실제로 그 액자는 지금 우리 집 침실에 걸려 있다. 침대에서 일어나면 바로 보이는 곳에.

우연히 만난 남산타워 화가 아저씨 덕분에 우리의 마음이 정말 따뜻해졌다. 아직도 그 아저씨의 얼굴이 기억난다. 비록 나쁜 일도 겪어봤지만 모든 사람이 우리 같은 커플을 안 좋게 보는 게 아니라는 걸, 알고 보면 착한 사람이 더 많다는 걸 그 아저씨를 통해 작게나마 느꼈다.

아저씨. 정말 감사했어요…!

20

# 나 한국에서 살고 싶어!

- 이안의 지금부터 한국 생활기

2009년 6월부터 시작해 다음 해 3월까지 이어졌던 우리의 장거리 연애. 비록 몇 달마다 보긴 했어도 결코 충분하지 못했다. 서로가 아쉬움을 느껴가던 무렵… 이안이 큰 용기를 냈다.

"나 내년에 한국에서 살고 싶어!"

이안이 선전포고하듯 굳은 의지로 말했다. 1년 정도 한국에서 살면서 나와 내 친구들, 그리고 우리 가족에 대해 더 많이 알고 싶다고. 자신에게도 한국에 대해 더 잘 배울 수 있는 기회가 될 것 같다고. 이안의 마음은 이미 확고했다.

이안이 한국에 올 때마다 종종 불편한 시선을 받았던 우리였는데… 그럼에도 불구하고 용기를 내준 이안이 고마웠다. 어차피 우리가 함께하는 이상 받아들여야 할 사람들의 눈길들. 차라리 함께 지내면서 익숙해지기로 했다. 우리에 대한 관심이라 생각하기로 했다.

이안의 결정에 모든 과정이 일사천리로 진행됐다. 온라인으로 재택근무를 하

비행기가 아닌 차를 타고 서로를 만나러 가던 길, 수많은 배달 음식점 번호들,
그리고 종종 우리 친구들의 아지트로 변신한 이안의 오피스텔까지! 잊지 못할 한국에서의 생활이었다.

머리 색만 다를 뿐이지 너무도 자연스럽게 우리 가족에게 흡수된 이안!
이때부터 우리 집 아들 노릇은 오롯이 이안의 몫이 됐다.

던 이안은 한국에서의 생활을 위해 필요한 준비를 미리 해두었고, 미국 집은 이안의 베스트프렌드가 지내면서 돌봐주기로 했다. 우리 부모님의 도움으로 우리 집 근처에 오피스텔을 얻었고, 2010년 봄! 이안이 정말 한국으로 이사를 왔다.

이안이 지내는 오피스텔에서 우리 집까지는 버스로 몇 정거장 되지 않았다. 걸어서도 갈 수 있는 거리였다. 그 길을 익힌 이안은 매번 나를 데리러 우리 집에 오고 데이트가 끝나면 꼭 집에 데려다주었다. 장거리 연애를 할 땐 내가 늘 이안을 데리러 가고 데려다주었었는데… 이안은 우리가 같은 곳에 살면 꼭 이것부터 해주고 싶었다고 했다. 신기했다. 믿기지가 않았다. 우리가 같은 공간에 이렇게나 오래 함께 있다니! 이젠 이안이 떠나는 날을 하루이틀 세어보지 않아도 된다니!

나는 너무 좋았지만 사실 이안은 힘들었을지도 모른다. 한국에서 태어나고 자란 남자들도 자취를 하는 게 어려울 텐데, 하물며 미국에서 온 이안은 얼마나 낯설었을까. 특히 식사가 문제였다. 내가 종종 이안의 오피스텔로 가서 밥을 해놓고 반찬도 사다주었지만 학교를 다녀야 했기에 매번 그렇게 할 수는 없었다. 그래서 우리가 자주 사용한 방법이 바로 음식 배달!

처음에는 이안이 나한테 문자메시지를 보내면 내가 대신 주문을 해주는 식으로 배달을 시켰다. 그러던 이안이 언제부턴가 음식 주문하는 법을 배우고 멘트를 외우더니 결국 스스로 주문을 할 수 있게 되었다. 그런데 한 가지 문제가 있었으니 바로 발음! 그때 이안은 1003호에 살고 있었는데 전화로 "천삼호"라고 말하면 꼭 상대방은 "천삼이요? 천사?" 하고 헷갈려 했던 것. 이안은 혼란을 없애기 위해 그때부터 자신만의 방법으로 주문하기 시작했다.

"안녕하세요! oo오피스텔 일콩콩삼호입니다. 덜숏(돌솥) 비빔밥 하나 하고 오징어뽀끔(오징어볶음) 하나 주세요. 감사합니다!"

또 이안은 한국에서 지내는 동안 내 친구들을 자주 만나면서 내가 어떻게 지내왔는지 알아갔다. 사실 정말 친한 친구들에게 말고는 외국인 남자친구가 있다는 걸 굳이 말하지 않았었는데 이 시기부터 당당하게 밝혔다. 내가 만나는 사람이라고! 친구들은 이안을 환영해주었고 이안도 처음 본 내 친구들과 정말 잘 어울렸다. 그렇게 내 오랜 베스트프렌드는 이안의 새 베스트프렌드가 되어 가며 이안은 점점 '박꿀리'스러워지곤 했다(내가 늘 꿀린다고 해서 지인들은 나를 '박꿀리'라 부른다). 약간은 조용하던 이안이 슬슬 망가지기 시작하던 때도 바로 이때! 하하.

가족들과의 시간도 너무 좋았다. 우리 가족의 평범한 일상에 함께해준 이안. 늘 그렇듯 주말이면 함께 마트에 가 장을 보고 아이스크림도 한 개씩 먹고! 아빠를 도와 장본 것들을 같이 집으로 옮기고 종종 우리 집 대청소를 거들기도 했다.

배낭 하나 둘러메고 대한민국 이곳저곳을 돌아다닌 우리.
이안이 아니었다면 우리나라가 이렇게 아름다운지 잘 몰랐을 거다.

소소하지만 특별하게 느껴졌던 하루하루. 무엇보다 '같이' 즐길 수 있다는 게 너무 좋았다. 나는 학교가 끝나면 이안 오피스텔로 직행했고 같이 놀러나가곤 했다. 내가 해줄 수 있을 땐 밥도 차려주고 청소도 해주고! 우리 엄마 아빠는 이런 나와 이안을 보며 놀리듯 말하셨다.

"아주 〈우리 결혼했어요〉를 찍어요~!"

이안이 한국에서 지내는 시간 동안 그간의 장거리 연애의 힘듦을 두 배, 세 배로 보상받는 것 같았다. 하지만 안타깝게도 우리의 장거리 연애가 완전히 끝난 것은 아니었다. 이안이 무비자로 한국에 들어왔기 때문이다.

비자가 없는 외국인의 합법적 한국 체류 기간은 입국당 90일. 하루라도 넘기면 불법체류가 되었기에 90일이 되기 전, 거의 세 달마다 한국 땅 밖으로 나가야 했다. 그때마다 이안은 미국 집에 가서 제대로 처리하지 못한 일도 손보고, 집도 정리한 뒤에 곧 다시 한국으로 돌아왔다.

그렇게 이안의 여권에는 수많은 한국 출입국 스탬프가 찍혔고, 그만큼 우리의 추억도 차곡차곡 쌓여 갔다.

21

# 스펀지 같은 사람

## : 생활 속에서 배우는 이안 서바이벌 코리아!

이안이 한국에서 지내면서 가장 재밌어했던 것은 새로운 한국문화를 접하는 것이었다. 재미교포 친구가 있어서 한국문화를 어느 정도 알고 있었고 종종 한국에 올 때마다 새로운 것을 배우기도 했지만 그것만으로는 부족했나 보다.

그래서 이안은 1년간의 한국생활을 정말 알차게 보내려고 노력했다. 나도 그런 이안에게 더 많은 한국문화를 보여줬고 이안이 이해하고 받아들이기까지 인내심을 가지고 기다렸다. 문화를 배울 땐 자주 접하는 게 정답이다. 그래서 한국인이라면 꼭 해봐야 하거나 이해하면 좋을 몇 가지를 알려줬다.

처음엔 어색해하던 찜질방. 이후에도 가족들이랑 종종 가다 보니 나중에는 불가마에서 땀을 쫙 빼고 먹는 꿀 같은 식혜 맛도 알게 됐다. 한없이 낯설기만 했던 다 같이 하는 목욕 문화도 나중엔 아빠의 등까지 밀어주며 아들 노릇을 톡톡히 할 정도로 익숙해졌다.

자가용이 곧 발인 미국에 비해 한국은 대중교통을 많이 이용하기에 이안은 버스나 지하철 타는 것에도 익숙해져야 했다. 늘 자신의 차를 타고 다니던 사람이었기에 갑자기 정거장이나 역까지 걷고 또 대중교통을 기다리고 사람이 꽉 찬 버스나 지하철을 타는 생활이 많이 불편했을 거다.

특히 길치인 나도 지하철을 갈아타는 것이 가끔은 헷갈리는데, 이안은 더하면 더했지 덜하진 않았다. 그래서 이안의 손에는 늘 작은 지하철 노선표가 들려 있었다. 하도 펴봐서 꼬깃꼬깃 구겨진 노선표. 그런 노력으로 한국생활을 하면서 이안은 버스 환승하는 법도, 가려는 지하철 방향을 제대로 찾는 것도 곧잘 했다. 여전히 사람을 가득 싣고 달리는 지옥철은 힘들어했지만.

족발을 먹을 때는 두 손으로 잡고 뜯는 것도, 고기를 제대로 굽고 자르는 법도, 어른들과 술자리를 함께할 땐 두 손으로 주고받고 고개를 살짝 돌려 마시

는 것도 배웠다. 동생들에겐 제법 반말로 얘기도 하고 언니오빠들에겐 누나, 형 하면서 잘 따르기도 했으며 술을 잘 먹지도 못하면서 술 게임에 푹 빠져 밤새 논 적도 많았다. 차가운 계곡물에 맥주와 수박을 담가 놓는 것도 알게 됐고, 겨울에는 내 친구들과 함께 연탄배달 봉사활동도 하며 한국의 여러 모습을 많이 느꼈다.

그리고 빠질 수 없는 한국어 공부! 이안은 우리 부모님과 한국어로 더 제대로 대화를 하고 싶어 했다. 주로 짧은 한국어와 손짓 발짓으로 대화를 하다 보니 나 없이는 자신이 하고 싶은 이야기들을 진지하게 할 수 없는 것이 속상했나 보다.

하지만 아침에 한국어 학교에서 공부를 하는 것은 새벽 내내 일을 하고 낮에 자야 하는 이안에겐 힘든 스케줄이었다. 그리고 학교라는 틀을 별로 좋아하지 않는 이안이라 자연스럽게 한국어를 배우고 싶어 했다. 그런 이안을 위해 내가 이안의 한국어 선생님이 되어 평상시에 하는 말들을 통해 자연스럽게 한국어를 가르쳐주기 시작했다.

그런데 한 가지 문제점이 생겼다. 남자인 이안이 여자인 내가 쓰는 말들을 자연스럽게 습득했다는 거다. 예를 들면 "어머머!"라던가 "어떡해~ 어떡해~" 같은 아줌마스러운 말투를! 그것 말고도 전체적인 말투가 좀 여성스러워지곤 했다. 하도 자주 붙어 있으니까 어쩔 수 없이 스며든 나의 여성성! 나는 그리 여성스러운 성격의 소유자가 아닌데도 말이다. 하하.

결국은 나에게 한국어를 배우는 동시에 한국어를 반복적으로 학습할 수 있는 프로그램을 통해 한국어 공부를 보충하기로 했다. 그때 배운 걸 바로 내 친구들과의 만남에서도 활용하고, 나와 우리 가족과도 대화하며 이안은 점점 대화체에 익숙해져 갔다. 평상시에 내가 하는 말을 잘 듣다가 궁금한 건 그때그때 물어보며 자연스럽게 배우기도 했다. 그렇게 이안의 한국어 실력은 그 열정만큼이나 콩나물 자라듯 쑥쑥 자랐다.

그 결과 지금은 제법 자연스러워져 내 친구들과 나 없이 어울리기도 하고 술자리에서 이행시 짓는 센스도 발휘한다. 심지어 얼마 전에는 내 블로그에 이안이 한국어로 첫 포스팅을 했을 정도(비록 철자는 많이 틀렸지만. 하하)! 그런 이안의 모습을 보고 있으면 예전에 이안이 재밌는 말실수를 했던 추억도 떠오르고 지금까지 얼마나 많이 노력했는지가 생각나 늘 고맙기만 하다.

1년간의 한국생활은 이안에겐 도전의 연속이었다. 스펀지처럼 많은 것을 빨아들이고 또 그것을 받아들이려 많은 노력을 해준 이안. 그런 이안이 우리도 참 좋았다.

tip 02

# 외국인 연인을 위한 **한국어 공부법**

이안이 본격적으로 한국어 공부를 시작한 것이 2010년, 한국에서 1년 살 때였다. 이안은 90일마다 미국으로 떠나야 했고, 주로 낮과 밤이 바뀐 생활을 하던 터라 아침 일찍 한국어학당에 가서 공부를 하는 게 힘들었다. 물론 학생비자도 없었고. 그래서 어학당에 나가는 대신 내가 한국어를 가르쳐주기 시작했고, 지금은 우리 대화의 반은 한국어로 말할 정도로 실력이 많이 늘었다. 비록 한국어 교육 전문가는 아니지만, 이안과 함께 시행착오를 겪으며 터득한 한국어 공부법을 소개해볼까 한다.

## 1 공부 스트레스를 주지 말자

한국어를 가르쳐줘야 할 상대방이 있다면, 가장 중요한 마음가짐이다. 절대로 공부에 대한 스트레스를 주지 말 것. 배우는 사람 스스로 공부하고 싶은 마음이 들어야지, 가르쳐주는 사람의 입장에서 강요하듯 밀어붙이면 오히려 열정이 식을 수도 있다. 상대방이 마음을 열고 스스로 배우고자 할 때까지 기다리자.

## 2 미리 답을 가르쳐주지 말자

공부를 하다 보면 질문이 많이 생길 것이다. 특히나 '아' 다르고 '어' 다른 한국어의 경우 더욱 더. 상대방이 모르는 단어나 표현에 대해 질문을 한다면 바로 답을 알려주지 말고 무슨 뜻일지 스스로 생각해보도록 되물어보자. 정말 궁금한 걸 생각할 때 우리 뇌가 가장 활성화된다는 사실! 때문에 이런 과정을 거치면 나중에 배운 것을 다시 기억해내는 데에도 큰 도움이 된다. 이를 잘 활용하면 어려운 외국어를 공부하는 데 훌륭한 학습법이 될 것이다.

## 3 스스로 예문을 만들어보게 하자

한국어 공부의 마무리 단계는 바로 스스로 만드는 예문! 상대방이 모르는 것을 질문했을 때 스스로 생각해보게 한 뒤 답을 말해주고 난 후에 이 과정을 거치면 더욱 효과가 크다. 길고 어려운 문장이 아니어도 된다. 예를 들어 '식사'라는 단어를 배웠다고 하면, '엄마가 식사를 합니다'라고 예문을 만들어보게 하면 된다. 이처럼 궁금해했던 단어나 표현의 뜻을 배우고 나서 이를 활용해 간단하게라도 문장을 만들게 하면 공부한 것을 기억하는 데도 도움이 된다. 어려워한다면 옆에서 도와주거나 함께 문장을 만들어도 좋다. 상대방이 자신이 배운 것을 그 자리에서 바로 활용해본다는 것이 가장 중요한 점이니까.

### 4 배운 걸 응용할 줄 아는 힘을 길러주자

예문을 곧잘 만든다면 이젠 그 문장을 좀 더 응용할 수 있도록 해보자. 방금 만들었던 예문에 간단한 문장 하나, 혹은 접속사나 비슷한 단어 하나만 더 붙이는 식으로 하면 된다. "엄마가 식사를 합니다"를 "엄마가 식사를 한 뒤 책을 봅니다" 등으로 만들 수 있다. 그러다보면 표현력도 풍부해지고 한 문장이 두 문장, 세 문장이 돼서 결국 한 문단까지 만들 수 있다. 하지만 이 단계는 필수가 아닌 옵션! 먼저 만든 예문마저 혼란스럽게 할 수도 있으니 상대방의 컨디션에 따라 조절하는 것이 좋다. 한꺼번에 너무 많은 것을 강요하면 오히려 스트레스가 오기 마련이니 상대방이 부담을 느끼지 않는 선에서 즐겁게 가르쳐주자.

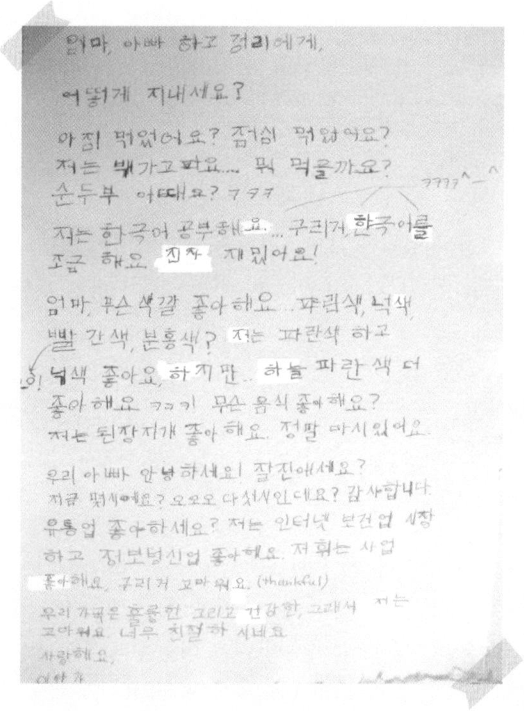

엄마, 아빠 하고 정리에게,

어떻게 지내세요?

아침 먹었어요? 점심 먹었어요?
저는 배가고파요.... 뭐 먹을까요?
순두부 어때요? ㅋㅋㅋ ㅋㅋㅋㅋ^_^
저는 한국어 공부해요.... 그리거, 한국어를
조금 해요. 진짜 재밌어요!

엄마, 무슨 색깔 좋아해요.. 파란색, 녹색,
빨간색, 분홍색? 저는 파란색 하고
녹색 좋아요, 하지만.. 하늘 파란 색 더
좋아해요 ㅋㅋㅋ! 무슨 음식 좋아해요?
저는 된장지개 좋아 해요. 정말 마시있어요.

우리 아빠 안녕하세요! 잘진애세요?
지금 몇시에요? 오오오 다섯시인데요? 감사합니다.
유통업 좋아하세요? 저는 인터넷 보건업 시장
하고 정보텅신업 좋아해요. 저희는 사업
좋아해요, 그리거 고마워요. (thankful)
우리 가족은 훌륭한 그리고 건강한, 그래서 저는
고마워요 너무 친절하 시네요
사랑해요,

22

# 아파도 좋아!

## : 잊지 못할 스키장의 추억

이안이 1년 동안 한국에서 지내면서 한국의 사계절을 다 느낄 수 있다는 점이 너무 좋았다. 봄날에 함께 벚꽃구경도 다니고, 여름에 워터파크도 가고, 가을에는 북한산에서 단풍 절경도 보고, 겨울에는 온 세상이 새하얀 한국의 모습도 보여줄 수 있었다.

내슈빌에도 사계절이 있지만 우리나라처럼 또렷하지가 않아서 겨울에 눈이 잘 내리지 않는다. 가끔 눈이 내려도 땅에 닿자마자 바로 녹아 없어지는 눈이라 소복이 쌓인 눈을 보기 쉽지 않은 내슈빌. 그런 내슈빌에 언젠가 폭설이 한 번 내린 적이 있었는데, 이안이 너무 신난 나머지 집 앞에 나가 작은 이글루를 지어 내게 사진을 찍어 보내준 적도 있다. 그런 이안에게 한국의 또렷한 사계절은 아름다움 그 자체였을 것이다.

특히 한국의 스키장은 이안에게 신세계였다. 스키장이 있어도 인공 눈으로 버티는 내슈빌의 스키장과는 달리 자연온도로 눈이 꽝꽝 어는 한국의 천연스키장! 우리 가족은 스키를 참 좋아해서 내가 어렸을 때부터 매년 타러 다녔던 터라 이안이 한국에 있을 때도 다 같이 스키를 타러 가기로 했다. 그 계획을

들을 때부터 신나하던 이안은 생애 처음으로 스노보드를 타게 됐다!

처음에는 나와 내 동생의 도움을 받았지만, 이내 탄력을 받은 이안은 나와 함께 신나게 보드를 탔다. 그런데 너무 신이 났는지 그만 빙판부분에서 넘어져 꼬리뼈를 다치고 말았다. 엉덩이가 아프다면서도 한 번 더 타고 또 타고! 그러다가 결국엔 절뚝거리며 보드 타기를 멈췄던 이안. 엎친 데 덮친 격으로 그날 날씨가 너무 추워서 감기까지 걸렸다. 그게 또 하필이면 그때 당시 한창 유행하던 신종플루! 내슈빌은 겨울에도 한국처럼 춥지가 않아 감기 한 번 안 걸렸던 사람이 한국의 강추위에 된통 당한 거다.

우리 부모님께서는 이안이 꼬리뼈 부상에 감기까지 걸려가면서도 가족과의 시간에 최선을 다하고 즐거워하는 모습을 귀엽게 보시면서 한마디 하셨다.

"한국사위 되려고 한국살이 해보니 힘든 게 많지 이안?"

23

# 테트리스 같은 추억 쌓기

: TV에 우리가 나왔어?!

어느 날, 방송국에서 '외국인 사위를 둔 가족 이야기'를 콘셉트로 한 프로그램에 출연해줄 수 있겠냐는 연락이 왔다. 처음에는 우리가 TV에 나온다는 것이 조금 부담스러웠다. 게다가 방송이라는 것은 편집하기 나름이기 때문에 우리의 모습이 있는 그대로 나오지 않을 가능성이 있어 무섭기도 했다.

걱정은 되면서도 결국 우리는 방송에 출연하기로 했다. 이안이 한국에서 지내는 시간 동안 많은 추억을 쌓고 싶었고, 어딘가에 있을 우리와 같은 처지의 커플들에게 조금이나마 힘이 될 수 있을 것 같았기 때문이었다.

용기를 내 촬영했던 우리의 첫 방송 콘셉트는 엄마와 우리 자매가 이안에게 집중하느라 아빠가 왕따(?)가 되었다는 것! 콘셉트는 조금 짓궂었지만 3일간의 촬영으로 아빠와 이안은 서로를 향한 깊은 마음을 주고받으며 좀 더 가까워졌다. 우리 가족도 이안과 함께 특별한 추억을 쌓을 수 있어서 감사했다.

첫 촬영을 무사히 마치고 우리는 연이어 방송 출연을 하게 되었는데, 두 번째 방송은 바로 시청자가 보내온 설 풍경이라는 콘셉트였다. 온 가족이 모여 한복을 차려입고, 아침을 먹으며 오순도순 수다를 떠는 우리 가족의 모습 그대로였다. 그 가운데 압권은 이안이 할머니께 고름을 매는 법을 배우는 장면이었다. "이케, 이케, 이카라~" 하는 할머니의 강한 부산 사투리를 못 알아듣고는 어리둥절해 하는 이안의 모습이 그대로 나왔다. 지금 봐도 재밌는 장면!

또 한번은 외국인 사위들이 모여 한국의 농촌문화를 체험하는 '농촌 올림픽'에 출연했다. 한국 시골엔 한 번도 가본 적이 없는 이안은 촬영 덕에 직접 매실과 고사리를 따고, 갓 딴 머루도 먹었다. 그뿐인가! 가위바위보에서 이겼는데도 낫이 아닌 삽을 골라 힘들게 맨땅을 파내며 농사일이 얼마나 값진지도 배웠다. 무엇보다 이안이 어르신들께 구수한 시골의 정을 느끼며 참교육을 배울 수 있어서 좋았다. 방송이 아니었다면 체험할 수 없었을 값진 경험! 그때 함께 촬영한 다른 커플들과 친구도 돼서 더욱 잊지 못할 추억으로 남았다.

(SBS <생방송 투데이> '아들 같은 내 사위, 이안' 편 캡처)

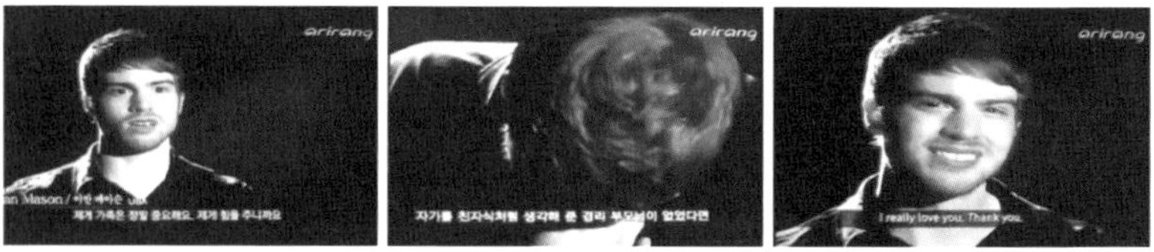


(아리랑티비 <The Story of Hand in Hand> '국제커플의 사랑방정식'편 캡처)

국제커플에 대한 다큐멘터리에 인터뷰를 한 적도 있다. 그때 커피숍에서 있었던 아저씨의 일을 말하면서 틀린 것이 아닌 다른 것임을 알아달라고 부탁하기도 했다. 방송 마지막에는 이안이 우리 부모님께 영상편지를 보내는 장면이 있었다. 무슨 말을 해야 할지 잠시 고민하던 이안은 그간 즐거웠고 행복했던 한국생활이 떠올랐는지 갑자기 눈물을 터뜨렸다. 결국은 눈물을 글썽이는 채로 우리 부모님께 "감사합니다. 그리고 사랑합니다!" 하고 영상편지를 보냈고, 눈이 빨개진 이안의 얼굴이 화면에 나올 때 우리 둘은 같이 울었다.

몇 번의 촬영은 국적이 다른 연인들에 대한 편견을 거둬달라고 말할 수 있는 값진 기회이자 우리에게도 소중한 추억이 됐다. 그때의 영상을 지금도 종종 보곤 하는데 그때의 우리 모습이 살짝 부끄럽긴 해도 정말 좋다. 이안이 한국생활을 온전히 받아들이며 점점 우리 가족이 되어 가는 게 보이고, 그만큼 가족들의 정도 더 깊어진 것 같고 말이다. 그래서 그때 두려웠지만 용기를 냈던 우리의 선택에 감사하다.

남들과 조금 달라서 특별하고 소중한 추억을 쌓을 수 있었던 우리. 테트리스 같은 우리의 추억 쌓기는 여전히 진행 중이다!

(SBS <좋은 아침> '외국인 사위들의 농촌 올림픽'편 캡처)
다른 외국인 커플들과 많은 이야기도 나누고, 뙤약볕에서 땀 흘리며 어르신들께 농사일도 배우고!
도시에서만 자란 나와 한국의 시골을 처음 보는 이안에게 정말 뜻깊고 즐거운 경험이었다.

24

# '박경리'에서 '경리안'으로

: 우리의 시작한 삶의 기록

이안이 한국에서의 생활을 시작할 무렵, 그 하루하루가 너무 소중해 어딘가에 이 순간을 기록해두고 싶었다. 그러다가 눈길을 돌린 것이 바로 블로그. 마침 그때 한미학생회의(KASC) 집행위원장을 맡아 홍보에 열을 올리고 있어서 이미 블로그를 만들어둔 상태였기에 겸사겸사 블로그를 시작하게 됐다.

처음에는 간단하게 사진 한 장에 글 몇 줄을 쓰면서 시작했다. 짤막한 글이지만 우리의 모습을 기록하며 그때의 추억을 되새기는 게 참 좋았다. 장거리 연애를 하며 서로 그리워하던 우리의 모습을 떠올리니 함께하는 순간이 그렇게 소중할 수 없었다. 사진을 보고 글로 한 번 더 끄적이면서 그때는 느끼지 못했던, 너무 익숙해 놓쳤던 부분들을 발견하기도 했다. 그렇게 우리가 연애하던 시절부터 찍은 사진을 차곡차곡 정리해가며 블로그에 익숙해졌다.

그러면서 점점 내 블로그를 봐주는 사람이 생기기 시작했다. 댓글을 달아주고 우리의 이야기가 재밌다고 말해주는 사람들이 생겨났다. 신기했다. 내가 모르는 누군가가 내 글을 보고 있다는 사실이 조금 두렵기도 했지만 한편으로는 꽤나 흥미로웠다. 우리의 모습을 다른 사람이 어떻게 생각하는지 알 수 있을 것 같았다. 그래서 블로그를 통해 국적이 다른 우리의 연애도 다른 커플의 연애와 별다를 것 없다는 걸 보여 주고 싶었다.

그때부터 블로그에서 쓰일 아이디를 내 이름 '경리(Kyungri)'와 '이안(Ian)' 이름 두 자를 합쳐 '경리안(kyungrian)'으로 지었다. 이 블로그는 나와 이안의 이야기를 담는 곳이 될 테니까. 매우 만족스러웠던 내 첫 블로그 아이디! 그렇게 어느 순간부터 나는 박경리보다 경리안으로 더 많이 불리게 되었고, 글을 쓰면서 나름대로 나만의 형식도 조금씩 갖춰갔다.

블로그를 처음 시작할 당시는 우리가 이제 막 스물다섯이 되던 해였다. 그래서 우리에게는 '꼬꼬마'라는 별칭이 생겼다. 연애 시절부터 우리의 모습을 보면 엄마미소가 지어진다는 말을 많이 들었던 터라 블로그 이름도 '꼬꼬마 경리안의 엄마미소 블로그'로 바꾸게 됐다. 그렇게 꼬꼬마 커플은 스물넷, 스물다섯의 연애 기간을 거치며 스물다섯의 끝자락에 꼬꼬마 부부가 되었고 그에 따라 블로그도 '꼬꼬마부부 경리안의 엄마미소 블로그'로 재단장을 했다.

나 역시도 사람들과 소통하는 것이 즐거웠다. 장거리 연애를 했던 사람들과는 공감대를 형성하며 서로 위로를 주고받았다. 우리와 같은 신혼부부를 만날 때면 친구를 만난 것처럼 수다를 떨었다. 즐거운 일만 있을 수 없는 게 우리 인생. 그럴 땐 같은 처지에 있던 사람들에게 조언도 듣고 인생 얘기도 들어가며 수없이 마음을 다잡기도 했다.

그렇게 꾸준히 오랫동안 블로그를 하다 보니 내게 또 다른 가족 같은 사람들이 생겼다. 속상한 일이 생기면 함께 걱정해주고, 즐거운 일이 생기면 자신의 일인 양 기뻐해주고, 내가 살아가면서 느끼는 것을 함께 공유하며 그 이야기를 통해 더 많은 사람을 이해하게 되는….

그렇게 나는 블로그 안에서 사람을 만나고 사람을 얻었다.

25

# 사람이 꽃보다 아름다워

: 사람에게 받은 상처 사람으로 치유하다

내 블로그가 종종 포털사이트 메인에 노출되고 그로 인해 방문자가 많아지면서 수많은 인연을 맺기도 했지만 그렇다고 좋은 일만 있던 것은 아니었다.

비난과 욕설이 난무하는 악성댓글.

보통 커플들과는 조금 다른 우리를 보고선 제각각의 의견이 쏟아졌다. 무작정 우리가 싫어 욕하는 글도 있었고, 이안이라는 사람보다는 미국인이라는 것에 초점을 맞춰 반미감정을 나타내는 글도 있었고, 요목조목 자신이 싫어하는 점을 논리적으로 따져가며 우리를 비방하는 글도 있었고, 심지어 블로그 고객센터에 내 블로그 포스팅을 신고한 사람도 있었다.

그러던 어느 날, 감당하기 힘든 일이 터졌다. 블로그를 통해 알게 된 지인에게서 전해 들은 일은 그야말로 충격이었다. 미국에 사는 한인 커뮤니티 사이트에 나와 이안에 대한 루머가 꽤나 오랫동안 떠돌아다닌 듯했다. 가족들조차 모르는 일을 누군가 잘 아는 듯 적어두었고 댓글도 꽤 달렸다. 심지어 어떤 사람은 우리의 지인이라면서 이안이 성인사이트를 통해 돈을 번다는 등의 글을 올려두었고 또 그걸 믿는 사람들끼리 말도 안 되는 이야기를 새로 쓰고 있었다. 뿐만 아니라 나와 이안이 만난 펜팔 사이트도 실은 저질 포르노 사이트고 그런 곳에서 만났으니 안 봐도 뻔하다며 수군댔다. 그 사이트에 올라온 글 중 어느 하나도 정확한 것이 없었다. 어떻게 그런 말도 안 되는 글을 쓰고 또 그걸 믿을 수 있는지 신기하기까지 했다. 더군다나 익명 사이트였기에 그 정도가 더 심했다.

온라인의 양면성을 알고 시작했던 블로그지만, 일이 이렇게 커질 거라고는 생각 못했다. 이 상황을 어떻게 받아들여야 하나 생각했지만 생각이 거듭될수록 속상하고, 당황스럽고, 억울하고, 화나고, 마음이 갈기갈기 찢긴 듯 고통스러웠다. 떳떳하게 살아온 나의 지난날까지 후회스러울 만큼 자괴감이 밀려왔다. 그럴 때 이안이 곁에서 많은 힘이 됐다. 당당하지 않으면 지는 거라며 언제나 내 뒤에서 내가 기댈 수 있게 서 있었다.

힘든 하루하루를 버티다 문득 계속 묵묵부답으로 일관하면 마치 그 루머가 사실이라 인정하는 것 같다는 생각이 들었다. 그래서 여러 가지 정황과 자료들을 모아 블로그에 해명글을 올렸다. 그들이 내 글을 보든 안 보든 상관없었다. 단지 내 입장을 밝히고 싶었다. 이안 말처럼 지지 않고 당당하고 싶었다.

그렇게 허심탄회하게 글을 올리고 나니 놀라운 일이 일어났다. 수많은 사람들이 댓글과 메시지로 격려를 해준 것이다. 심지어 평소엔 글만 볼 뿐 흔적은 남기지 않았던 사람들까지 손수 댓글을 달고 위로를 해주었다. 정성 어린 글을 하나씩 읽다 보니 눈물이 흘렀다. 비록 사람들에게 상처를 받았지만, 그 아픔은 다시 사람들 덕분에 치유해갈 수 있었다. 그들의 진심은 나를 다시 예전의 내 모습으로 돌아오게 하기에 충분했다. 잠시 움츠러들었던 시간을 지나 다시 평범한 우리 이야기를 하면서 서서히 위기를 극복했다.

그렇게 나는, 우리는 다시 일어서고 있었다.

26

# 파워블로거가 되다

## : 블로그를 통해 더 큰 세상 속으로

한차례 독한 홍역을 겪고 난 뒤 나는 블로그를 다른 곳으로 옮겼다. 잊으려야 잊을 수 없는 힘든 기억은 예전 그곳에 고스란히 묻어두고 새해에 맞춰 모든 것을 새로운 마음으로 다시 시작하고 싶었다.

내 추억과 사람들과의 정이 묻어 있는 둥지를 뜨는 건 쉽지 않은 일이었지만 예전 기록은 이전 사이트에 남겨둔 채로 새 블로그를 시작했다. 터는 바뀌었어도 여전히 진솔하게 우리의 모습을 기록했다. 특히 내가 살면서 느끼는 것들을 많이 적었다. 너무 흔해서 혹은 익숙해서 그동안 알아채지 못했던 소소한 것들의 소중함을 되돌아보며 깨달은 점을 블로그에 공유했고, 그에 많은 사람들도 자신의 이야기를 들려주었다. 그 과정에서 나는 블로그를 통해 더 큰 세상을 알아가고 더 넓은 생각을 가질 수 있게 됐다.

그렇게 블로그를 이전한 지 딱 1년 만에 '파워블로거'라는 타이틀을 얻게 됐다. 그곳에서 이제 막 블로그를 시작한 나에겐 너무도 과분한 상이었고 그만큼 더 감사했다.

파워블로거가 된 이후에도 나의 평범하고 별일 없는 일상 기록은 계속됐다. 내 블로그 한편에 파워블로거 엠블럼이 있고 없고는 사실 중요하지 않았다. 내게 중요한 건 내가 쓰는 글에 더 큰 책임감을 느끼게 됐다는 것이었다. 내 글은 이제 나만 보는 것이 아니니까. 한 자를 써도 더 신중해졌고 그만큼 나도 많이 성숙해져 갔다.

그러다보니 블로그에, 그리고 나와 늘 함께해주는 블로그 식구들에 대해 더 각별한 애정이 생겼다. 그들과의 소통은 내 생활을 더 풍부하게 해주었고 넓디넓은 세상 속 나라는 작은 존재를 더 성장하게 해주었다.

진심 어린 소통이 계속되니 이안과 내 모습을 기록하는 것도 더 즐거워졌다. 살면서 늘 웃을 수만은 없지만, 어떤 일을 마주하던 긍정적으로 바라보는 시각도 생겼다. 의미 없이 흘려보냈을 수도 있는 내 하루하루가 더 풍부해지기도 했다.

이제는 너무나도 익숙해진 우리의 추억 저장소. 그렇게 블로그는 내 삶의 한면이 되었다. 우리의 모습을 기록하며 행복함을 느끼는 한 나의 글쓰기는 앞으로도 쭉 계속될 것이다.

27

# 언제나 내 편인 블로그 식구들

: 온라인을 넘어 오프라인으로!

블로그를 하면서 많은 사람을 만나 수많은 이야기를 나누었다. 사람들과 소통하고, 그 이야기를 통해 더 많은 사람을 이해하게 되고, 돈으로도 살 수 없는 소중한 사람을 얻어가는 동안 궁금했다. 과연 이 모니터 건너에 있는 사람들은 누구일까. 온라인으로 알게 된 사이임에도 힘이 필요할 때 진심 어린 응원을 보내주고, 위로가 필요할 때 마음속 말 한마디를 건네주고, 즐거울 때도 슬플 때도 나와 함께 감정을 공유하며 내 편이 되어주는 이 사람들은 과연 어떤 사람들일까.

그래서 블로그를 시작한 지 6년 만에 처음으로 오프라인 모임을 갖게 됐다. 한 번 모여 얼굴 보며 놀자고 글을 올리고 나서 사실 많이 떨렸다. 내가 뭐라고 날 보러 올까, 내가 좀 오버하는 건 아닐까. 그들이 보고 싶어 제안한 만남 앞에 나는 갑자기 소심해졌다. 그런데 정말 고맙게도 많은 사람들이 모임에 함께하고 싶다는 마음을 표현해주었고, 장소의 제한 인원 때문에 선착순으로 사람을 뽑아야 하는 일이 벌어졌다. 정말 과분한 일이었다. 한 명 한 명 다 만나고 싶었는데, 그럴 수 없는 상황이 미안하기만 했다.

드디어 온라인에서 가족처럼 지내던 블로그 식구들을 만나는 날! 한껏 꾸미는 대신 평소 블로그에서 보여줬던 털털한 모습 그대로 청바지에 흰 티 하나 걸쳐 입고 나갔다. 그리고, 약속한 시간이 되자 온라인에서만 보던 그 아이디를 가진 사람이 내 눈앞에 나타났다.

"어머머! 그분이시구나!"

사람들도 나를 보고 놀라고, 나도 사람들을 보고 놀라고! 서로 놀라며 반가워하는 재미난 상황으로 만남이 시작됐다. 친한 오빠의 재밌는 사회와 함께 여러 가지 게임을 하며 준비한 선물도 주고, 온라인이 아닌 오프라인으로 직접 얼굴 맞대고 앉아 속마음 얘기하는 시간도 갖고, 맛있는 음식과 함께 와인 한 잔 따라 우리들의 첫 만남을 축배하기도 했다.

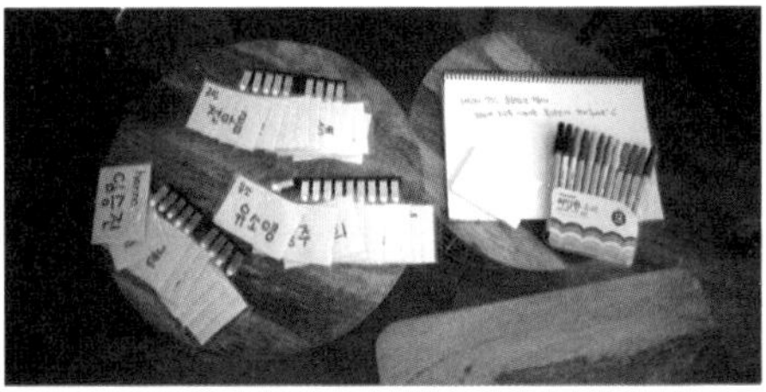

정말 다양한 사람들이 와주었다. 잠깐 한국에 나와 있던 해외 유학생들도 있었고, 학교 선생님을 비롯해 사회 다양한 곳에서 일하는 친구들, 이제 갓 대학생이 된 새내기, 먼 거리를 마다 않고 지방에서 온 친구, 선약이 있었지만 조금이라도 모임에 참여하고 싶어 잠시 들른 친구, 일 끝내고 늦게라도 와준 친구, 든든한 언니들까지. 심지어 언니들 중 한 명의 큰딸이 모임에서 가장 나이 어린 친구와 나이 차이가 별로 나지 않는 상황까지 벌어졌다! 뿐만 아니라 청각장애를 가지고 있어 많은 사람이 모이는 자리가 두렵기도 하고 어려웠을 텐데, 그럼에도 불구하고 수화 통역을 해줄 친구를 데리고 용기 있게 와준 친구도 있었다. 나이도 직업도 따지지 않고 한마음으로 순수하게 모일 수 있었던 시간! 정말 감동이었다.

생각하면 생각할수록 과분할 정도로 감사한 일이었다. 별것 없는 나의 끄적거림에 같은 감정을 공유하고, 그로 인해 서로의 삶이 더 좋은 쪽으로 발전하게 된다는 것이. 게다가 함께 나눈 그 공감을 통해 다 같이 만난 자리에서 또 다른 사람을 알게 되고, 그렇게 그들 사이에서 또 다른 공감대가 형성되며 사람과 사람이 이어지는 것이 놀라울 정도로 아름다운 만남이었다. 늘 즐겁기

만 한 블로그 생활은 아니었지만 이 시간을 위해서 이렇게 오랫동안 꾸준히 해왔나 보다 하는 생각이 들었다. 내가 그렇게도 좋아하는 이 사람들을 위해서. 그리고 그들에게서 뿜어져 나오는 따뜻한 에너지를 얻기 위해서.

돈은 썼지만 돈으로 살 수 없는 마음을 얻었다. 준비 과정에서 많은 시간을 들여야 했지만 영원히 추억할 수 있는 시간을 얻었다. 웃느라 목은 쉬었지만 평생 기억될 웃음을 얻었다. 사람으로 시작해 결국은 사람으로 끝나는 일… 블로그 식구들과의 첫 모임을 통해 나는 수많은 동생들, 친구들, 그리고 언니들까지 정말 소중한 자산을 얻었다. 내가 무슨 생각을 하고 어떤 도전을 하든 간에 나를 응원해줄 천군만마를 얻은 것 같은 기분에 더 겸손하고 착하고 바르게 살아야겠다는 책임감까지 들었다.

늘 나를 바른길로 가게끔 좋은 자극을 주는 블로그, 그리고 그곳에서 만난 사람들. 이 모든 걸 생각하면 늘 고마운 마음뿐이다.

경리안 친구
강명구

**Q 처음 이안을 소개받았을 때 솔직한 속마음!**

이안과 경리가 결혼할 거라고 예상하진 못했지만 처음 봤을 때나 결혼한다고 했을 때도 거부감은 없었다. 그 이유를 삼행시로 지어 보았다.

**경** : 경리의 남편이 된 이안을 처음 봤을 때 내 마음을 단번에

**리** : 리드했던 그는, 외모도 외모지만

**안** : 안이 더 아름다운 사람이었다.

그래서 이 둘의 만남과 결혼 소식에 그 누구보다 기뻐했던 것 같다.

**Q 경리안 부부를 보며 국제연애에 대한 시선도 바뀌었을 것 같은데?**

국적을 떠나 이안은 그냥 우리의 '친구'다. 항상 다른 사람들을 배려하고 한국어를 이해하고 함께 어울리기 위해 노력하기 때문에 쉽게 친구가 될 수 있었던 것 같다. 무엇보다 우리가 이안을 친구로 받아들일 수 있었던 바탕엔 그의 숨겨진 끼를 이끌어내고 함께 어울릴 수 있도록 힘쓴 경리의 노력이 있었다. 항상 다른 나라에서 태어나고 자란 이안을 이해하려 하고 한국문화를 잘 접할 수 있도록 도와주는 경리의 모습과, 열린 마음으로 경리 가족과 친구들을 위해 정말 많은 노력을 기울여주는 이안. 둘의 모습을 보며 흔치 않은 국제연애에 대한 시선이 점점 더 좋게 바뀐 것 같다.

**Q 경리안 부부에게 한마디!**

경리야, 네가 내 아내와도 친구인 걸 보면 우리 인연이 보통은 아닌 것 같다. 앞으로도 즐겁게 지내보세 경리안! 그리고, 운동 좀 적당히 해라 너희! 그러다가 아주 쓰러지겠다!

(왼쪽부터 강명구, 이안, 진양욱)

경리안 친구
진양욱

**Q 처음 이안을 소개받았을 때 솔직한 속마음!**

깜짝 놀랐다. 주변에 국제커플이 없어서 처음에는 생소하고 당황스러웠는데 이안을 직접 만나보니 '경리와 이안, 정말 잘 만났구나' 하는 생각이 들었다.

**Q 국제커플이라, 장거리 연애라 다른 연인들보다 시련이 많았을 텐데, 옆에서 그런 모습들을 지켜보면서 어땠는지?**

사실 경리와 이안 모두 워낙 긍정적인 성격이라 힘든 얘기를 꺼낼 때에도 걱정은 됐지만 항상 희망이 있었다. 나라면 못 견뎠을 크고 작은 시련들을 서로에 대한 굳건한 믿음으로 극복하는 모습들이 오히려 보기 좋고 예뻤다.

**Q 경리안 부부를 보며 국제연애에 대한 시선도 바뀌었을 것 같은데?**

솔직히 말하면, 주변에 국제커플이 없어서 그런지 조금의 편견이 있었던 건 사실이다. 하지만 이안과도 점점 친해지고 경리와 이안이 서로 사랑하는 모습을 보면서 외국인이라고 해서 별반 다르지 않다는 것을 느꼈고, 그러면서 국제연애에 대한 시선도 좋은 쪽으로 바뀌게 됐다.

**Q 이안이 친구라서 가장 좋은 점은?**

미국인이지만 대화할 때 영어로 안 해도 된다는 거? 하하. '얘 뭐지? 한국인인가?' 할 때가 정말 많다. 그런 이안의 성격, 노력 등은 본받아야 할 부분인 것 같다.

**Q 경리안 부부에게 한마디!**

항상 긍정적인 마음가짐으로 서로를 사랑하는 모습에 믿음이 가는 너희 부부! 앞으로의 일생에도 지금처럼 사랑만 가득하길 바라! 늘 응원할게!

# 2장

# 경리안, 결혼하다

28

# 연인에서 부부로

: 결혼을 얘기하다

이안이 한국생활에 한창 적응을 해 갈 무렵 자연스럽게 결혼에 대한 이야기가 나왔다. 가능할 때마다 한국에 들렀던 이안의 정성, 그리고 나와 우리 가족을 위해 한국에서 생활하겠다는 용기에 부모님께서 먼저 말씀을 꺼내셨다.

우리는 떨어져 지낼 때마다 늘 함께하고 싶었기에 항상 결혼을 염두에 두고 있었다. 하지만 막상 부모님께 그 말을 꺼내는 건 쉽지 않았다. 둘 다 많이 어리기도 했고, 국제결혼이라는 점은 어느 부모님도 쉽게 받아들일 수 없을 테니까. 하지만 정말 물 흐르듯 자연스럽게 결혼 이야기를 꺼내주신 부모님께 너무 감사했다.

사실 연애하면서 지출하는 비용이 너무 크기도 했다. 한국과 미국을 오가는 비행기 티켓 요금과 한국 오피스텔의 월세, 그리고 자잘한 생활비까지. 게다가 이안은 미국집 대출금도 내고 있는 상황이었다. 그때 쓴 돈을 모았다면 차 한 대도 사지 않았을까! 하지만 이안은 적금을 깨면서까지 한 번뿐일지도 모르는 순간을 위해 모든 걸 바쳤다. 그런 이안을 보며 우리 부모님은 기특하고 고마운 마음으로 늘 말하셨다.

"경리한테 장가 한번 가보려고 우리 이안이 용쓴다!"

말은 재미나게 하셨지만 속으로는 이안의 그 정성을 잘 알아주셨던 엄마 아빠. 그렇게 우린 비록 어린 나이였지만 인생의 중대한 결정인 '결혼'이란 것을 구체적으로 그려갔다.

그때 우리는 스물다섯이었다. 심지어 나는 취업 때문에 한 학기 졸업유보를 한 상태여서 공식적으로는 대학생이었다. 이안은 열일곱 살 때부터 부모님으로부터 독립하긴 했지만 결혼 준비를 뭘 어디서부터 어떻게 시작해야 하는지는 잘 몰랐다. 나 역시도 그때 당시 누구의 결혼식도 가본 적이 없었기에 결혼이란 것에 아무런 감도 없었다.

우린 그렇게 아무것도 모르는 나이에 어쩌다 결혼을 준비하게 됐다. 옛 어르신들 말씀이 아무것도 모를 때 훅 가야 잘 산다고 하셨는데, 그 말이 정말 현실이 되길 바랄 뿐이었다.

우리… 잘 살 수 있겠지?

29

# 두 남자의 비밀

: 아빠와 이안이 나눈 특별한 시간

문제없이 결혼 준비가 진행되던 어느 날, 엄마가 지나가듯 내게 말하셨다. 지난밤 아빠가 내가 미국으로 가는 게 아쉽다 말하셨다고.

아직 대학 졸업장도 없었던 나. 사실 시기가 조금 이르긴 했다. 더군다나 그때 나는 미국에서의 새 삶을 준비하고 있었기에 나를 멀리 보내야 했던 부모님께서도 내심 걱정이 됐던 것이다. 늘 우리를 지지하고 응원해주셨던 부모님이지만 어리기만 한 큰딸의 시집에 아무래도 울컥한 감정을 숨길 수 없으셨나 보다.

딸만 있는 집의 큰딸은 어느 누구나 그렇겠지만, 아들이 없는 집에서 나는 늘 든든한 장남 노릇을 해왔다. 그런 내게 거는 엄마 아빠의 기대는 컸다. 그 믿음에 힘입어 대학생활도 열심히 했고, 소위 말하는 스펙도 좋았다. 그런 큰딸이 취업은 고사하고 결혼을 하는 것이 아무래도 아쉬울 수밖에 없었을 터. 게다가 아무것도 모르는 나를 멀리 보내야 하는 결혼이니 말이다. 하지만 그런 걱정들을 눈치도 못 챘을 만큼 나는 철이 없었다.

엄마를 통해 아빠의 마음을 알고 난 후 어느 날, 아빠와 이안은 처음으로 둘이서만 목욕탕에 갔다. 그날 아빠와 이안은 남자 대 남자로, 그리고 미래의 장인어른 대 사위로 많은 이야기를 나눴던 것 같다. 말은 잘 안 통했겠지만, 서로의 등을 밀어주며 마음이 맞닿았을 시간. 둘만 알기에 더 소중하고 특별했을 시간.

그 이후로 아빠께선 걱정스러운 마음을 내려놓고 모든 것을 우리에게 맡겨주셨다. 엄마께서도 더 큰 믿음으로 우리를 품에 안아주셨다. 그런 부모님의 사랑에 이안도 나와 우리 가족에 대한 더 큰 책임감을 느끼며 가정을 꾸릴 준비를 열심히 해나갔다.

아직도 그때 나눴던 이야기를 물으면, 대답 대신 비밀이라며 그 순간을 마음에 꾹꾹 눌러 담아 간직하는 이안. 그래서 두 남자가 어떤 말을 나눴는지는 여전히 모르지만, 한 가지는 분명히 안다. 서로를 이해하고 받아들이려고 두 사람이 노력하고 있었다는 것. 그 마음을 알기에 고맙고, 고맙고, 또 고맙다.

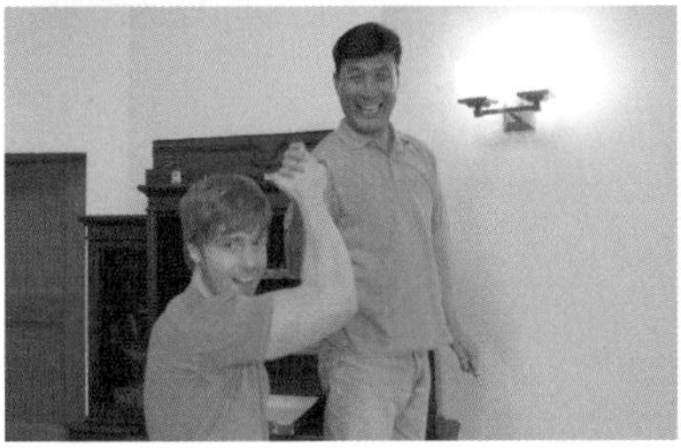

30

# 순서는 상관없어

: 일사천리로 진행된 결혼 준비

대부분의 연인은 연애를 하다 프러포즈를 하고(프러포즈가 필수는 아니지만 그래도!), 상견례를 통해 인사를 한 뒤 결혼 날짜를 잡는다. 하지만 우리는 조금 달랐다. 딱히 프러포즈 없이 자연스레 결혼을 얘기하고, 날짜를 잡은 뒤 상견례를 했다. 사는 곳이 먼 부모님들이 쉽게 상견례를 할 수 없어서였다.

시간이 흘러 결혼 계획을 구체적으로 세워가던 즈음, 우리는 전통혼례를 올리기로 결정했다. 인생에 한 번뿐인 결혼식. 신부들의 로망인 새하얀 웨딩드레스를 입고 수많은 사람들 앞에 서고 싶은 욕심도 없진 않았다. 하지만 한복을 좋아하고, 한국문화를 사랑하는 이안에게 잊지 못할 특별한 선물을 해주고 싶었다. 이안의 부모님께 한국의 전통과 멋을 제대로 보여드리고 싶기도 했다.

양가 부모님께서 우리의 뜻을 존중해줄 것이라 믿었고, 역시나 예상대로 누구보다 제일 든든한 우리의 서포터가 되어 주셨다. 그렇게 나와 이안은 양가 허락을 받고 결혼 날짜를 확정했다. 2010년 11월 28일! 우리가 정말 하나가 되는 날!

날짜와 장소가 정해지니 그제야 '내가 정말 시집을 가는구나' 하는 실감이 났다. 그리고 가족이 되기 위해 양가 부모님이 서로 만나 인사를 나누는 자리를 마련해야겠다는 생각이 들었다. 그렇게 이안과 나는 두 가족을 위해 미국으로 떠날 계획을 세웠다.

두 가족이 한 가족이 되기 위한 첫걸음! 준비하는 내내 신났던 우리는 곧바로 미국으로 떠났다.

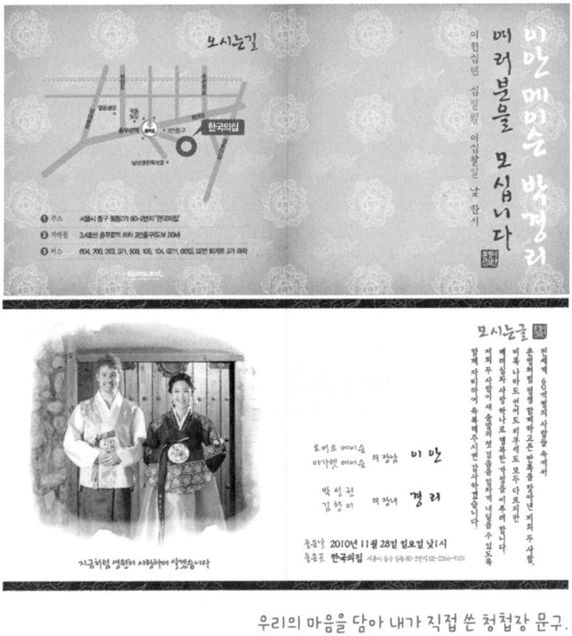


우리의 마음을 담아 내가 직접 쓴 청첩장 문구.
여전히 그때와 같은 마음으로 살아가고 있는 우리라 참 다행이다.

31

# Meet the Parents

## : 두 가족 한 가족 되기 프로젝트!

미국으로 향하기 전, 우리 부모님은 이안의 부모님께 드릴 선물을 잔뜩 준비하셨다. 한과세트와 한국 전통 이불보 세트까지. 우리 딸 잘 부탁드린다는 마음으로 바리바리 싸오신 엄마 아빠를 보며 괜히 뭉클했다.

드디어 두 가족이 만나는 날! 이안의 부모님이 계신 캘리포니아 북쪽 새크라멘토 근처의 작은 마을 오번(Auburn)으로 향했다. 동물 말고는 아무도 살지 않을 것만 같은 고요한 숲, 그 한가운데에 있는 작은 통나무집. 도착하니 제일 먼저 잘생긴 반려견 보와 반려묘 스케치가 우리를 맞았다.

"Hello! Nice to meet you!"

어색함 없이 반가운 마음으로 서로를 꽉 안은 양가 부모님. 그 포옹에 우리의 마음도 절로 따뜻해졌다. 상견례 자리였지만 그런 개념이 없는 미국이라 양복을 갖춰 입지도, 딱딱하게 식사를 하지도 않았다. 편안하게 옷을 입은 채, "하이~ 땡큐!"와 같은 짧은 영어로 마음을 표현했고, 이안의 부모님이 직접 바비큐를 준비해주셔서 모두가 "Cheers!"를 외치며 즐겁게 식사를 했다.

선한 인상이 꼭 닮은 양가 부모님.

미국에서도 통하는 아빠의 레퍼토리.

한적한 산속에 작은 통나무집을 짓고 사시는 이안 부모님. 오랜 시간 동안 이안 어머니께서 직접 지은 집이라 더욱 정감이 간다.

온 가족이 이안 어머니를 도와 차린 우리의 점심 식사.

밥을 먹으며 사진 한 장 찰칵! 상견례라기보다는 오랫동안 보지 못했던 가족을 만난 듯한 기분이었다.

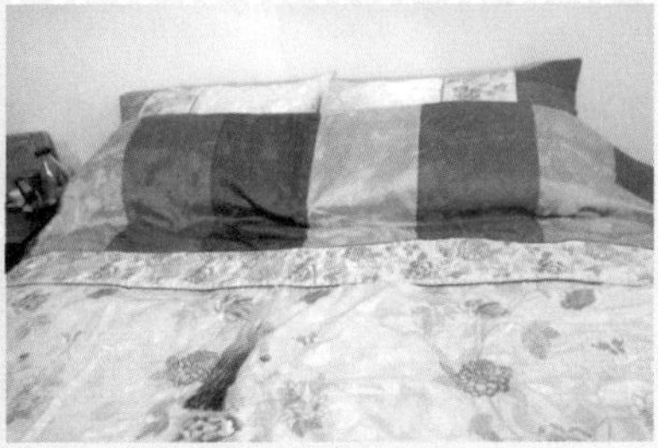
우리 부모님의 마음이 담긴 전통 이불보.

식사가 끝난 후 이어진 이안의 드럼 연주와 마침 있던 기타를 들고 함께 연주하시던 아빠, 무슨 노래인진 몰라도 흥겨운 가락에 온몸을 들썩이셨던 이안의 부모님, 이안의 어린 시절 사진을 보며 주고받은 이야기들…. 이토록 재밌고 따스한 상견례가 또 있을까?

그렇게 상견례가 끝나려나 싶었는데, 우리 부모님께서 두 번째 만남을 제안하셨다. 처음은 환영을 받았으니, 이번엔 우리가 대접할 수 있는 자리를 만들고 싶다 하셨다. 며칠 뒤 우리 가족은 새크라멘토 근처 한식당으로 이안 부모님을 초대했고, 그렇게 양 가족은 계획에 없던 두 번째 만남을 이어갔다.

이안의 부모님 역시 선물을 잔뜩 가지고 오셨다. 내 동생을 위한 예쁜 꽃목걸이, 나를 위한 예쁜 양초, 우리 엄마를 위한 도자기 머그컵, 돌을 좋아하는 우리 아빠를 위한 돌 장식품까지. 소박하고 정 많은 어머님의 마음을 꼭 빼닮은 선물들이었다.

선물을 받고 이야기를 나누다보니 갈비와 비빔밥, 온갖 반찬이 상 위에 펼쳐졌다. 어느 것부터 먹어야 할지 몰라 하는 자신의 부모님께 이안은 신이 나서 설명을 했다. 특히 자신이 좋아하는 돌솥비빔밥이 나왔을 때는 침까지 튀어가며 열변을 토하는 모습이 어찌나 웃기고 귀엽던지!

모든 만남을 뒤로하고 헤어져야 할 때는 두 가족의 아쉬움이 가득했다. 헤어지기 전, 양가 부모님들께서는 악수 대신 서로를 오랫동안 안아주셨다. 말로는 다 하지 못한, 서로의 딸과 아들을 친자식처럼 받아주고 감싸 안아준 것에 대한 고마움을 나눈 포옹이었다.

그렇게 '두 가족 한 가족 되기 프로젝트'는 성공리에 마무리됐다. 미션 석세스!

32

# Will you marry me?

: 엄마 아빠, 저 경리한테 프러포즈 할 거예요!

상견례를 위해 온 미국에서 부모님과 지내는 마지막 밤. 내가 먼저 샤워를 하러 간 사이 이안이 우리 부모님께 아주 흥분된, 하지만 조금은 떨리는 듯한 목소리로 말했다.

"엄마, 아빠! 저는 곧 경리한테 프러포즈 할 거예요!"

그러자 아빠는 "오케이, 이안! 파이팅!" 하셨고, 엄마는 그 소리에 깜짝 놀라 "어떻게 할 건데?" 물어보셨단다. 나만 몰랐던 이안의 서프라이즈 프러포즈 계획! 나중에 들어서 안 사실인데, 이안은 프러포즈를 하려고 준비를 하다 그 전에 부모님께 최종 승낙을 받으려고 했던 거였다. 그 순간 이안은 얼마나 떨렸을까!

상견례를 마친 부모님이 먼저 한국에 돌아가고 나서야 본격적인 이안의 프러포즈 계획이 시작됐다. 나는 그런 이안의 계획을 까맣게 모른 채 기왕 시간 내서 미국에 왔으니 결혼 전 이안이 어떻게 살았는지 좀 더 느끼기 위해 내슈빌에서 이안의 친구들도 만나고 그곳을 둘러보려던 참이었다.

그런데 이안이 내슈빌에 가더니 갑자기 피곤하다며 휴양여행을 떠나고 싶다고, 빅서(Big sur)에 가자고 조르기 시작했다. 그곳에 가면 마음이 편안해질 것 같다고, 가고 싶어서 잠이 오질 않는다고, 심지어는 빅서가 자기를 부른다는 둥! 지금 생각해보면 이안은 미리 계획해둔 프러포즈 장소에 나를 데려가기 위해 엄청 티 나는 발연기를 했던 거였다. 그런데도 나는 전혀 눈치를 못 채고 오히려 다른 곳으로 가자며 졸랐던 거고!

결국은 이안의 성화에 못 이겨 다시 캘리포니아로 떠났다. 그곳에서 우리는 즐거운 시간을 만끽하며(하지만 이안은 긴장감에 속으로 어쩔 줄 몰라 하며) 첫날을 보냈다. 그리고 그날 저녁, 이안이 나를 위한 노래를 한 곡 만들었다며 기타를 꺼내 들었다. 사실 그전에도 노래를 한 번 만들어준 적이 있어서 그때까지도 그것이 프러포즈일 거란 생각은 못한 채 이안 옆에 앉아 노래를 듣고 있는데… 노래 중간에 이안이 떨리는 듯한 목소리로 말했다.

"박경리, I want to be with you. Will you marry me?"

노래 중간에 갑자기 내 이름이 나와 깜짝 놀라 지긋이 감고 있던 눈을 떴다. 그러자 'Will you marry me'가 흘러나왔고, 이안이 한쪽 무릎을 꿇은 채 내 탄생석으로 만들어진 작고 예쁜 반지를 내게 건넸다. 반지보다 더 반짝이는 눈물을 눈에 담은 채. 그제서야 이 모든 걸 눈치챈 나는 엉엉 울며 대답했다.

"Yes I will! 네!"

반지를 손에 끼고 이안의 피앙새가 된 그날. 어떻게 이런 걸 다 준비했냐며 이런저런 이야기를 하다가 듣게 된 비하인드 스토리가 있다. 이안이 디자인한 반지 제작이 예상보다 조금 늦어져서 우리가 빅서의 호텔에 도착하는 날 아침에야 반지도 호텔에 도착했단다. 근데 우리가 이미 그곳에 있으니 어쩔 수 없이 일하는 사람이 우리 방 냉장고 구석에 반지 곽을 넣어뒀다는 것! 그것도 몰랐던 나는 호텔에 도착해서 냉장고부터 열어봤고, 이안은 계획이 들킬까 얼마나 땀을 뻘뻘 흘렸는지 모른다고 아직도 툴툴댄다. 어쩐지 자꾸 이안이 바깥 풍경을 보라며 나를 부르더라니!

지금도 나는 종종 서프라이즈 프러포즈의 일등공신은 눈치채지 못한 나라며, 성공은 다 내 덕분이라고 장난을 치곤 한다. 사실 말은 그렇게 해도 인생에 한 번뿐인 프러포즈를 그렇게나 멋지게 준비해준 이안에게 그저 고마울 뿐이다. 잊을 수 없는 멋진 서프라이즈 프러포즈를 받았으니 이제 내가 임신 소식으로 화답하면 되려나? 하하.

이안의 프러포즈 노래 제목은 'saranghae'였다.
우리가 문자와 편지로 수없이 주고받던 바로 그 말, 사랑해.
그때의 마음으로 평생을 살자며 이 노래를 만든 이안에게 한결같은 마음으로 화답해주고 싶다.

33

# 그대의 진심, 나의 진심

: 다시 생각해 봐. 지금 멈춰도 돼…

프러포즈도 받았고, 상견례도 끝냈고, 결혼 날짜도 잡혔다. 그래서 우리는 진행 시간이 좀 걸리는 배우자 비자를 위해 미국에서 먼저 혼인신고를 하기로 했다. 우리가 법적으로 부부가 된다는 사실에 하루하루가 설렜다.

드디어 혼인신고를 하러 가기로 한 날 아침! 한창 바쁘게 준비를 하고 있는 나와 달리 이안의 움직임이 느릿느릿 했다. 표정도 조금 어두운 것 같았다. 누구보다 기뻐야 할 날인데 나만 들뜬 것 같아 걱정이 됐다.

"왜 그래 이안? 무슨 일 있어?"

내 물음에 이안은 조금은 불안한 모습으로 속마음을 꺼내 놓기 시작했다. 그의 눈물과 함께 듣게 된 그간 무거웠던 이안의 진심.

온라인 마케팅 일을 하던 이안. 기복이 심한 이안의 비즈니스는 당장에 여유 있다 해도 하루아침에 모든 걸 다 잃을 수도 있었다. 지금까지 일을 하면서도 여러 번 주저앉고 일어서기를 반복하며 버텨온 이안이었다. 이제는 한 여자의 남편이 되어 가정을 책임져야 하는데 확실하지 않은 미래가 이안을 불안하게 했다. 보통 샐러리맨처럼 안정적으로 월급을 받을 수도 없고, 할당된 일이 아닌 처음부터 끝까지 스스로 계획하고 해내야 하지만 결과는 잘 알 수 없는 살얼음판 비즈니스. 결혼을 앞두고 설레하는 내게 미처 보여주지 못했던 이안의 속마음이었다. 말을 꺼내는 동안 너무도 위태로워 보였던 이안이 처음이자 마지막으로 물었다.

"다시 생각해 봐. 지금 멈춰도 돼. 너에게 선택권을 줄게. 이 모든 걸 알고도 나와 함께할 수 있어?"

가만히 이안의 이야기를 듣다 그만 참았던 눈물이 터져 나왔다. 그간 얼마나 고민이 많았을까. 결혼이라는 현실과 어린 나이에 가장이 된다는 책임감에 힘겨웠을 이안. 그 마음을 미처 알아주지 못한 미안함에 눈물만 흘렀다. 얼른 불안함을 달래주고 싶은데 말이 금방 나오질 않았다. 같이 눈물을 흘리는 이안에게 천천히 나의 마음을 전했다.

"나는 우리의 미래가 어떻게 흘러가든 무섭지 않아. 우리 둘이 함께한다면 뭐든 다 해낼 수 있을 것 같아. 자신 있어. 내 걱정하지 말고 이안 마음부터 다잡아봐. 내 대답은 늘 똑같아…"

우연히 만나 사랑했고, 더군다나 우린 너무 어렸고, 비록 많은 날을 함께한 건 아니었지만 내 마음은 확고했다. 이 사람을 놓치고 싶지 않았다.

우리는 그날 참 많이도 울었다. 눈물이 범벅된 채로 서로의 진심을 나누고 나서야 혼인신고를 하러 갔다. 이제는 진짜 부부라는, 흘려보낸 눈물만큼이나 더욱더 확고해진 마음과 함께. 그렇게 우리는 법적인 부부가 됐다.

이안, 불안했던 마음은 다 접고 더 밝게 살자 우리!

tip 03

# 미국에서의 **혼인신고**

2010년 늦여름. 우리는 만 스물넷의 나이로 미국 혼인신고서에 도장을 찍고 법적인 부부가 됐다. 결혼식 없이 간소하게 올린 우리의 혼인신고. 미국에서의 혼인신고는 어떻게 이뤄질까?

*** 여기서는 이안과 내가 했던 절차를 통해 살펴보도록 하자.**

## 1 혼인신고서 작성하기

첫 번째로 혼인신고가 이뤄질 장소인 County Clerk's Office(미국에서 선거로 뽑는 자치주 공무원. 선거와 건물 소유 등기 등의 일을 책임지는 관할부서)에 간다. 그곳에서 한국에서와 마찬가지로 혼인신고서를 작성한다. 미국의 혼인신고서는 한국과 기본적인 사항은 비슷하지만 조금 특이한 것도 있는데 인종, 이전의 결혼경력 횟수, 이혼 사유, 이전 결혼을 끝낸 날짜, 학력 등이 그렇다.

배우자와 함께 기입하는 거라 서로의 신고서를 볼 수도 있는데, 새 출발하는 날 너무 과거를 보여주는 게 아닌가 싶기도 하겠다. 하지만 미국은 이혼과 재혼에 대한 편견이나 선입견이 전혀 없다. 또한 연애와 결혼에 있어서도 자유롭고, 숨기는 것 없이 당당하게 밝히는 주의다. 이에 대해 아무도 뭐라 하지 않는다. 이런 자유로움이 미국의 혼인신고서에도 묻어나는 듯하다.

## 2 공식 장부에 부부의 이름 올리기

혼인신고서에 정보를 적고 직원에게 전달한다. 그러면 국립도서관에서나 볼 법한 아주 두껍고 커다랗고 낡은 장부에 신랑 신부의 이름을 적으라고 한다. 장부에는 그 장소에서 부부가 된 사람들의 이름과 사인이 시간순으로 적혀 있다. 장부 마지막 페이지에 자필로 각자의 이름과 사인을 적으면 된다.

## 3 공증된 혼인서약서 제출하기

2번까지는 두 나라의 혼인신고 절차가 비슷한데, 조금 다른 것이 하나 있다. 미국에서 결혼식을 올릴 때는 주로 종교단체에 속한 목사나 신부님, 혹은 판사의 주례하에 결혼식을 올리고 그들의 서명을 받아야 한다. 즉, 나라에서 권위를 인정한 사람의 서명을 받아야만 비로소 법적으로 혼인이 이뤄지는 것! 뿐만 아니라 결혼을 지켜본 증인의 서명도 필요하다.

부득이하게 결혼식을 할 수 없다면, 타운이나 시티에 속해 있는 JP(Justice of the Peace)에게 서명을 받아야 혼인신고가 이뤄진다. JP는 특정 과정을 통과하고 시험을 본 후에야 나라에서 정식 권위를 부여받는 사람으로서(주로 법관 출신이 많다), 결혼식을 올릴 수 없는 연인들에게 혼인이 성사됐음을 선포하는 역할을 한다.

나와 이안 역시 County Clerk에게서 추천 받은 JP의 집에서 그분의 딸을 증인으로 두고 결혼식을 올렸다. 그러니 우리와 같은 케이스로 미국에서 혼인신고를 해야 한다면 미리 JP와 증인을 알아보고 가야 한다. JP에게 줄 현금이나 개인 체크도 챙겨갈 것. 참고로 우리는 100달러를 주었다.

## 4 결혼증명서(Certificate of Marriage)를 받으면 끝!

결혼식을 마치고 JP와 증인의 서명이 담긴 최종 혼인신고서를 제출한 후 정식으로 부부로 이름을 올리고 나면 결혼증명서(Certificate of Marriage)를 받는다. 이로써 두 사람은 미국식으로 Mr. and Mrs가 된다. 입구에 있는 포토존에서 부부가 된 것을 기념하며 사진 찍는 것도 놓치지 말자!

*** 이 과정은 2010년 미국 테네시주 내슈빌 기준의 혼인신고 절차입니다. 미국은 각 주마다 혼인신고 절차가 다를 수 있으니 자신이 속한 주(State)와 시(City)의 기준을 잘 확인하고 진행하시기 바랍니다.**

34

# 우리는 꼬꼬마 부부

: 철없는 스물다섯, 연지곤지를 찍다!

눈물로 혼인신고를 마쳤던 여름날이 지나고, 계절이 바뀌어 드디어 겨울! 우리의 결혼식이 다가왔다. 이미 법적인 부부였어도 결혼식 날이 되니 꽤나 떨렸다. 모든 사람들 앞에서 우리의 시작을 알리는 날이었으니까.

스물다섯 어린 신부. 쪽머리 위에 족두리를 쓰고 전통혼례복을 입은 뒤 양 볼에 연지곤지를 찍었다. 스물다섯 어린 신랑도 생전 처음 보는 커다란 혼례복에 사모를 쓰고 신부를 맞이할 준비를 했다. 노란 머리와 파란 눈의 어머님도 우리 부모님과 함께 곱게 한복을 차려 입으시고선 식장 입구에서 반갑게 하객을 맞이하셨다.

"안녕하세요! 반갑습니다!"

생전 처음 말해본 서툰 한국말이었지만, 한 분 한 분께 감사의 마음을 전하고자 하는 어머님의 모습에서 감동이 전해졌다. 어머님과 인사를 나누는 하객 분들께서도 그 고운 마음을 느끼시고 밝은 웃음으로 화답해주셨다.

슬슬 사람들이 하나둘씩 모이고! 드디어 혼례가 시작됐다. 기럭아비를 해준 나의 절친 오라버니들과 함께 이안이 등장했고, 대기하고 있던 나는 그 환호성을 들으면서 흥분을 감추지 못했다. 이제 드디어 내 차례! 양팔에 얼굴을 폭 숙여 가리고 기다란 한복을 질질 끌며 신부 입장! 늘 왈가닥에 어리바리했던 내가 연지곤지를 찍고 다소곳이 등장하니 내 친구들의 환호성과 웃음소리가 끊이질 않았다.

그렇게 닭 두 마리가 올려져 있는 상을 가운데 두고 마주 보게 된 꼬마신랑, 꼬마신부. 여러 가지 절차가 있었는데 옆에서 도와주시는 이모님들의 설명으로 나는 별 무리 없이 모든 걸 해낼 수 있었다. 하지만 이안은 얼마나 혼란스러웠을까! 결국 이안은 귀여운 작은 실수를 하나 저질렀다. 합근례라는 의식의 차례. 부부가 술을 나누어 마시면서 인연을 맺어 화합하는 순서로 반으로 갈린 표주박에 술을 따라 이안이 먼저 조금 마시고 그 표주박을 내가 건네받아 나머지 술을 비움으로써 새로운 부부가 탄생함을 알리는 마지막 절차였다. 근데 이안이… 그 표주박의 술을 원샷했던 것!

한국에서 지내며 원샷 문화에 너무 익숙해졌던 탓일까. 이안이 표주박을 받자마자 원샷을 하니 양옆의 이모님들이 조금씩 웃기 시작하셨고 그 실수를 알게 된 하객들 역시 깔깔거리며 손뼉 치고 난리가 났다. 앞에서 그걸 지켜보는 나도 얼마나 웃겼던지! 양 볼에 붙은 연지곤지가 떨어지려고 해서 겨우 웃음을 참았지만 정말 재밌었다. 결국 나는 이안이 남긴 표주박의 술 한 방울을 겨우 마셨고! 그렇게 술 한 방울을 통해 합근례의 의미인 부부로 하나됨을 알릴 수 있었다.

우리의 혼례는 마치 동네 마을잔치처럼 흥겹고 즐거웠다. 식전에 있었던 신나는 사물놀이패의 공연과 혼례 내내 울려 퍼졌던 흥겨운 우리가락에 몸이 들썩거렸고, 신랑신부 그리고 우리 가족들의 얼굴에도 눈물 대신 즐거운 웃음이 피어났다. 한없이 행복해보이는 우리의 모습을 본 하객들도 더 큰 마음

박가와 메이슨가. 곱게 한복을 차려입고 나란히 서 있으니 정말 한 가족이 된 것 같았다.
푸근한 인상마저도 이렇게 닮을 수가!

"안녕하세요, 반갑습니다". 비행기 안에서 내내 연습하셨다는
어머님의 두 마디 인사는 서툰 만큼 더욱 감동이었다.

너무도 다른 두 가족이 한 가족이 되던 날.
수많은 축복 속에 우리는 '가족'이라는 이름으로 비로소 하나가 됐다.

으로 우리를 축복했고, 그렇게 우리는 공식적으로 그리고 대외적으로 어엿한 '부부'가 되었다.

어른들 말씀 그대로 나는 정말 아무것도 모를 때 훅 시집을 갔다. 많이 알아버리면 재고 따지게 되어 힘드니까 멋모를 때 가야 잘 산다는 옛말처럼 아무것도 생각 안 하고 이안만 바라봤다. 아직 철도 덜 든 어린 부부가, 그것도 국적이 다른 두 사람이 어떻게 잘 살아갈지… 걱정 어린 주변 어른들의 시선도 있었지만 함께하면 잘 해낼 수 있을 거란 왠지 모를 자신감이 있었다. 그 확신 하나로 그날의 추위도 뚫고 우리는 식을 무사히 마쳤다.

2010년 11월 28일. 그해 들어 가장 추웠던 날 야외에서 혼례를 했지만 정말 많은 분들이 오셔서 우리의 앞날을 축복해주시고 끝까지 함께해주셨다. 덕분에 그 추위 속에도 우리의 마음은 한없이 따뜻하기만 했다.

감사합니다. 영원히 지금처럼 서로를 이해하고 사랑하며 잘 살게요!

tip 04

# 전통혼례 올리기

턱시도와 웨딩드레스를 입고 결혼하는 것이 대부분인 요즘엔 전통혼례에 대해 자세히 아는 사람이 많지 않다. 나 역시 전통혼례를 올리기 전까진 그런 사람 중 한 명이었다. 처음엔 낯설게 느껴져도 흔하지 않은 결혼식이라 더욱 특별한 전통혼례! 나와 이안이 올렸던 전통혼례를 떠올리며 아름다운 우리나라의 전통문화를 쉽게 풀어볼까 한다.

## 1 기럭아범과 함께 신랑 입장

전통혼례가 시작되기 전에 신랑과 신부는 따로 있는다. 신부는 신부 집 독채에서, 신랑은 기럭아범과 함께 신부를 볼 수 없는 곳에서 기다린다. 혼례가 시작되면 신랑은 얇고 검은 천으로 얼굴을 가린 채 기럭아범과 함께 신부가 있는 독채로 이동한다. 떨리는 마음으로 신랑이 신부의 집에 도착하면, 기럭아범에게서 기러기를 받고 신부 측 남자 형제와 맞절을 한 뒤 남자 형제의 안내에 따라 신부를 데리러 간다.

## 2 신비주의 신부 입장 (전안례 : 신랑이 기러기를 드리는 의식)

신랑이 신부 독채 입구에 가지고 온 기러기를 올려놓고 두 번 절하면 신부의 어머니가 기러기를 받아 신부에게 전달한 후 신부를 데리고 나온다. 이때 신랑이 주는 기러기는 결혼생활에서 부부가 지켜야 할 몇 가지 도리를 가리키는데 다음과 같다.

- 기러기는 자신의 짝이 죽어도 일생 동안 새로운 짝을 찾지 않고 홀로 지낸다. 즉, 혼례 이후 배우자를 저버리는 일은 하지 않음을 뜻한다.
- 기러기는 위계질서가 철저하다. 이는 양가 부모님을 잘 모시고, 부부 간 조화와 예를 잘 갖춰야 한다는 의미를 담고 있다.
- 기러기는 어디를 가든 흔적을 남기는 속성이 있다. 즉 부부 역시 일생을 마칠 때 자손에게 남길 만한 유산을 만들며 살아갈 것을 의미한다.

이처럼 큰 뜻을 담고 있는 기러기. 그 기러기를 신부의 어머니에게 바치며 신랑으로서의 도리를 약속하는 것이다. 절을 마친 신랑은 신부를 볼 수 없게 뒤돌아 앞장서서 혼례상으로 이동한다. 신부는 수모의 도움을 받아 커다란 한복으로 얼굴을 가린 채 신랑을 따라 걸어간다. 그렇게 혼례상을 기준으로 남자는 동쪽, 여자는 서쪽에 서서 혼례 준비를 마친다.

## 3 혼례의 시작

이때도 여전히 신부는 두 팔로 얼굴을 가리고 있고, 신랑은 혼례상을 등지고 서 있는다. 본식의 시작을 알리는 주례 선생님의 말씀 후에 신랑, 신부는 식에 앞서 몸과 마음을 정갈하고 청결히 한다는 의미에서 수모가 가져다주는 맑은 물로 손을 씻는다. 그런 후에 맞절을 하고, 드디어 서로의 얼굴을 보게 된다.

## 4 백년가약 맺기 (교배례 : 신랑, 신부가 맞절을 하는 절차)

맞절을 할 때 신랑은 한 번, 신부는 두 번 절을 한다. 이는 남존여비사상 때문이 아닌 남녀 음행의 조화를 이루려는 조상들의 지혜라고 한다. 즉 음양이 나뉘는 남녀가 온전하게 하나가 되도록 음인 여성이 양수의 첫 번째 숫자인 2로, 양인 남성이 음수의 첫 번째 숫자인 1로 절을 하는 것이다. 절하는 횟수에도 남녀의 화합이 숨어 있는 전통혼례. 이 교배례를 통해 신랑과 신부는 백년해로 할 것을 서로에게 서약한다.

## 5 둘에서 하나로 거듭나기 (합근례 : 신랑, 신부가 술을 나눠 마시는 의례)

맞절을 하고 자리에 앉아 신랑, 신부가 세 번에 나누어 술을 마신다. 첫 잔은 자신에게 감사하는 의미로 마시고, 두 번째와 세 번째는 반으로 쪼갠 표주박에 술을 나누어 마시게 된다. 표주박의 반쪽으로 각자 술을 마시는 것은 각각의 반쪽이 합쳐져야 비로소 하나의 표주박이 되듯 신랑, 신부도 둘이 합쳐져야 완전한 하나가 된다는 뜻이다. 이 합근례를 통해 드디어 신랑, 신부가 하나가 되었다는 부부의 화합을 알리며 전통혼례 절차는 마무리된다. 마지막으로 양가 부모님께 은혜와 감사의 인사를 드리고, 새 출발을 알리는 자리에 함께해준 하객들에게도 감사 인사를 한다.

35

# 작은 은색 약봉지

: 잊지 못할 '빅 파워'의 추억!

너무도 즐겁고 화기애애했던 우리의 결혼식에 단 한 가지 아쉬움이 있다면, 그건 바로 이안의 가족이 다 올 수 없었다는 것이다. 이안의 아비지는 고도가 높은 곳에서 숨 쉬기가 어려워 비행기를 타실 수가 없었다. 결국 하나뿐인 아들의 결혼식에 오지 못했고, 그런 아버지를 간호하느라 이안의 여동생도 함께하지 못했다.

다행히 어머님이라도 오실 수 있어 너무 감사했다. 두 분께서 멋지게 키워주신 이 남자 덕분에 한 여자와 그 가족이 너무도 행복해한다는 걸 꼭 보여드리고 싶었다. 태어나서 생전 처음 타보시는 국제선 비행기. 나로 인해 한국이란 작은 나라를 처음 알게 된 어머님은 52년 인생의 첫 해외여행으로 한국 땅을 밟으셨다. 1년 6개월 전 당신의 아들이 그랬던 것처럼.

늘 아버님 곁에서 병수발 하시느라 10년이 넘는 시간 동안 한 번도 자신의 시간을 가지지 못하셨던 어머님. 우리는 이참에 어머님께 최고의 여행을 선물해드리기로 했다. 둘만의 신혼여행보다 앞으로 떨어져 지낼 가족과의 시간이 더 소중했다. 그래서 우리는 신혼여행 대신 우리 가족과 어머님과 함께 서울

이곳저곳을 구경하며 행복한 시간을 보냈다. 그러면서 겪은 아주 재미난 에피소드가 하나 있다. 아직도 잊지 못하는 '빅 파워'의 추억!

따뜻한 캘리포니아에서 오셔서 그런지 매서운 한국의 한파에 결국 감기에 걸린 어머님. 그래서 함께 약을 사러 나갔다. 내가 평소 미국인들을 보면서 놀란 것이 하나 있는데, 자신이 복용하는 약의 성분이나 이름, 그 효과와 부작용까지 잘 알고 있다는 것이었다. 어머님 역시 자신의 이런 증상에는 아연(Zinc)이 필요하다는 걸 아셨고, 약국에 가서 아연을 달라고 했다.

그런데 어머님의 말을 들은 약사 선생님이 우리를 의아하게 쳐다봤다. 구체적으로 어떤 성분을 달라고 해서 그런가보다 하고 생각했는데, 약을 두둑히 달라고 하니 더 이상한 눈빛으로 우리를 쳐다봤다. 이 약은 순수한 아연 성분만 들어 있다는 말과 함께 약을 건네면서 우리가 갈 때까지 계속 신기하게 쳐다보던 약사 선생님. 우리는 빅 파워(Big Power)라고 적힌, 감기약 치고는 꽤나 비싼(한 봉지에 무려 12,000원이었다!) 작은 은색 약봉지 두 개를 사 왔다.

근데 아무리 봐도 약이 좀 이상했다. 어느 곳에도 약에 대한 설명이 없었고, 그냥 은색 포장지에 '빅 파워'라고만 적혀 있었다. 뭔가 이상해 인터넷으로 그 의문의 빅 파워를 검색했고… 온 가족은 웃음을 멈출 수가 없었다.

그것은 바로, 일본에서 건너온 남성 성기능 보충제였던 것…! 그래서 약사 선생님이 그렇게 우리를 이상하게 쳐다본 것이었다. 오 마이 갓! 아연이 이렇게도 쓰이다니! 그 상황이 너무 웃겨서 다들 자지러졌다. 얼마나 깔깔 웃었던지 목이 다 쉬었던 기억이 난다. 그래서 이름이 빅 파워였구나….

잊지 못할 빅 파워의 추억! 덕분에 어머님의 서울 여행이 더 즐거워졌기에 빅 파워를 먹진 못했어도 지불한 돈이 아깝진 않았다. 우리에게 빅 재미를 주었던 빅 파워! 글을 쓰면서도 또 웃기다. 하하!

36

# Parents-in-Love

## : '켈리가족'이라는 큰 선물

4박 5일의 짧은 일정을 보내고 어머님께서 다시 미국으로 돌아가시는 날. 언제 다시 볼지 모르는 우리는 아쉬운 마음에 따뜻한 포옹으로 마지막 인사를 대신했다. 괜히 눈물이 나왔다. 두 가족이 자주 보지 못한다는 사실이 아쉬웠다. 비행기 탑승 시간이 가까워지자 어머님께서는 우리 엄마께 작고 하얀 봉투 하나를 건네시고는 눈물이 가득한 눈으로 미소를 보내며 게이트 안으로 들어가셨다. 집에 와서 열어본 그 봉투 안에는 100불짜리 지폐 세 장과 분홍색 장미꽃이 그려진 카드 한 장이 들어 있었다.

*사랑하는 나의 가족에게*

*이안 아빠가 한국에 오지 못했기 때문에, 아빠를 대신해 이 돈을 두고 가요.*
*경리와 이안의 결혼에 작은 도움이 되고자 보내는 선물이고,*
*또 새 출발을 시작하는 우리 두 아이들의 아름다운 결혼식을 위해*
*정말 많이 애써주신 것에 대한 감사의 표현으로 드리는 작은 마음이니*
*꼭 받아주셨으면 좋겠어요.*

이안과 경리의 결혼식은 정말 최고였어요!
너무 아름다웠던 한옥, 한복, 사물놀이, 맛있는 한국 전통 음식들,
그리고 내 마음을 감동시켰던 위엄하고 장대했던 전통혼례까지.
이 모든 것들을 절대로 잊지 못할 거예요.

할머니를 비롯한 이모와 삼촌들, 모든 우리 가족들을 만난 건
너무 영광이었고 기뻤어요.
그리고 가족 모두가 이안을 경리의 남편으로,
또 한 가족으로 인정해주고 받아들여주는 모습을 보니
정말이지 너무 편안했고 행복했답니다.

미국에 있는 우리 가족 모두도 경리를 너무너무 사랑하고
경리를 이안의 아내로, 또 우리 모두의 가족으로 맞이하는 것이
정말 행복하다는 것을 꼭 알아주셨으면 좋겠어요.

제가 댁에서 편히 묵을 수 있도록 배려해주신 그 마음 정말 너무 감사했어요.
집에서 지내는 5일 동안 저는 정말 많은 사랑을 받고 있다고 느꼈고,
또 가족 모두로부터 많은 보살핌을 받고 있다는 생각이 들어서
정말 너무 좋았답니다.

그래서 저는 이제 한국에도 또 하나의 가족이 있다는 믿음에 확신이 생겼지요!

경리 가족들도 이제 미국에 이안과 경리를 비롯한 로버트, 앤, 그리고 저, 또한 언젠가 만나게 될 여러 나라에 퍼져 있는 다른 Mason 가족들까지도 있다고 생각해주세요.

서울은 정말 환상적인 곳이에요!
한국은 풍부한 문화유산과 역사를 가지고 있으면서도
굉장히 인상적인 모던형식의 많은 건물들이 있어요.
저의 서울 구경을 위해서 많은 시간을 내어주고
정말 재미있는 것들을 많이 경험하게 해주셔서
너무나도 고맙게 생각하고 있답니다.

벌써 내일 떠나야 한다니 너무 슬퍼요.
음악처럼 아름다운 가족들의 목소리,
얼굴에 피어 있는 환한 태양빛과도 같은 미소,
따뜻한 가슴에 안기는 포옹, 그리고 기쁨에 가득 찬 웃음소리까지.

*정말… 정말 많이 그리울 거예요.*
*하지만 나중에 한국에 다시 놀러올 것을,*
*그리고 경리 가족이 다시 미국에 놀러올 것을 고대하고 있을게요.*

*마가렛, 로버트, 그리고 앤으로부터 큰 사랑을 전합니다.*
*From your cali family!*

꾹꾹 눌러쓰신 한마디 한마디에 어머님의 진심이 묻어 있었다. 카드와 꼬깃꼬깃 반으로 접혀 구겨진 지폐를 보는데 두 분의 마음이 느껴져서 왜 이렇게 눈시울이 붉어지던지. 소박하게 살고 계신 두 분께는 결코 적은 돈이 아니라는 걸 알기 때문이다. 미리 알았더라면 다시 호주머니에 넣어드렸을 텐데… 우리의 결혼식에 조금이나마 보탬이 되고 싶어 하시는 두 분의 사랑이 전해져 정말 너무 감사했다. 고부관계를 떠나 이렇게 좋은 분들을 시부모님으로 모실 수 있음에 감사했다.

열일곱 살의 나이 차이에도, 그리고 15년 가까이 넘게 이어져 온 아버님의 병환에도 불구하고 아직도 사랑을 믿으시는 멋있는 나의 시부모님. 왠지 '시'라는 말도 붙이고 싶지 않아 나는 우리 시댁식구들을 캘리포니아의 지명을 따 캘리가족(Cali Family)이라고 부른다. 그래서 두 분은 나의 캘리엄마(Cali Mom), 캘리아빠(Cali Dad)가 되었다.

캘리가족은 내가 결혼을 통해 얻은 가장 큰 선물이다. 늘 한결같이 내게 큰 사랑을 가르쳐주시고 우리 부모님만큼이나 진심으로 나를 품어주시는 또 다른 나의 부모님, 또 다른 내 가족. 결혼을 통해 얻게 된 부모님을 미국에선 'Parents-in-Law'라고 한다. 하지만 나는 두 분을 늘 이렇게 부른다.

Parents-in-Love!

37

# 노란머리 아들과 검은머리 부모님

: 엄마 아빠, 고맙습니다!

내가 이안의 가족을 알아가면 알아갈수록 이안에 대한 사랑이 더 깊어진 것처럼, 이안도 우리 가족에게 같은 마음을 느끼고 있었다. 특히 한국에서 1년을 지내며 우리 가족과 함께하는 시간이 많아질수록 이안은 우리 가족들에게 더 큰 감정을 갖게 되었다.

그래서일까. 내가 시댁식구들을 '캘리가족'이라 부르는 것처럼 이안도 우리가족을 '수유(동)가족'이라고 부르게 됐다. 그렇게 우리에게는 각자의 부모님 말고도 캘리부모님, 그리고 수유부모님이 생겼다.

부모와 자식으로 연을 맺었지만 우리는 각자의 인생이 있는 법이라며 기성세대 같지 않은 마인드를 가진 우리 부모님. 그래서 처음에 이안을 친구로 소개하려고 했을 때도 큰 부담이 없었다. 생각해보니 엄마 아빠께서는 나와 이안을 정말 많이 이해해주셨다. 공식적으로는 아직 대학 졸업도 안 했던 내 나이 스물다섯에, 그것도 외국인이랑 결혼을 해서 멀리 떨어져 살겠다 했을 때도 묵묵히 우리를 믿고 지지해주셨다. 아무리 쿨한 부모님이라고 해도 쉬운 결정은 아니었을 거다. 하지만 두 분의 마음은 한결같았다.

"지금처럼 서로를 진심으로 사랑하는 마음만 있다면 국적은 상관없어. 너희 둘만 행복하다면 엄마 아빤 그걸로 충분해."

이안이 나를 위해 한국으로 이사까지 왔던 그 마음을 있는 그대로 받아주셨던 부모님. 다른 사람들이 우리의 모습에 신기해하고 종종 불편한 시선을 보낼 때도 두 분은 늘 우리 곁에 계셨다. 누가 뭐래도 우리 둘을 지지해주시고 늘 자랑스러워 하셨다.

이안이 한국에 있던 2010년. 그해는 우리 부모님이 결혼하신 지 25주년이 된 해이기도 했다. 부부의 일생에 단 한 번 있는 은혼식. 동생과 함께 엄마 아빠께 특별한 선물을 하고 싶어서 계획을 짜고 있던 차에 언젠가 엄마께서 웨딩드레스를 다시 입고 싶다 하셨던 말이 생각났다. 그렇게 해서 우리 가족은 웨딩드레스와 턱시도를 입고 리마인드 웨딩 사진을 찍게 됐다. 이안도 턱시도를 입고 함께했다. 아빠와 함께 아버지와 아들 같은 사진도 찍고, 우리 가족이 다 같이 찍는 장면에도 어김없이 함께했다. 비록 말은 잘 안 통했어도 이안을 정말 가족처럼 받아준 엄마, 아빠, 그리고 동생까지. 너무도 고마워서 하루 종일 감동의 눈물로 마음이 촉촉했다.

마지막에 액자에 넣을 사진을 선택하는 순간. 우리 네 가족의 모습만 나온 사진을 골라도 됐는데 엄마 아빠께서는 추가요금까지 내시고선 큰 액자 두 개를 신청하셨다. 하나는 우리 네 명의 사진으로, 그리고 다른 하나는 이안까지 있는 다섯 식구의 사진으로. 지금도 그 두 개의 액자는 친정집 입구에 걸려 있다. 사진을 볼 때마다 부모님의 배려심에, 그리고 차마 말로 표현할 수 없는 따뜻한 마음에 미소가 지어진다. 이안은 아직도 말한다. 그때 처음으로 진짜 가족이 된 것 같은 기분이 들어 너무 감사했고 참 좋았다고.

지난 2015년은 우리의 결혼 5주년인 동시에 부모님 결혼 30주년이었다. 그래서 이제는 정말 든든한 우리 집의 큰아들인 이안과 또 한 명의 아들이 된 동생의 남편까지 함께 새로운 가족사진을 찍었다. 여전히 그때처럼 우리가 한 가족임에 감사하는 마음을 담은 사진. 당신의 두 딸, 두 아들에 대한 자랑스러움이 가득한 행복한 모습. 모두 같은 마음으로 한 해를 남길 수 있어 너무 좋았다.

엄마 아빠, 늘 감사하고 사랑합니다.

APRIL
20

38

# 또 다시 시작된 그리움

: 장거리 연애는 운명인 걸까

결혼을 하고 미국으로 떠날 날짜를 정한 후부터 가족과 친구들과 아쉬운 마지막 인사를 나누며 한창 바쁜 시간을 보내고 있었다. 그런데 떠나기 한 달 전(아직도 기억나는 그해 2월 초) 사건이 벌어졌다. 미국 입국에 필요한 서류들을 챙겨보다가 중요한 서류 하나가 없는 것을 발견한 것이다. 그 서류는 배우자 비자의 처리기간 동안 우리가 양국을 드나들 수 있게 해줄 일종의 출입국 허가서로, 미국 입국을 위해 꼭 필요한 서류였다. 그 서류가 나오기 전에 혼인신고만 하고 한국으로 오게 되어 이안의 친구가 한국으로 보내주기로 했던 터였다. 아직 도착하지 않은 게 이상해 바로 친구에게 연락을 한 이안. 그런데… 청천벽력 같은 소리를 듣게 됐다.

"그거… 1월 초에 이미 부쳤는데… 아직 못 받았어?"

그 소리를 듣자마자 놀란 가슴을 쓸어내리며 바로 서울중앙우체국으로 향했다. 그곳에서 근 몇 달간 미국에서 온 기록까지 조사해봤지만 어느 곳에서도 우리의 서류 기록은 발견되지 않았다. 하필이면 친구가 그 중요한 서류를 일반우편으로 보낸 데다가 영수증까지 버리는 바람에 기록을 찾는 데 더 어려웠다.

갈 날은 정해져 있는데 갈 수가 없다니. 눈물로 아침을 시작해서 눈물로 하루를 끝냈다. 더 큰 문제는 그 서류가 없어지면서 혼인신고 후 지금까지 5개월을 기다려 온 이 비자 과정이 엉망이 되게 생겼다는 것. 이 상황에서 도대체 뭘 어떻게 해야 할지 어떠한 답도 보이지 않는다는 것이 제일 절망스러웠다.

결국… 친구들과 가족과 송별회까지 마쳤던 나는 제때 떠나지 못했다. 이안은 한국체류기간 90일을 넘길 수 없어 혼자 떠날 수밖에 없었고 나는 여전히 친정에 남게 됐다. 그렇게 우리는 떨어지기 싫어 결혼을 했지만 다시 떨어질 수밖에 없는 운명에 처했다. 신혼 초를 눈물과 걱정으로 시작하게 된 우리.

이 지겨운 장거리 연애. 우리에겐 어쩔 수 없는 운명인 걸까…. 연애하는 것도 쉽지 않더니 결혼하는 것은 더더욱 쉽지가 않았다. 이제 고작 스물여섯이 된 우리에게 어느 하나 쉬운 게 없었던 국제결혼. 두 나라의 사람이 결혼을 해 한 나라에 정착하는 과정은 생각보다 힘든 일이었다.

하지만 우린 강해져야 했다. 상황을 보아하니 이 과정은 꽤나 복잡하게 진행될 것 같았다. 그래서 더 강하게 버텨야 했다. 함께 살기 위해선 꼭 넘어야 할 산이었다. 그렇게 우리는 부부로서 맞이한 새해 첫 겨울을 한국과 미국에서 따로 보내며 또 다시 기약 없는 그리움을 시작했다.

39

# 두 번의 거절, 세 번의 도전

: 힘들지언정 포기는 없었던 2년간의 싸움

중요한 서류 하나가 배송 중에 공중분해 되면서 그 뒤로부터는 모든 일이 엉망진창이 됐다. 우리의 배우자 비자 상태가 무기한 보류상태가 된 것이다. 미국으로 떠난 이안은 그곳에서 뭐라도 할 수 있는 일이 없나 싶어 배우자 비자를 처리해준 변호사를 찾아갔다. 하지만 그 사람은 오히려 혼인신고 후 우리가 미국을 떠난 게 잘못이라면서 우리 일을 더 이상 맡지 않겠다고 했다.

황당했다. 분명히 이 서류만 있으면 문제없다고 허락해서 돈까지 내고 서류를 신청해서 나간 건데. 서류도 없어진 마당에 변호사에게까지 버림을 받으니 정말 너무 힘들었다. 이안이 사방팔방으로 방법을 알아봤지만 해결책은 없었다. 결국 다시 한국으로 돌아온 이안과 함께 새 변호사를 찾아 새로이 영주권 신청을 해보기로 했다. 정말 간절한 마음으로 신청서를 넣고 기다렸다.

서너 달 후에 신청서에 대한 결과가 미국 집으로 날아올 거라고 했고, 우편으로 서류가 없어진 걸 한 번 경험한 우리는 직접 가서 받는 게 나을 거라 생각해 이안이 다시 미국으로 떠났다. 부디 이번이 마지막 헤어짐일 거란 간절한 소망과 함께.

그렇게 기다리고 기다리던 결과가 나오는 날. 미국 이민국의 편지를 받은 이안이 부들부들 떨면서 전화를 걸어왔다. 우리의 영주권 신청이 거절됐다고 했다. 이유라도 물어보려고 미국 이민국에 전화를 했더니 그 안에서도 자기네들끼리 소통이 잘 안 되는지 여기로 전화하라, 저기로 전화하라 자꾸 우리를 이곳저곳으로 보내기만 했다. 아마 계속 보류상태인 비자 기록 때문인 것 같았다. 하지만 어디에도 확인할 곳은 없었고, 결국 우리는 이유도 모른 채 거절을 받아들여야 했다.

바로 변호사에게 전화를 했다. 영주권 신청이 거절됐다는 걸 말해야 하는데 눈물만 나왔다. 수많은 국제커플의 비자/영주권 케이스를 봐도 이런 경우는 나도 변호사도 처음이었다. 당황스럽고 놀랍고 조급했지만 가장 큰 감정은 두려움이었다. 이러다가 정말 영영 함께 살지 못하면 어떡할까 하는 두려움…

그러는 동안 시간은 계속 흘러가고, 오래전에 했던 배우자 비자 신청 역시 거의 1년의 보류상태를 끝으로 거절 결정이 내려졌다. 이렇게까지 된 이상 우리는 결단을 내려야 했다. 한국에서 살아야 할지, 5:5의 확률을 가지고 미국으로 무비자 입국을 해 모든 걸 새롭게 다시 시작해야 할지. 이 중요한 결정을 앞두고 이안이 다시 한국에 들어왔다.

여러모로 미국에서 시작하는 게 우리에게는 더 유리했다. 우리가 살기 위해선 이안의 일이 가장 중요했다. 한국에서도 할 수 있는 일이지만 어느 정도 제한이 있었다. 결국 우리는 미국으로 들어가 영주권 신청을 새롭게 다시 시작하기로 했다. 그때 당시 배우자 비자도, 영주권 첫 번째 신청도 다 거절된 상태였기에 우리에게는 어떠한 보류상태의 신청서가 없었다. 나름대로 해볼 만한 도전이었다. 어떻게 보면 희망을 놓지 않고 싶었던 우리의 의지가 만들어낸 결정이었는지도 모른다.

어쩌다보니 서너 번 계속됐던 송별회. 그때마다 매번 나를 위로해주고 오히

영주권을 받은 그날 밤! 더 이상 흘릴 눈물도 없었는지, 멈추지 않는 웃음에 밤새 잠을 이루지 못했다.

려 가족과 친구들과 더 많은 시간을 보낼 수 있어서 좋은 일이라며 위로해주던 고마운 나의 친구들. 그리고 내가 울 때 속으로 피눈물 흘리셨을 우리 부모님… 사랑하는 내 사람들을 뒤로하고 그렇게 우리는 미국으로 떠났다.

드디어 샌프란시스코 공항에 도착했고 입국심사 줄에 섰다. 이미 두 번이나 거절된 내 기록을 보고 시민권을 위해 위장결혼으로 들어오는 사람이라 생각해 입국이 거절된다면 향후 몇 년, 혹은 평생 동안 미국 입국이 금지될 위험성이 있었다. 온몸이 덜덜… 너무 떨렸다. 이안은 내국인이기에 외국인인 나와는 다른 곳에 줄을 서 있어 더욱 두려웠다. 이제 여기서도 안 되면 그건 우리 운명이라 받아들이고 살기로 했다. 어쩔 수 없었다.

긴장감 속 드디어 다가온 내 차례. 무섭게 생긴 심사관 앞에서 묻는 말에 대답을 했다. 다행히도 그 사람은 우리의 복잡한 비자와 영주권 과정을 모르는 것 같았고 드디어… 초록색 내 여권에 미국 입국 허가 도장이 찍혔다. 심사관 앞에서는 티를 내면 안 되니 감정을 조절했지만, 이안을 만나자마자 부둥켜안고 울었다. 사실 이제부터가 시작인 건데. 미국에서 모든 과정을 다시 시작해야 하는 건데…. 그래도 이제는 그 과정 동안 떨어져 있지 않아도 된다는 사실만으로도 충분히 감격스러웠다.

우리는 미국에서 새롭게 영주권 신청을 시작했고 다행히 진행 절차는 별 무리 없이, 마치 우리의 신청서가 처음인 것처럼 진행됐다. 드디어 영주권을 받기 위한 마지막 관문인 인터뷰를 하는 날. 인터뷰하는 사람이 우리가 방에 들어가자마자 우리 이름 아래 수북이 쌓인 서류들을 보며 제일 먼저 꺼냈던 한 마디가 아직도 기억난다.

"So, What happened?"

책 몇 권을 쌓아 놓은 것 같던, 우리가 흘린 눈물만큼이나 두툼하게 쌓여 있던 서류들…. 2010년 9월에 미국에서 혼인신고를 한 우리는 두 번의 거절과 세 번의 신청을 통해 2012년 10월! 드디어 영주권을 받게 됐다. 미국 시민권자와 결혼하는 외국인 배우자의 비자 혹은 영주권은 보통 길어야 1년, 대부분 6개월이면 받을 수 있는데, 우리는 무려 2년이나 걸려 받았다. 시간과 돈도 많이 들었고, 무엇보다 마음고생이 너무 심했던 미국 이민국과의 지독한 싸움. 하지만 우리는 한 번도 포기하지 않았다.

아니, 오히려 우리는 그 시간을 통해 더욱 강해졌다.

40

# 내 인생 제2막의 시작!

: 모든 것을 내려놓은 채 새로이 출발하다

마냥 따뜻하고 행복할 줄만 알았던 결혼 초부터 우리는 비자와 영주권 때문에 생각지도 못한 혹독한 풍파에 맞서 싸워야 했다. 하지만 그때마다 나를 버티게 한 말.

이 또한 지나가리라

정말 끝나지 않을 것만 같던 시간이 다 지나갔다. 왜 내게만 이런 일이 일어나는지 모든 것이 나쁘게만 보였던 시간들. 이젠 다 과거가 됐다. 모든 게 다 해결되니 그 악몽도 추억이 됐다. 그렇게 모든 걸 이겨내고 어렵사리 시작한 신혼이었기에 미국에서의 모든 것이 소중했다.

결혼하고 나서도 계속 친정에서 살았던 우리는 결혼 후 처음으로 우리 둘만의 공간이 생긴 것이 더없이 기뻤다. 이안이 예전부터 혼자 살던 집에 내가 수저만 들고 들어간 것이었지만 우리만의 보금자리가 생긴 것에 그저 감사했다.

미국에서의 나의 계획은 먼저 직장을 구하는 것이었다. 하지만 학벌보다는 경력을 더 우대하는 미국에서 나는 어디에도 내로라할 경력이 없었다. 2년간의 비자/영주권 싸움 때문에 한국에서 제대로 직장을 잡지 못했던 나였다. 취직을 했다 해도 랜덤으로 비자 혹은 영주권이 나오면 일정 시간 내에 한국을 떠나야 했기에 무책임하게 갑자기 일을 그만두는 상황이 올 수도 있었다. 그래서 그 기간에 집안일도 배우고 영어과외와 국제회의기획자(PCO) 스태프로서 기간제 일을 하곤 했지만 그것들이 공식 경력이 될 순 없었다.

그래서 구직은 천천히 계획하기로 하고, 일단은 일하는 이안을 내조하며 처음 살아보는 내슈빌 생활에 적응해가기로 했다. 참 한적하고 여유로운 미국 생활. 모든 게 재밌었다. 동네 마켓에서 장보는 거나 흔한 약국에 가는 것도, 맛집을 찾아다니며 여러 나라의 음식을 먹어보는 것도 신났다. 잘 알지도 못하지만 TV 채널을 돌려가며 좋아하는 프로도 찾아보고, 우리 동네를 걸으며 길도 익혔다. 처음 생긴 우리 집 이곳저곳을 꾸미며 결혼생활을 만끽했다. 이미 결혼한 지 2년이나 된 헌내기 부부였지만 마음만은 새내기였다.

그런데 어느 날 이대로 그냥 세월아 네월아 살다가는 나태해질 수도 있다는 생각이 들었다. 학창시절 내내, 그리고 대학교 다닐 때도 늘 대외활동을 하며 부지런히 생활하던 내가 갑자기 많은 시간적 여유를 얻게 되니 한순간에 게을러지는 것 같았다. 무엇보다 스물일곱이라는 마냥 어리지만은 않은 나이에 소중한 가족과 오랜 친구들, 그리고 그간 열심히 쌓아 놓은 '스펙'을 다 내려놓고 미국에서 새 출발을 해야 하는 상황이었다. 많은 것을 포기하고 새로 시작하기로 한 이상, 뭔가 제대로 하고 싶었다.

그때부터 나를 계속 움직이게 하는 도전들을 하나둘씩 찾기 시작했다. 아주 사소한 것 하나라도 내가 처음 해보는 거면 다 도전이 될 수 있었다. 그것을 끝까지 이룰지 못 이룰지 아직은 모를지언정, 일단 도전한 이상 그걸 위해 노력하며 살면 미국에서의 내 생활이 조금 더 풍성해질 것 같았다. 그렇게 도전과 함께 내 인생 제2막 프로젝트가 시작됐다.

41

# 타고난 길치의 도전

## : 옵션이 아닌 필수였던 운전, 널 정복하겠어!

첫 번째로 도전한 것은 바로 '운전'이었다. 사실 뉴욕이나 시카고 같은 대도시는 대중교통이 그나마 잘 되어 있어서 차가 필수는 아니다. 하지만 우리가 살고 있던 남부의 작은 도시 내슈빌은 달랐다. 지하철은 없고 버스만 있는데 버스정류장까지도 차를 타고 가야 할 정도로 집에서 멀리 있었다. 즉 차가 곧 발이었다. 차가 없으면 어디 나가질 못했다. 그렇다고 매번 이안에게 운전을 부탁할 수도 없는 일. 그래서 나는 미국에서의 내 독립적인 삶을 위해 운전을 꼭 해야 했다.

27년을 살면서 운전이란 걸 해본 적이 없던 나는 제일 먼저 운전면허 공부를 시작했고 결국 테네시주 운전면허를 땄다. 면허증에 새겨진 내 이름 Kyungri Mason. 이안의 아내가 되고 나서 이안의 성을 붙인 새 이름이 새겨진 첫 신분증이었다. 그렇게 나는 운전면허를 가지고 드디어 운전 연습을 시작했다.

한국에 살 때, 학교에서 우리 집 근처인 노원을 가야 하는데 실수로 수원행 버스를 타고도 가는 내내 뭔가 잘못됐다는 걸 몰랐을 정도로 지독한 길치였던 나! 게다가 방향치에 둔한 거리감까지. 엄마에게 방향감각 제로의 유전자를 고스란히 물려받은 나였다. 결국 나는 열다섯 살 미국 아이들이 하는 것처럼 옆에 꼭 이안을 태우고 다녔다.

그러던 어느 날, 집에서 우리가 자주 가는 레스토랑까지 가는 길을 몇 주 동안 열심히 외우고 외워 처음으로 이안이랑 밖에서 만나기로 했다. 그날 이안 없이 처음 운전했던 건데 거짓말 조금 보태 20분이 2시간 같았다. 분명 맞는 길인데 왜 이렇게 불안하고 그 길이 멀게만 느껴지던지. 운전 내내 입은 바짝 타들어가고, '여긴가? 아니다, 저긴가?' 하며 혼자서 모노드라마를 찍었다. 하지만 결국! 내비게이션 없이도 무사히 그곳에 도착했다. 초조하게 기다리던 이안은 그런 내가 얼마나 기특했으면 내가 도착해 주차하는 걸 영상으로 찍으며 아빠미소로 나를 반겼다. 아직도 생생한 나의 첫 주행!

그때부터 자신감이 붙은 나는 이곳저곳을 다녀보려고 애를 썼다. 이안은 내비게이션만 믿으면 된다며 용기를 줬지만, 난 내비게이션도 잘 못 따라가는 실정이었기에 조금 겁도 났다. 킬로미터(㎞)도 잘 모르겠는데 마일(mile)로 말해주니 더 헷갈렸다.

"Please turn right in 1 mile"

우리의 친구, 친절한 내비게이션 언니의 목소리가 들려오면 1마일쯤 가서 우회전을 하면 되는데 그 사이사이에 골목이나 다른 샛길이 보이면 "여긴가?" 하는 걱정에 미리부터 우회전을 하다가 고속도로로 빠져 코앞에 있던 목적지를 놓친 적도 많았다. 차선 변경을 못해 서울에서 부산까지 갔다는 한 라디오 사연이 남의 일이 아니었다. 쌩쌩 달리는 고속도로가 무서워 고속도로 진입까지 1년이 걸렸던 나. 한 번 운전을 하고 나면 핸들에 땀이 흥건했던 나날들.

싸움 한 번 안 하던 우리가 티격태격한 것도 이때였다. 차를 정말 좋아하고 운전을 오래 해 온 이안이 처음 운전을 가르쳐줄 때 너무 오버를 하는 바람에 오히려 내가 더 긴장해 운전을 못하겠는 거다. 나도 여러 가지를 생각하며 나름대로 최선을 다하고 있는데 내가 작은 실수라도 하면 가슴을 쓸어내리는 이안한테 괜히 화를 내기도 했다. 가족에게 혹은 신랑에게 운전을 배우면 안 된다는 어른들의 말씀이 딱 맞다! 하하. 그래도 깐깐한 이안쌤 덕분에 나는 지금 4년 넘게 무사고로 운전 중이다.

이제는 술이 약한 이안이 조금이라도 취하면 나는 박기사가 되어 집까지 운전을 하곤 하는데, 이제 이안은 옆에서 걱정하는 대신 날 믿고 한숨 푹 잔다. 서당 개 3년이면 풍월을 읊는다고! 굿 드라이버 남편 잔소리 4년 만에 나도 이제 어엿한 테네시 드라이버가 다 됐다. 이안은 그런 나를 보며 늘 뿌듯해한다. 자기가 다 이렇게 만든 거라면서. 하하!

이렇게 미국에서의 내 첫 도전은 성공!

42

# 가족 같은 내슈빌 5자매와 두레

: 미국에서 만난 값진 인연

미국생활에서의 또 다른 도전은 바로 나만의 삶을 꾸리는 것이었다. 아무리 남편 따라 온 거라지만 이안에게만 의지하며 살고 싶지 않았다. 미국행은 내가 선택한 거고 이제 이곳은 내가 앞으로 살아야 할 곳이었다. 그 첫 시작으로 운전을 배웠으니, 이젠 함께 어울려 다닐 친구들이 필요했다.

미국에서 처음 만난 친구들은 이안의 친구들이었다. 이안이 한국에서 내 친구들과 친하게 지냈던 것처럼 나도 이안의 오랜 친구들을 만나 우정을 쌓으며 내슈빌에 적응해가기로 했다. 고등학교 때부터 친하게 지내오던 이안의 친구는 남자 셋, 여자 넷! 그 안에는 부부도 있었고, 곧 결혼할 연인도 있었고, 남매도 있었다. 개성 넘치는 이 일곱 명의 친구들은 마치 미국의 유명한 시트콤 〈프렌즈〉를 보는 것 같았다.

연애할 때 몇 명 만난 적은 있지만 친구들 전체를 본 건 그때가 처음이었다. 이안의 친구들은 개그감이 넘치는 유쾌한 친구들이었다. 서로 앞에서 망가지는 걸 두려워 않던 친구들! 덕분에 우리는 급속도로 친해졌고, 이안의 친구로 만난 이들이 이제는 내 베스트프렌즈가 됐다.

Coca
Sprite

jingle
VERY Merry CHRISTMAS
RVC
Wonderful
TIME OF THE YEAR

특히 나를 포함해 다섯 명이 된 여자들은 언제나 죽이 척척 맞았다. 만나기만 하면 언제 어디서든 깔깔! 다 커서 만난 친구들이었지만 오랫동안 친하게 지낸 것처럼 쿵짝이 잘 맞았다. 그렇게 우리는 '내슈빌 5자매'가 됐다.

미국에서 지낸 지난 4년 동안 우리는 서로의 생일을 매해 빠짐없이 챙겼고, 매해 크리스마스와 새해전야 때도 함께했다. 땡스기빙 전 주에 우리만의 프렌즈기빙데이(Friendsgiving Day)를 만들어 우정을 자축하기도 했고 서로의 도움이 필요할 땐 언제든 뭉쳤다. 우리 중 한 부부가 첫 집을 마련했을 땐 페인트칠을 해주러 우르르 모였고, 학교를 졸업하고 새로이 가게를 오픈한 친구를 위해 새벽까지 전단지를 돌리기도 했으며, 한 친구의 어머니가 늦깍이 대학생활을 마치고 졸업하셨을 때도 모두가 졸업식에 참석해 한마음으로 축하했다. 서로를 위해서는 얼마나 멀리 있는지, 시간이 얼마나 늦었는지는 중요하지 않았다. 일단 모이고 봤다. 그러면서 나는 난생 처음 와본 내슈빌이라는 작은 도시에서 의지할 수 있는 친구들이 생겼다.

그래도 종종 한국 친구들이 보고 싶을 때가 있었다. 아무리 영어가 편하다 한들 재미나고 맛깔난 한국말로 수다를 떨고 싶은 건 신토불이 한국인인 내게 너무 당연한 일이었다. 그 무엇으로도 다 채워지지 않는 내 나라에 대한 그리움. 그때 오아시스처럼 나타난 또 다른 내 친구들이 있다. 내 블로그를 통해 나를 알게 된 동생들이었는데 만나고 보니 신기하게도 서로 가까운 동네에 살고 있는 이웃사촌이었던 것!

타지생활에 외로워도 서로 도우며 가족처럼 의지하고 살자고 우리들끼리 '두레'라는 이름을 붙였다. 그렇게 점점 가까워진 우리는 종종 만나 한국음식을 만들어 먹기도 하고, 영어로는 표현할 수 없는 말개그나 깨알 같은 형용사들을 풀어내며 한국말로 실컷 수다를 떨기도 했다. 생일도 꼬박 챙겼으며, 이사갈 집을 함께 골라주기도 하고, 이삿짐을 같이 옮기기도 했다. 그렇게 한국 고유의 정을 두레 동생들과 함께 만들어가고 느껴갔다. 내슈빌에서 생활한

THE COLOR RUN
45866
THE COLOR RUN
45212
THE COLOR RUN

지 얼마 안 됐을 때 두레 동생들을 만난 건 정말 신의 한 수였다.

내슈빌 5자매와 두레. 타지에서, 그것도 다 큰 나이에 너무도 잘 맞고 속마음을 다 꺼내 놓을 수 있는 사람들을 만난 건 천운이라고 생각한다. 우연히 만났지만 운명이 된 이 소중한 인연을 통해 나는 조금씩 나만의 생활권을 만들어나가기 시작했다.

ERRY
CHRISTMAS

43

# 공허함을 채워준 털과 바늘

## : 뜨개질로 인생을 배우다

자유로운 운전도 가능해지고, 친구들을 만나면서 미국 생활의 이모저모를 배우며 나름대로 바쁜 생활을 했지만 매일이 그런 건 아니었다. 하지만 할 일이 없다고 나태하게 지내는 건 정말 싫었다. 늘 바쁘진 않아도 항상 무엇인가 할 것이 있어 부지런하게 사는 게 나의 세 번째 도전 목표였다. 그렇게 집에서 뭔가 할 것을 찾아보다가 생각난 것이 바로 뜨개질!

사실 결혼하고 영주권 문제로 잠시 떨어져 지낼 때, 이안의 생일선물로 목도리를 떠 주려고 찾아간 동네 뜨개방에서 뜨개질을 조금 배운 적이 있다. 그때 뜨개방 어르신들의 도움을 받아 처음으로 캘리아빠의 조끼와 캘리엄마와 앤의 모자를 떴다. 이안의 일을 도와주시는 고마운 분들의 옷과 머플러도 떠보고, 아프리카 신생아들의 체온을 보호해줄 생명의 모자를 뜨기도 했다. 사실 손재주가 없다며, 나는 이런 거 못한다며 도전도 해보지 않았던 뜨개질. 하지만 이안의 목도리를 시작으로 조금씩 하다보니 내 손끝에서 무언가가 만들어지는 게 너무 신기했다. 무엇보다 너무 재밌었다.

그렇게 조금씩 배운 기억을 더듬어 미국에서 다시 뜨개질을 시작했다. 그런데 한동안 안 하다 하려니 도통 예전에 배운 것들이 생각이 나질 않았다. 뜨개방에서는 도움 주시는 분들이 많았는데 이곳에선 오롯이 나 혼자였다. 결국 동생에게 부탁해 손뜨개 책을 미국으로 배송 받아 그때부터 뜨개질 독학에 들어갔다. 혼자서 하다가 질문이 생기면 저자의 사이트에 가서 질문도 하고, 온라인 커뮤니티의 도움도 받고, 정말 모르겠는 건 사흘이고 열흘이고 계속 붙들고 앉아 몇 번이고 시도했다. 그러다 보면 결국 풀릴 때도 있었고, 끝까지 알 수 없는 건 나만의 방법을 만들어 떠내려갔다. 그 과정 속에서 많은 기술들을 익혔다. 모든 걸 스스로 배우고 깨달아야 했기 때문에 배우는 속도도 갈수록 빨라졌다.

그러던 어느 날 이안이 어린 시절 1년 정도 공부를 했던 몬테소리 학교에서 특별활동 시간에 아이들에게 뜨개질을 가르쳐줄 수 있느냐는 제안을 해왔다. 내 남편이 학창 시절 가장 행복한 1년을 보냈던 이 학교에서 내가 아이들에게 내 재능을 나눌 수 있다는 건 생각만 해도 즐거운 일이었다.

초등학교 고학년 아이들에게 뜨개질을 가르쳐주고, 종종 유치원 아이들도 돌봐주며 약 4개월 동안 학교에서 시간을 보냈다. 아이들은 내 이름이 어려워 "미스 컹그리"라고 하면서도 꼬박꼬박 이름을 부르며 열심히 배웠다. 교실 옆에 동그랗게 둘러앉아 소소한 고민거리도 들어주고 함께 이런저런 얘기를 하며 우리의 첫 프로젝트로 짧은 목도리를 떠내려갔다. 아이들은 제 손으로 처음 만든 목도리를 보며 너무도 좋아했고, 그런 아이들을 보는 나는 더 좋았다. 내가 취미로 한 무언가가 누군가에게 도움이 되고 기쁨이 된다는 사실이 그렇게 행복할 수 없었다.

아이들에게 뜨개질을 가르치면서 나도 계속 공부하고 배워나갔다. 그렇게 어느 정도 독학을 하며 옷까지 뜰 수 있게 됐고, 꽤나 많은 것들을 떠서 주변 사람들에게 선물하기도 했다. 이안을 위해, 그리고 사랑하는 가족들과 소중한 친구들을 위해 내 손으로 만들어 정성이 들어간 선물을 줄 수 있다는 것이 너무 좋았다. 잠 못 자며 고민했던 마음이 선물 받는 사람의 행복한 표정을 보는 순간 사르르 풀렸다.

뜨개질을 하며 종종 깊은 생각에 잠기곤 했다. 작은 실수로 이제껏 뜬 걸 다 풀어야 했을 땐 잘해오다가도 의도치 않은 실수로 모든 게 다 무너질 수 있는, 그래서 더 조심해야 하는 인생이 뜨개질 같다고 느껴졌다. 여러 번의 반복을 거쳐 결국 완성했을 때의 느낀 보람은 안 되는 일에 쉽게 포기하지 않는, 조금 더 큰 인내심을 가질 수 있게 해주었다. 내 것이 아니니까 대충한다는 마음이 아닌, 내 것이 아니기에 더 정성들여 잘해주고 싶다는 욕심도 생겼다.

무엇보다 미국생활 속 어쩔 수 없이 가끔 찾아오는 공허함을 두툼한 털실과 뜨개바늘이 채워주는 것 같았다. 마치 누군가가 나를 안아주는 것만 같은 따뜻한 기분이 들어 더 좋았던 뜨개질의 시간. 별거 아닌 일로 이안과 다투고 속상할 때, 혼자서 생각이 많아질 때, 가끔씩 한국에 두고 온 많은 것들이 그리워질 때… 그럴 때면 나는 늘 뜨개질을 했다.

받는 기쁨보다 주는 행복이 더 크다는 걸 가르쳐준 정성스러운 손뜨개. 인생도 뜨개질처럼 힘들었던 시기를 거치고 나면 반드시 밝은 결과가 온다는 걸 가르쳐준 뜨개질. 나는 혼자가 아니라고 말해주는 것만 같았던 고요한 시간. 그저 남은 시간을 무언가라도 하며 채우기 위해 시작한 뜨개질이었는데 한 땀 두 땀 뜨고 푸르면서 인생을 배워가고 있었다.

나는 지금도 쌀쌀한 바람이 창문을 두드리는 가을이 시작되면 털실과 바늘을 꺼내곤 한다. 앞으로도 뜨개질로 많은 사람들에게 기쁨을 선물해주고 싶고, 더 나아가 아프리카 말고도 손뜨개의 도움이 필요한 곳에 내 소소한 재능을 발휘하고 싶다. 기회가 올 때 준비된 자세로 도움을 줄 수 있도록 오늘도 나는 실과 바늘을 잡는다.

HAPPY
BIRTHDAY!

44

# 천방지축 육묘일기

: Our kids have paws!

이안과 함께한 뒤로부터 가끔씩 반려동물에 대한 생각을 했다. 개든 고양이든 상관없었다. 어느 아이든 우리와 연이 닿는다면 언제든 환영이었다. 하지만 막상 데려오려고 생각하니 적지 않은 부담으로 다가오기도 했다. 한 번 입양하면 이젠 가족이 되는 거나 마찬가지니까. 쉬운 마음으로 결정할 일은 아니었다.

그러던 중 아주 우연히 작은 길고양이 한 마리를 만났다. 이안이랑 데이트 겸 구조된 동물들이랑 놀아주러 방문한 한 유기동물 보호기관. 그곳에서 이안을 너무도 잘 따르던 작은 솜뭉치 같은 스카우트(Scout)를 입양하게 됐다. 그렇게 우연히 시작된 꼬꼬마 부부의 육묘일기! 이것이야말로 의도하진 않았지만, 정말 많은 시간과 노력을 들여야 할 내 도전이 됐다.

우리가 과연 잘 키울 수 있을까…

두려움 반, 설렘 반. 일단 데려왔으니 큰 책임감을 가지고 스카우트를 키우기 시작했다. 당시 태어난 지 4개월밖에 안 되었던 스카우트는 어미를 잃고 혼자 있다가 구조된 고양이었다. 어떤 트라우마가 있었는지는 모르겠지만, 매우 민감하고 특히 커다란 물체가 옆에만 지나가도 무서워하던 작고 여린 아이였다.

그런 스카우트가 행여라도 새로운 공간에서 두려움을 느낄까봐 집에 데려온 첫날부터 무릎으로 기어가며 스카우트를 종종 따라다녔다. 스카우트가 자는 곳마다 나도 옆에 누워 함께 잠을 잤다. 스카우트가 끄응 하고 응가를 싸면 "건강한 우리 아가! 똥도 잘 싸네!" 소리가 절로 나오며 그렇게 기쁠 수가 없었다. 밥 하나도 건강한 음식을 먹이고 싶어 손수 고양이 생식을 만들어준 적도 있었다.

사실 나는 고양이를 무서워하는 사람이었다. 그래서 반려동물 키우는 사람들이 내 자식이라고, 내 동생이라고 하는 것이 공감이 가질 않았다. 하지만 막상 키워보니 "예쁜 내 새끼" 소리가 절로 나왔다. 스카우트의 행동과 표정 하나하나에 사랑을 느끼며 스카우트 일이라면 모든 것이 우선이 됐다. 스카우트가 아플 땐 내가 더 아프고, 내 목숨 조금 떼어서 스카우트가 나와 평생을 함께할 수 있다면 기꺼이 그럴 수도 있을 것 같았다. 내 생에 처음 느껴본 반려동물과 함께하는 삶. 정말 상상했던 것 이상으로 너무도 행복했다.

일하다가 스트레스를 받을 때마다 이안은 스카우트를 품에 안고 내게 왔다.

침대에 나란히 누워 그 어느 때보다도 행복한 여유를 만끽했다. 고양이들이 행복할 때 내는 그릉그릉 소리는 그 어떤 자장가보다 포근했다. 별일 아닌 것에 늘 행복한 웃음이 지어지고 마음이 편안해졌다. 평소엔 짜증날 법한 일도 너그러이 다 용서가 되고 분명히 같은 사람, 같은 공간, 같은 시간인데 모든 것이 더 풍족하게 느껴졌다. 내가 무엇을 하든 나만을 바라보고 나만을 사랑해줄 한결같은 반려동물이 있다는 그 이유 하나로 말이다!

모든 것이 처음이라 많이 부족했겠지만 그래도 사랑 가득한 마음으로 스카우트를 키운 1년. 육묘지만 육아를 하듯 나와 이안은 온 마음과 정성을 들였고, 둘 다 많은 것을 느끼고 배웠던 첫 1년이었다. 이듬해 우리는 둘째 맥스(Max)라는 3개월 된 수컷 길고양이를 입양했고 스카우트는 큰누나가 되었다. 한 아이가 있었을 때보다 기쁨이 배로 컸다. 웃음소리도 몇 배로 커졌고 고양이에 대한 사랑 역시 걷잡을 수 없이 커져만 갔다.

그러다보니 우리는 어느새 네 마리 고양이의 부모가 됐다. 맥스를 데려오고 2년 뒤 검정 털이 매력적인 검은 고양이 아톰(Atom)을 입양했고, 그 다음 해에 부드럽고 긴 털이 멋진 토마스(Thomas)를 막내아들로 맞이했다. 딸 하나 아들 셋을 둔 대가족의 엄마, 아빠가 된 우리! 종종 친구들이 고양이집에 우리가 얹혀 사는 것 같다 놀려도, 나에겐 그 어떤 일보다 가치 있는 책임감을 안겨준 우리 집 사남매 냥이들. 스카우트, 맥스, 아톰, 토마스…. 비록 말로 서로에게 마음을 표현할 순 없지만 눈빛과 행동으로 큰 사랑을 보여주는 우리 아가들.

"Our kids have paws!"

나와 이안은 늘 말한다. 우리 아이들에겐 paw(동물의 발)가 있다고! 고양이들은 우리 자식이라고!

앞으로 태어날 우리 2세의 언니, 오빠, 누나, 형이 될 우리 집 냥이들.
왼쪽부터 시계 방향으로 스카우트, 맥스, 토마스, 아톰

45

# 하프마라톤에 도전하다

## : 모두를 위해 한마음으로 달린 13.1마일

고양이를 키우다보니 자연스레 다른 아이들에게도 눈이 갔다. 고양이뿐만 아니라 동물입양에 대한 관심이 더 커졌다. 그래서 그동안 후원을 해오던 길고양이와 유기견을 보호하는 한 기관에서 봉사를 하기 시작했다. 맡은 일은 간단했다. 길 위의 아이들 개체수 조절을 위해 구조된 아이들의 중성화수술 도구를 미리 준비해주는 것. 그리고 수술 후 도구를 씻어서 말리는 것.

봉사를 다니면서 미국에서는 고양이가 별로 차별대우를 받지 않는다는 것이 부러워졌다. 한국의 처참한 길고양이 현실에 눈을 뜬 것도 그때부터였던 것 같다. 그래서 블로그에 육묘일기를 올리기 시작했다. 고양이도 알고 보면 애교 많고 사람을 잘 따르는 동물이라고. 그저 재수가 없을 것 같다고, 무섭다고 길고양이들을 해치고 죽이려는 사람들에게 고양이에 관한 이상한 편견과 소문들이 사실이 아니라는 걸 말하고 싶었다. 고양이를 직접 키우면서 그것들이 다 오해였음을 느낀 내 경험을 블로그에 차곡차곡 올렸다.

그렇게 나만의 방법으로 길 아이들을 위한 무언가를 하고 싶어 할 때, 내가 돕던 단체에서 동물보호 기금모금을 위한 하프마라톤을 함께 뛰어보자는 제안을 해왔다. 나의 도전을 응원하는 사람들이 후원금을 보내주면 그에 보답하는 마음으로 완주를 하는 형식이었다. 그 돈은 길고양이들, 그리고 유기견들의 중성화수술 및 보호소 건립에 쓰일 예정이었다.

하프마라톤이라… 비록 하프지만 꽤나 긴 거리였다. 먼 거리를 달리는 데다가 직접 발품 팔아 후원금까지 모아야 하는 부담도 없지 않아 있었다. 막상 도전하려고 하니 겁부터 났다. 하지만 용기를 냈다. 내가 조금만 노력해서 길 위의 아이들을 더 많이 구조하고 좋은 곳으로 입양 보낼 가능성이 높아진다면! 도전할 가치가 있었다. 그렇게 내 인생 첫 하프마라톤이 시작됐다.

그때부터 모금활동 페이지에 Kyungri Mason 이름이 올라왔다. 내 이름으로 모금 페이지가 생긴 것이다! '이제부터 시작이다' 생각하고 열심히 모금활동을 했다. 주변 친구들에게도, 온라인 홍보를 통해 블로그 식구들에게도 많은 도움을 받았다. 그 결과 너무 감사하게도 100만 원이 조금 넘는 금액을 모았다. 나를 믿고 후원해준 사람들의 마음을 위해서라도 열심히 달려야 했다.

그런데 마라톤을 뛰기 몇 주 전, 한국에서 슬픈 소식을 전해 들었다. 일어나지 말았어야 할 세월호 사고…. 매일 달리면서도 속상해서 운동할 맛도 안 나고, 마음이 너무 안 좋았다. 무엇보다 너무나 안타깝게도 블로그로 알고 지내던 동생의 친동생도 세월호의 희생자 중 한 명이었다. 비록 먼 곳에 있지만

세월호 희생자들을 추모하고 조금이라도 위로를 전하기 위해 나는 노란 리본을 달고 달리기로 했다.

드디어 하프마라톤 날. 새벽 6시부터 친구들을 만나 내슈빌 다운타운으로 이동했다. 꽤나 쌀쌀했던 4월의 새벽. 하지만 이 추위가 길 위의 생명들이 느끼는 것보다, 그리고 바닷속 세월호 희생자들이 느끼는 것보다 추울까 싶어 마음이 뜨거워졌다.

드디어 마라톤이 시작됐다. 한 걸음 두 걸음, 처음엔 가뿐했다. 하지만 1마일, 2마일, 10마일… 조금씩 거리가 늘어나자 무릎이 아프기 시작했다. 발도 아팠다. 런닝화를 신고 뛰어도 계속 닿는 곳이 닿고 또 닿아 물집이 생기더니 터지고 까지기 시작했다. 그래도 뛰어야 했다. 모금을 도와준 사람들과, 길 위에서 우리의 구조 손길을 기다리고 있을 동물들, 그리고 세월호 희생자를 위해 끝까지 달리고 싶었다. 모두를 위한 한마음을 꼭 완주하고 싶었다. 그래서 힘들어도 계속 웃으며 발걸음을 멈추지 않았다.

결국 나는 3시간 33분 만에 무사히 완주했다. 그다지 좋은 기록은 아니었지만 제대로 된 트레이닝 없이 무작정 열심히 목표를 위해 달린 것을 생각하면 나에겐 너무도 뿌듯한 숫자였다. 3시간이 넘는 시간 동안 쉼 없이 뛰면서 많은 생각을 안겨주었던 내 생의 첫 하프마라톤! 그날 우리 마라톤 팀이 모은 모금액은 천만 원이 훌쩍 넘었고 그 돈은 수많은 길고양이들과 유기견들을 구조해 중성화수술을 시켜 새로운 가정을 찾아주는 데 잘 쓰였다.

다 뛰고 집에 왔는데 발이 정말 너무 아프더니… 며칠 뒤에 결국 양발 두 번째 발톱이 완전히 빠져버렸다. 그리고 그 작은 발톱이 온전히 다 자라는 데까지 무려 8개월이라는 시간이 걸렸다. 하지만 불평하지 않았다. 길고양이나 유기견들이 새로운 가정을 찾아가는 시간은 그보다 더 걸릴 때도 있으니까. 어쩌면 영영 새 가족을 찾지 못한 채 무지개다리를 건널 수도 있으니까. 또 세월호 유가족들이 그 힘든 시간을 이겨내는 덴 그보다 더한 시간이 걸릴 테니까.

내 작은 발톱이 자라나기까지 그 8개월 동안의 아픔은 그들 앞에서 아무것도 아니었다.

유기동물을 돕고자 하는 마음으로 한자리에 모인 우리 'Pet Community Center'팀.
'Team Feline Fix'라고 적힌 유니폼을 갖춰 입고 출발 전 단체사진 찰칵!

46

# 임시보호를 아시나요?

## : 준 것보다 얻은 것이 더 많은 길고양이 임시보호

동물입양에 대한 관심이 커져갈 때쯤 봉사를 통해 만난 친구가 길고양이 임시보호를 하고 있다는 걸 알게 됐다. 보호기관에서 길고양이들을 구조하면 그 아이들이 가정을 찾아 떠나기까지 자신의 집에서 임시로 보호해주다가 입양을 원하는 사람이 나타나면 아이를 보내는 절차를 도맡아서 하는 일이었다. 그 친구의 SNS에 올라오는 임시보호 고양이들을 보며 조금씩 관심이 생겼다.

하지만 결코 쉽게 결정할 수 있는 일은 아니었다. 고양이들이 귀엽다고 무작정 시작하기엔 그 아이가 입양가기 전까지 몇 주고 몇 달이고 책임을 지고 키워야 하는 일이었다. 무엇보다 나를 가장 주저하게 한 건 정든 아이들을 매번 떠나보내야 한다는 것. 밥값이나 병원비, 돌봐야 할 아이들이 많아 바빠지는 건 아무 문제도 아니었다. 마음을 준 아이들과 헤어져야 하는 것… 그것이 가장 두려웠다.

그러던 어느 날, 임시보호를 주관하는 다른 기관의 매니저가 임시보호를 해줄 곳이 점점 모자란다고 하는 말을 듣게 되었다. 기관에도 아이들을 보호할

수 있는 공간이 한정돼 있어서 번식력이 강한 고양이들이 새끼를 많이 낳는 시즌이 되면 임시보호를 해줄 집을 찾는 게 우선이라고 했다. 그 말을 듣고 집에서 이안이랑 얘기를 한 끝에 한번 해보기로 했다. 이미 고양이를 키우고 있었다 한들, 나에겐 또 한 번의 크나큰 도전이었다.

임시보호 봉사 신청서에 왜 내가 이걸 하고 싶어 하는지, 어떤 각오로 지원하는지 등을 꼼꼼하게 적어 보냈고 그렇게 나는 임시보호 맘(Foster Mom)으로 등록됐다! 그리고 며칠 뒤 나의 첫 임시보호 아이들을 만났다. 까만 놈 아톰(Atom), 벤(Ben), 챈들러(Chandler)와 암컷 메이플(Maple)과 카로(Karo). 내가 직접 이름을 지어주는 것으로 임시보호 과정이 시작됐다.

우리 아이들도 이렇게 작을 때 데려오지 않았기에 아기 고양이를 돌보는 일은 정말 새로우면서도 만만치 않았다. 워낙에 작아서 음식물 소화가 조금이라도 안 되면 설사를 했고, 그러다보면 탈수가 올 수도 있었기에 설사를 시작하면 밤새 대기해야 했나. 밥은 잘 먹는지 매일 아침 몸무게를 재서 기록하고, 대소변을 보며 늘 아이들의 건강을 체크해야 했다.

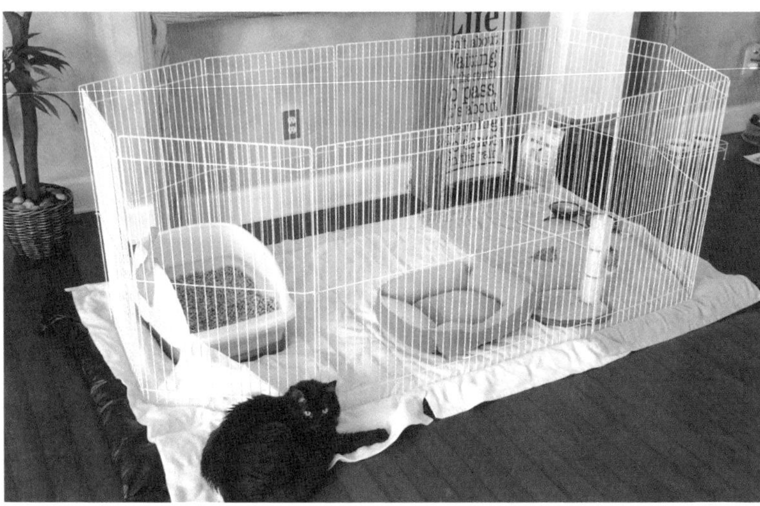

그렇게 한 2주 정도를 더 키워 아이들의 몸무게가 중성화수술을 하기에 적당해지면 수술을 시키는 것으로 입양 보낼 준비가 끝난다. 수술회복까지 다 되면 보호기관 홈페이지에 아이들 사진과 성격을 묘사한 게시물이 올라가고, 그것을 보고 연락을 한 대기자들은 인터뷰를 마친 후에 우리 집에 와서 아이들을 만나고, 내가 마지막으로 오케이 사인을 내리면 아이들을 데려가는 임시보호 절차. 내 첫 아이들은 내가 데려오고 3주 정도 지난 후에 모두 다 입양됐다. 다행히도 입양자들이 너무 좋았고, 아쉽지만 고마운 마음으로 아이들을 보내주었다.

하지만 그중 가장 작고 비실비실했던 우리 아톰이. 까만 아이라서 그런지 입양이 잘 안 되었다. 이상하게 검은 고양이는 한국에서도 미국에서도 별로 인기가 없다. 그래서 결국 우리가 셋째로 들이게 됐다. 검은 아이라고 다른 게 아닌데. 단지 다른 아이들과 색이 다를 뿐인데. 더군다나 아톰이는 어렸을 적부터 너무 약해 혼자서 밥도 잘 못 먹고 다른 형제들이랑 어울리지도 못해서 내가 더 특별한 관심으로 보살폈던 아이였기에 쉽게 보낼 수도 없던 터였다. 그렇게 우리에게 세 번째 묘연이 닿았다.

첫 번째 임시보호 아이들이 떠난 후 두 번째, 세 번째… 그렇게 지금까지 1년이 넘게 아이들을 받고 있다. 아직도 이름과 얼굴까지 다 기억나는 내 새끼들. 그중 아직도 잊지 못하는 아픈 손가락인 한 아이가 있다. 세 번째로 받았던 임시보호 아이들 중 베스(Beth)라는 맑은 눈의 오렌지색 고양이.

베스와 같이 온 아이들은 친구가 임시보호하다가 휴가를 가게 되어 내가 열흘 정도 맡아준 아이들이었는데, 그중 가장 작고 여린 베스는 길에서 구조되기 전 산짐승에게 물려 뒷다리를 못 쓰는 상태였다. 그래서 두 앞발로 뒷다리를 질질 끌며 걸었다. 뒷다리를 쓰지 못하니 스스로 화장실을 못 갔고, 어쩔 수 없이 내가 아침 점심 저녁으로 배를 문질러 대소변을 손으로 빼내줘야 했다. 하지만 더 큰 문제는 방광과 대장의 기능도 마비가 되어 시도 때도 없이 대소변이 몸 밖으로 흘러나온다는 것이었다.

깔끔한 고양이의 특성상 스스로 대소변을 못 가린다는 건, 늘 뒷다리가 축축하게 젖어 있다는 건 굉장히 받아들이기 힘든 일일 거다. 보호기관의 매니저들과 수의사 선생님의 소견도 마찬가지. 결국 베스는 종합검진 끝에 망가진 장기기능 및 뒷다리의 신경이 돌아올 가망이 없다고 판단되어… 이 세상에 온 지 7주 만에 무지개다리를 건너 다시 고양이별로 돌아가게 됐다.

임시보호 생활을 하며 처음으로 받아들여야 했던 죽음. 하지만 베스의 삶의 질과 건강을 위해선 보내주는 게 최선의 선택이었다. 내가 봉사하는 보호기관에서도 안락사는 정말 최소화하려고 하는데 이런 결정이 내려졌다는 건 어쩔 수 없는 선택이었을 거다. 하지만 한 아이의 생명이 우리 손에 좌지우지된다는 게 너무 슬프고 미안해 한동안 눈물이 마르지 않았다. 지금도 가끔씩 베스의 사진과 영상을 볼 때마다 눈물이 차오른다.

사실 임시보호를 하다보면 마음 아픈 길고양이들의 모습을 마주할 때가 많다. 그런 것들을 보면서 어쩔 땐 견딜 수 없이 마음이 아프고, 어쩔 땐 모든 아이들을 다 도울 수 없는 현실에 좌절하기도 한다. 게다가 아무리 해도 정든 아이들과의 이별은 익숙해지지도, 쉽지도 않다.

하지만 그 아이들로 인해 행복을 찾을 수많은 가족들, 그리고 나보다 더 큰 사랑을 줄 가정을 만날 아이들을 위해 나는 앞으로도 이 일을 계속 하고 싶다. 작은 목숨도 어느 하나 소중하지 않은 것이 없다는 걸 깨닫게 해준 임시보호. 나에겐 평생 하고 싶은 도전으로 남을 것 같다. 그리고 그로 인해 아마 또 다른 묘연을 만날지도 모르겠다. 우리 아톰이와 토마스처럼!

아직도 종종 생각나는 베스의 갸르릉 소리.
베스야, 고양이별에서 건강히 뛰어놀고 있는 거지?

tip 05

# 반려동물 입양하기

반려동물과 함께하는 삶, 누구나 한 번쯤 꿈꿔봤을 것이다. 어릴 적 강아지 갖고 싶다고 부모님을 조르거나, 귀여운 길고양이를 무작정 집으로 데려왔던 일 등 한 번쯤 가져봤을 반려동물에 대한 로망. 그렇다면 반려동물은 어떻게 키울 수 있을까?

반려동물은 일반적으로 입양을 하거나 사는 경우가 있다. 개인적으로 동물병원이나 펫숍(Pet Shop)에서 사거나 브리더(Breeder)에게 사는 것보다는 입양하는 것을 적극 추천한다.

우리나라 사람들이 많이 키우는 개를 예로 들어보면, 반려동물을 사는 경우엔 그 수요만큼 공급이 충당되어야 하므로 더 많은 어미 개가 희생될 수밖에 없다. 작은 철장에서 평생 새끼만 낳다가 결국 죽음을 맞이하는 어미 개. 수많은 출산에도 제대로 관리를 받지 못해 영양실조나 빈혈 등으로 몸이 성한 곳이 없지만 계속해서 새끼를 낳아야 한다. 그것이 모견의 삶이다.

그렇게 새끼를 낳고도 바로 새끼와 떨어져야 하는 현실이 더 절망스럽다. 어린 강아지일수록 더 잘 팔리기 때문이다. 많은 사람들이 창 너머로 보이는 강아지에 시선을 뺏길 때, 그 강아지가 사람들에 의해 강제적으로 어미를 뺏겼다는 것을 생각하는 사람이 과연 몇이나 될까?

무책임한 사람들로 인해 버려지는 반려동물 수 또한 증가하고 있다. 새끼 때는 예쁘다고 키우다가 조금 커지면 버리고, 임신했다고 버리는 등 반려동물을 가족으로 생각하고 키웠다면 결코 상상할 수 없는 일들이 비일비재하게 일어나고 있는 것이다. 그렇게 버려진 반려동물은 유기동물 보호소에서 구조하지만, 그 수가 많아질수록 보호 공간 부족 등의 문제로 결국 안락사 시키는 경우가 많아진다. 혹은 새끼를 낳는 모견이 되기도 한다. 모견과 유기견의 악순환이 끊임없이 계속되는 것이다. 이런 현실은 개뿐만 아니라 고양이도 마찬가지다. 그렇다면 이런 문제를 조금이나마 해결할 수 있도록 버려진 반려동물들을 '입양'하는 것은 어떨까?

반려동물을 입양하는 경우, 유기동물 보호소에 직접 방문해 아이들을 돌보는 봉사도 하면서 자연스럽게 반려동물과의 연을 맺는 것이 가장 좋은 방법이다. 혹은 인터넷 커뮤니티를 통해 입양 가능한 아이들을 찾아보는 것도 좋다.

품종 있는 동물만 원하는 사람도 종종 있는데, 품종 있는 동물을 키운다고 행복이 더 커지는 건 아니다. 반려동물과 함께 살며 그로 인해 얻는 행복감에는 차이가 없다. 오히려 한 번 상처받은 아이들이 다시 마음을 열면 더 큰 정을 주기도 한다. 무엇보다 유기동물을 입양함으로써 버려진 한 생명을 살린다면 그보다 더 보람 있는 일이 어디 있을까. 반려동물과 함께하는 삶. 그것은 상상 이상으로 행복한 일임이 분명하다.

그러니 반려동물을 맞이하고 싶다면, 펫숍이 아닌 유기동물 보호소로 향하자!

미국의 흔한 유기동물 보호소 모습. 봉사자들도 많고 입양자들도 많다.

47

# 남편 소원 들어주기

: 우연히 시작한 운동에서 새로운 나를 찾다

미국에서 생활하며 내가 꾸준히 해온 도전들 중 빠질 수 없는 게 바로 '운동'이다. 평소에도 늘 운동을 열심히 하고 자기관리를 잘하는 이안과는 달리 나는 운동의 '이응'자도 모르는 사람이었다. 태어났을 때부터 깡말랐던 나는 허약해서 잔병치레도 많았고, 학창시절 체육시간에 하던 피구와 발야구가 내 인생 운동의 전부였다. 건강하게 사는 것이 삶에서 가장 중요했던 이안에 비해 자기관리라는 걸 전혀 하지 않던 나. 아무것이나 먹으니 당연히 배는 나오고, 다른 부위는 다 마르고. 일명 마른비만의 체형이었다.

그런 내가 미국으로 이민을 오게 되자 이안은 진지하게 말했다. 우리가 건강하게 오래 같이 살려면 운동을 꼭 해야 한다고. 내가 늘 이안이랑 같은 날 같이 하늘나라에 가고 싶다 했던 얘길 꺼내며 그러기 위해선 같은 라이프스타일을 가져야 한다고 했다. 특히 미국 음식이 자기관리를 하지 않으면 살도 찌고 건강을 해칠 수 있다며 나를 계속 설득했고, 그때 처음으로 이 사람이 진심으로 내 건강을 염려하는 것이 보였다.

결국 나는 여자들끼리 그룹으로 운동하는 부트캠프(Boot Camp) 스튜디오에 나가보기로 했다. 그곳은 우리 집에서 1분 거리! 그저 가깝다는 이유 하나만으로 부트캠프가 어떤 운동인지, 무엇이 나를 기다리고 있을지 아무것도 모른 채 이안이 인터넷에서 뽑아준 1일 체험권을 들고 룰루랄라 스튜디오로 향했다.

살면서 처음으로 해보는 제대로 된 운동. 부트캠프는 운동 시작 전에 스트레칭을 한 뒤 1마일을 달리고 나서 1시간 동안 강사가 짜온 여러 가지의 동작을 반복하며 땀을 흘리는, 생각보다 굉장히 힘든 운동이었다. 근데 가는 날이 장날이라고! 그날은 마지막 주에 있는 헬위크(Hell Week)였는데 하필이면 내가 그때 합류한 거다. 스튜디오 안을 뜨겁게 해놓고 그 열기 속에서 운동을 하는데 이대로 내가 죽는구나 싶었다. 1시간 동안 쓰러지지 않고 버틴 것이 자랑스러웠을 정도로 혹독했고 힘들었던 첫 운동이 그렇게 끝났다.

첫 부트캠프 수업을 끝내고 스튜디오를 떠나기 전, 당시 부트캠프 강사였던 휘트니(Whitney)가 내게 한마디 했다.

운동 시작 1주년 기념, 그동안 애써준 휘트니를 위한 장미꽃과 카드.

"Please come tomorrow again!"

휘트니는 너무도 힘들어하던 내가 다시는 안 올 줄 알았나 보다. 하지만 나는 다음 날에도 또 나갔다. 그땐 정식으로 등록한 멤버로 말이다. 건장한 미국여성들 사이에서 나름 살아남았다는 성취감에 괜히 뿌듯하기도 했고, 왠지 모를 짜릿한 도전욕구가 나를 움직였다. 무엇보다 이안과 함께 건강하게 늙고 싶었다. 행복하고 영원한 결혼생활의 첫 단추는 바로 건강한 삶이라는 걸 그때부터 느끼기 시작했다. 힘들게 시작한 운동, 내 남편이 그리도 원하는 단 한 가지 소원! 그걸 위해서 조금만 더 노력해보기로 했다.

한번은 물구나무를 서는 동작이 있었는데, 그 많은 사람들 중 나만 못했던 적이 있다. 그도 그럴 것이 미국인들은 어릴 때부터 운동하는 환경에서 자라기에 이 정도는 식은 죽 먹기였다. 나도 하고 싶었다. 보란 듯이 성공하고 싶었다. 그래서 이안의 도움을 받아 매일 벽에 수많은 발길질을 해댔고, 정확히 5일째 되던 날 나는 27년 인생 처음으로 물구나무를 섰다. 내 끈기가 빛을 발하는 순간이었다.

처음에는 일주일만이라도 버텨보자는 마음이었는데 하루 이틀 나가다 보니 일주일이 금방 지나갔다. 그 다음엔 한 달만 채워보자며 또 매일 하다 보니 한 달이 두 달이 되고 두 달이 세 달이 되고, 어느새 1년이 됐다. 비가 오면 비가 오는 대로, 눈이 오면 눈이 오는 대로 사계절을 온몸으로 맞으며 일주일에 6일을 부트캠프에 쏟다 보니 1년이 금방 흘러갔다.

운동을 하면서 친구들도 계속 만나게 되고, 그러다보니 매일 운동 나가는 게 재밌어졌다. 때로는 밖에서 만나 놀기도 하고 파티도 가면서 친구들과 많이 친해졌다. 처음으로 내가 내 힘으로 사귄 친구들이 생긴 것이다! 이안을 통해 알게 된 친구들이 아닌, 아무 도움 없이 내 스스로 사귄 내 친구들! 주체적인 내 생활이 생긴 것 같아서 너무 좋았고, 그런 나를 보며 이안도 뿌듯해했다.

무엇보다 꾸준히 운동을 하면서 깡마르기만 하고 볼품없던 내 몸이 조금씩 변해가는 게 정말 신기하고 좋았다. 그 변화를 놓치기 싫어 더 열심히 운동했고, 어느 순간부터는 음식도 조절하게 됐다.

부트캠프 1년으로 차근차근 기초체력을 다졌고, 그로 인해 지구력도 강해졌다. 매일매일 운동을 나가는 게 쉽진 않았지만 굳은 의지로 독하게 마음먹고 한번 해보자고 생각하며 다닌 1년이었다. 내 인생 처음으로 스스로가 뿌듯했던 한 해. 미국에서 우연히 시작한 운동으로 새로운 나를 찾아가며 나는 또 다른 사람으로 태어나고 있었다.

48

# 운동하는 여자

## : 내 삶을 바꿔 놓은 웨이트 트레이닝의 시작

부트캠프를 하며 친구들을 많이 사귀었지만 무엇보다 우리를 가르쳐주던 강사 휘트니와 많은 정이 들었다. 같이 운동하던 친구들이야 매일 못 나올 때도 있었지만 휘트니는 매일 그곳에 있었기 때문이다. 그런데 내가 부트캠프 1주년을 맞이하고 몇 달이 지났을 때, 휘트니가 다른 헬스장 퍼스널 트레이너로 이직을 하게 됐다. 내게는 얼마 없던, 내 스스로 사귄 친구들이었는데… 그중 제일 친하고 매일 봐서 정이 든 휘트니가 떠난다니. 소식을 듣고 눈물부터 나왔다.

휘트니의 마지막 수업 날 모두가 와서 마지막을 함께했다. 그리고 레스토랑에 가서 송별회를 했다. 그날 너무 슬퍼하는 나를 보더니 이안이 말했다.

"너도 같이 옮기면 되지! 휘트니 따라가서 운동하면 되잖아! 걱정하지 마!"

그 한마디에 휘트니가 옮길 새로운 헬스장을 찾아봤는데 놀랍게도 평소 이안이 다니던 곳이었다. 우리 집에서 차로 25분 정도 떨어진 곳이었지만 가는 길이 예뻐 드라이브도 할 겸 충분히 갈 수 있을 것 같았다. 게다가 부트캠프에서 몇 명은 휘트니를 따라간다고 했다. 그래서 나도 아무 미련 없이 부트캠프를 그만두고 휘트니를 따라 새로운 곳으로 가게 됐다.

친구 따라 강남 가듯 정말 우연히 시작하게 된 웨이트 트레이닝! 부트캠프에 이은 또 다른 도전이 시작됐다. 그게 바로 2013년 6월. 부트캠프를 시작하고 딱 1년 3개월 만이었다.

새로운 헬스장은 많은 사람이 오가는 꽤나 큰 곳이었다. 그런데 그 큰 헬스장에 아시안은 별로 없었다. 특히 나처럼 웨이트 운동을 하는 아시안 여자는 더욱더. 더군다나 새로 시작한 운동 역시 모든 게 낯설었다. 작은 스튜디오에서 주로 맨몸으로, 혹은 가벼운 아령을 쓰며 운동하던 부트캠프 시절과는 달리 이곳에서는 온갖 기계로 근육을 만드는 운동이 주를 이뤘다.

처음에는 어떻게 운동할지를 몰라 휘트니와 함께했다. 뭐든 기초공사가 중요한 법! 처음부터 올바른 자세로 잘 배워야 나중에 혼자서라도 잘 할 수 있을 것 같았다. 부트캠프 때처럼 매일 꾸준히 운동을 했고 그러다보니 부트캠프 때보다 더 큰 변화가 보였다.

사실 내 근육량의 변화가 쉽게 오는 건 아니었다. 워낙에 마른 체질이어서 근육 붙는 속도가 남들보다 더뎠다. 분명히 같은 양을 먹고 같은 운동을 하는데 내 근육은 늦게 붙었다. 그래도 포기하지 않고 매일 했다. 아니 그래서 매일 했다. 다른 사람보다 두 배로 노력을 기울여야 하는 몸이었으니까.

그렇게 운동을 하다 보니 끈기가 생겼고, 내 한계를 뛰어넘고자 하는 의지도 생겼다. 그렇게 나는 신체적으로 뿐만 아니라 정신적으로도 더 건강한 사람이 되어 갔다. 키 167cm에 47kg으로 부트캠프를 시작했던 내 몸에 근육이 생기고 몸무게 앞자리가 바뀌었다. 순전히 나 자신과의 싸움이었던 근력운동은 힘들지만 꽤나 재밌었다. 내가 정말 '운동하는 여자'가 된 것이다.

마른 것이 미의 기준이었던 나는 건강한 여성이 얼마나 아름다운지를 알게 됐다. 남성의 소유물이라고만 느껴졌던 근육이 그렇게 멋져 보일 수가 없었다. 가냘프고 여린 사람만이 아름다운 건 아니었다. 그건 그저 사회가 정해 놓은 미의 기준이었을 뿐, 몸이 조금 크고 건강해도 충분히 여성스럽고 섹시할 수 있다는 걸 몸소 느끼며 점점 더 운동의 세계로 빠져 들었다.

탄탄한 근육으로 몸매가 잡히고 건강해지니 옷을 입어도 제법 태가 났고, 모든 일에도 더욱 자신감이 생기고 활기가 넘쳤다. 내가 느끼기에도 내가 건강해지고 있다고 생각하니 이 건강미를 계속 유지하고 싶어 더 많은 노력을 기울이게 됐다. 운동이 내 삶을 바꿔 놓았다고 해도 과언이 아니었다. 작은 것 하나도 이안에게 의지하고 부탁하던 나는 어느새 강한 여성이 되어 있었다.

지금도 매일 아침 헬스장에서 웨이트 트레이닝을 하고 있다. 그리고 내가 노력한 만큼 몸도 계속 변하고 있다. 오늘이 지금껏 살아온 날들 중 최고의 몸이 될 수 있게 살자는 생각으로 오늘도 나는 열심히 땀을 흘린다. 아마 나에게 운동은 평생 끝나지 않을 도전으로 남을 것 같다.

이게 정말 말라깽이였던 내 모습이라니!
서서히 변해가는 내 몸이 신기해 매일 아침 운동 가기 전에 몸 상태를 체크하며 사진을 찍었다.

49

# Clean Eating & Fit Life

## : 건강한 삶에 눈을 뜨다

운동과 건강미에 대한 관심은 자연스럽게 음식으로 이어졌다. 부트캠프 할 때만 해도 식단에 그리 민감하지 않았는데, 웨이트 트레이닝을 시작하고 근육 키우는 것에 집중하다 보니 몸을 위해서라도 바른 식습관이 정말 중요하다는 걸 느꼈다. 이를 위해서는 내 스스로 영양성분을 잘 알아야 하고 균형 있는 식단에 대해 공부를 해야 했다. 하지만 이런 분야에 아무런 지식도, 정보도 없었기에 온라인을 통해 지식을 얻고 휘트니와 이안에게 물어가며 나만의 노트를 만들어가기 시작했다.

정말 힘들었던 건 한국과 너무 다른 미국의 다양한 음식들이었다. 한 예를 들자면, 우리나라에서는 흔히 우유와 두유 두 가지만 팔지만 미국에는 우유, 두유(소이 밀크)뿐만 아니라 아몬드 밀크, 캐슈 밀크 등 종류가 정말 다양했다.

그런데 어느 날, 충격적인 얘기를 들었다. 이 중에서 우유 빼고 나머지는 다 우유가 아니라는 거다. "왜? 밀크라고 써 있는데 왜 우유가 아니야?" 눈이 휘둥그레져 묻는 나를 보며 이안과 휘트니는 대답도 하기 전에 깔깔 웃고 난리가 났다. 이걸 모르는 나를 더 신기하게 바라볼 정도로 미국인들은 꽤나 많은 영양성분 및 다양한 음식 종류를 알고 있었다(알고 보니 아몬드 밀크는 아몬드를 물에 오랫동안 불린 아몬드 물이었고, 두유인 소이 밀크 역시 마찬가지 방식으로 만들어진 콩물일 뿐이었다).

그렇게 여러 우여곡절을 거치며 식품영양소에 관한 지식을 쌓기 시작했다. 여러 가지 정보를 섭렵해갈수록 음식과 운동, 그리고 근육의 상관관계가 정말 신기했다. 그전에 내가 알고 있던 것들이 틀린 것도 많았고, 운동 전후에 무엇을 먹어야 하는지, 어떤 음식을 언제 어떻게 먹어야 근육을 만드는 데 도움이 되는지 등 많은 것을 알아갔다.

그러다보니 한국에 있을 때 이안이 왜 그리도 음식을 따져가며 먹었는지 알 것 같았다. 이안은 늘 고기나 계란을 추가로 더 시켰는데, 그게 다 많은 양의 탄수화물에 비해 단백질이 부족한 한국밥상에서 자신의 한 끼에 충족되어야 할 단백질 충당을 위한 것이었다. 돌솥비빔밥을 시키며 그렇게 "밥 반, 계란 두 개!"를 외치던 이안이었는데 이런 큰 의미를 담고 있었다니!

이젠 마트 카트에 과자나 음료수가 아닌, 채소와 단백질 위주의 음식이 가득 차게 됐다.
비로소 우리 집에 찾아온 클린푸드의 향연!

출출할 때 먹는 간식 하나도 건강하게!

그렇게 몸 생각하고 관리에 철저하던 사람이 한국에서 1년 동안 자신이 먹어야 할 것도 잘 못 먹고 운동도 제대로 못하며 나와 함께 술과 안주, 야식에 빠져 살았으니… 그게 얼마나 큰 희생이었는지 알게 됐다. 그때부터 이안에게 고맙고 미안한 마음으로, 그리고 이젠 건강한 삶에 눈 뜬 아내의 마음으로 제대로 된 식사를 챙겨주기 시작했다.

매끼마다 탄수화물과 난백질 그리고 좋은 지방의 구성이 골고루 균형 잡히도록 차렸다. 처음엔 나도 어떻게 할지 몰라 우왕좌왕했지만 하면 할수록 감이 잡혀갔다. 드디어! 이안이 그토록 바라던 '클린 이팅(Clean Eating)'이 우리 집 식탁에도 찾아온 것!

꼬꼬마 부부는 어느새 운동쟁이 부부가 되어 건강한 생활을 이어나가게 됐다. 클린 푸드(Clean Food)를 먹으면서 핏 라이프(Fit Life)를 살다 보니 운동을 안 하고 아무 음식이나 먹으며 살았던 게 얼마나 잘못된 것이었는지 뼈저리게 느끼게 됐다. 비단 몸매를 망가뜨리는 것뿐 아니라 내 몸을 해치는 일이기도 했다. 진작 잘 알았더라면 지금보다 더 건강한 삶을 살았었을 텐데. 누군가 나에게 운동과 식습관의 중요성을 조금이라도 알려주었다면 얼마나 좋았을까. 뒤늦게 찾아온 아쉬움이 많았다.

그래서 그때부터 '운동하는 여자들'이라는 제목으로 블로그에 운동 동영상을 연재하기 시작했다. 집에서도 할 수 있는 간단한 동작을 소개하며 휘트니가 설명하고 나는 시연하는 방식으로! 영어로 된 휘트니의 말은 한국말로 번역해서 올렸다. 동영상과 함께 잘된 포즈, 잘못된 포즈 사진도 올렸고 건강한 다이어트를 위한 나만의 팁도 공유했다. 우리가 어떻게 먹고 사는지, 그리고 운동을 시작하면서 내가 느낀 것들을 올리며 사람들에게 'Clean Eating & Fit Life'의 중요성을 알리려고 노력했다.

건강하게 살아 남 주는 게 아니다. 건강히 살면 누구보다 내가 제일 좋고, 함께하는 가족들도 행복하다. 아내 혹은 엄마가 건강해야 가족도 건강하고, 아이가 건강한 삶에 익숙해지면 그 아이의 아이도 좋은 영향을 물려받는다고 생각한다. 그래서 나는 앞으로도 임신을 하든 아이를 낳든 아줌마, 할머니가 되든 간에 꾸준히 운동을 하고 되도록 건강한 식습관을 유지하겠다는 평생의 목표를 세웠다.

운동을 통해 자연스레 눈을 뜬 건강한 삶! 앞으로도 공부할 것이 많고 가끔은 힘들기도 하지만, 다 나를 위해 한다는 긍정적인 마음으로 즐겁게! 오늘도 우리는 Clean Eating & Fit Life를 위해 노력 중이다.

tip 06

# 다이어트, 건강하게 하자!

여자의 평생 숙제, 다이어트. 하지만 매번 새로 마음먹고 시작하기만 여러 번. 어떻게 하면 제대로 건강하게 다이어트 할 수 있을까?
나는 전문적으로 공부한 트레이너도 아니고 운동을 오래한 선수도 아니다. 하지만 꾸준히 운동을 하면서 어깨너머로 지식을 쌓았다. 비록 사람마다 체질이 다르기에 이것이 모든 사람에게 적용된다고 할 수는 없다. 그래도 내가 3년 가까이 근력운동을 하며 느낀 클린 이팅(Clean Eating)의 중요성과 건강한 핏 라이프(Fit Life)를 살며 찾아낸 나만의 다이어트 방법 몇 개를 소개해볼까 한다. 건강한 다이어트를 원하는 사람들에게 도움이 되길 바라는 마음으로!

## 1 살을 빼려면 근력운동이 꼭 필요하다

블로그에 운동 관련 포스팅을 올릴 때마다 많이 받는 질문이 있다.

*"지금 좀 통통한 편인데 살을 빼고 근력운동을 해야 할까요?"*
*"무산소 운동을 먼저 해서 몸을 만들고 유산소 운동을 하는 게 맞는 순서인가요?"*
*"경리님이 올리는 운동들은 근력운동 같은데 따라하면 살이 안 빠지나요?"*
*"살집이 좀 있는데 이런 운동하면 살 위에 근육이 붙어서 더 두꺼워질 것 같아요."*

많은 사람들이 다이어트는 무조건 유산소 운동, 근육은 무조건 무산소 운동이라고 구분을 짓는다. 어느 정도 맞는 말이긴 하다. 유산소 운동은 활발히 움직여 땀을 나게 해 살을 빼는 게 주된 목적이고, 무산소 운동은 말 그대로 근력을 기르기 위해 하는 운동이니 말이다. 하지만 이것만이 진실은 아니다. 근력운동도 다이어트에 큰 도움이 된다는 사실!

'Muscles burn more calories(근육은 더 많은 칼로리를 소모한다)'. 이 말에서 답이 나온다. 1파운드의 지방은 2칼로리를 태우고 1파운드의 근육은 50칼로리를 태운다는 연구결과가 있다. 즉 100파운드(45kg)의 지방만 있는 몸은 별다른 운동을 안 해도 자연스럽게 200칼로리가 소모되고, 같은 원리로 100파운드의 근육으로만 가득 찬 몸을 가진 사람은 숨만 쉬어도 5,000칼로리를 태운다는 말!

지방보다 무거운 근육이 있는 몸을 지탱하려면 그만큼 에너지가 필요한데, 몸은 1차적으로 몸 안의 지방을 태워 그 에너지를 얻는다. 즉 지방이 타는 것은 살이 빠진다는 말이다. 근육은 지방을 태워 그 생명을 유지하기 때문에 근력운동이 다이어트에 효과적이라는 말은 사실인 것이다. 실제로 근육량이 많은 보디빌더가 일반인과 같은 종류와 양의 음식을 먹어도 살이 찌는 속도가 다른 이유가 여기에 있다. 근력운동을 꾸준히 하면서 최소 30분 정도 유산소 운동까지 곁들인다면 지방 타는 데에 속도가 붙어 원하는 결과가 빨리 나올 것이다.

이처럼 근력운동과 유산소 운동이 따로 진행되는 게 아니고 모든 게 같이 이뤄져야 최상의 효과를 얻을 수 있다. 무엇보다 살이 빠지고 난 자리에 주글주글한 피부 대신 탱탱한 잔근육이 있길 바란다면 무조건 뛰기만 하지 말고 당장 아령을 들어보자! 이제 다이어트에 근력운동은 옵션이 아닌 필수다!

## 2 체중계와 몸무게에 자신을 가두지 말자

근력운동을 하다 보면 한 가지 딜레마에 빠진다. 분명 다이어트를 위해 운동을 하는데 몸무게가 자꾸 는다는 것! 이 역시 블로그를 통해 많이 받은 질문인데, 답은 간단하다. 바로 몸 안에 근육과 지방이 공존하기 때문이다.

우리 몸은 뼈 위에 근육이 있고 그 위를 지방이 덮어 싸고 있다. 이때 근력운동을 하게 되면 지방 아래의 근육이 자극을 받아 근육이 발달하게 되고, 그 근육이 지방을 점점 연소시킨다. 하지만 지방은 하루아침에 타는 것이 아니다. 당장에 그럴 만한 근육량을 가지고 있지도 않을뿐더러 하루에 그렇게 오랜 시간 운동을 할 수도 없기 때문이다.

한마디로 지방이 있는 상태에서 운동을 하면 근육들이 자라고는 있지만 여전히 지방이 근육을 싸고 있어 근육이 잘 보이지 않는다. 이때가 바로 '왠지 몸이 더 두꺼워진 것 같은 느낌'을 받는 단계다. 그럴 수밖에 없는 것이, 같은 양이라도 근육이 지방보다 훨씬 무거운데 그런 근육과 지방이 몸 안에 같이 있으니 몸무게는 늘어날 수밖에 없는 것이다.

이때 운동을 해도 살이 안 빠진다고 그만두면 말짱 도루묵이다. 운동을 안 하니 사

용하지 않는 근육은 서서히 사라지고, 지방은 여전히 그대로일 것이다. 그러다 다시 도전하고 또 포기하고…. 매번 다이어트에 실패하는 이유가 여기에 있는 걸지도 모른다. 그러니 이 시기를 무사히 넘길 때까지 꾸준히 운동을 해야 한다.

여기서 가장 중요한 건, 몸무게에 스스로를 가두면 안 된다는 것. 체중계에 나타나는 숫자를 목표로 하지 말고, 거울 속 내 몸이 어떻게 변화하는지 직접 체크하며 관리하는 것이 가장 좋다. 아침마다 몸 사진을 찍어 비교해보는 것도 좋고, 허리나 엉덩이, 다리 치수를 재 비교해보는 것도 좋은 방법이다.

운동을 꾸준히 해 지방량보다 근육량이 더 많아지게 되면 이때는 몸무게가 생각보다 더 나갈 수도 있다. 근육이 지방보다 훨씬 무겁기 때문이다. 겉으로는 비슷해보이는 체형이라도 건강미 넘치는 사람이 무게가 더 많이 나갈 수도 있다는 것! 나 역시도 사람들이 내 몸무게를 들으면 전혀 그렇게 보이지 않는다고 하는데, 그 비밀은 다 근육에 있다. 그러니 체중계에서 나를 해방시키자. 내 몸무게가 얼마인지에 목매지 말자. 몸무게는 단지 숫자에 불과할 뿐. 거울 속에 있는 내 몸을 들여다보는 습관을 들인다면 건강한 다이어트에 성공할 수 있다.

## 3 절대로 굶지 말자

살을 빼는 방법은 간단하다. 먹는 만큼 움직이면 된다. 다시 말해, 먹는 양보다 더 많은 양의 칼로리를 운동으로 소비해야 살이 빠진다. 그래서 사람들은 굶는 다이어트를 하려고 한다. 하지만 이는 큰 착각이다. 우리 몸은 굉장히 과학적으로 만들어졌기 때문이다.

음식을 먹지 않으면 우리 몸이 생계유지에 필요로 하는 하루 권장 섭취량을 채우지 못하게 된다. 그 상태로 오랜 시간이 지속되면 우리 몸은 최소한의 에너지로 생명을 유지하기 위한 준비를 시작한다. 그러다보면 신체기능이 제대로 작동을 안 하고, 여성들은 간혹 월경을 건너뛰기도 하며(너무 마른 여성들의 월경주기가 불규칙한 이유 중 하나!), 무엇보다 생명유지의 필수인 근육이 손실된다. 지방을 태우며 근육이 유지를 하고, 근육으로 인해 몸이 건강하게 지탱되는데, 지방이 없으니 그나마 있던 근육을 태워 생명을 유지할 연료를 얻는 것이다.

때문에 굶는 다이어트는 절대로 안 된다. 오히려 삼시 세끼 꼬박 챙겨 먹으면서 운동량을 늘리는 게 더욱 효과적이다. 무엇보다 한 끼에 우리 몸의 필수 3대 영양소(탄수화물+단백질+불포화지방)가 골고루 들어가야 한다. 예를 들면 밥(탄수화물)+생선(단백질)+생선기름(불포화지방)+야채(식이섬유) 등. 사실 식단관리가 가장 힘들겠지만, 먹는 것을 조절하면서 이런 식으로 영양소를 고루 섭취한다면 든든히 먹으면서도 건강하고 효과적인 다이어트를 할 수 있을 것이다.

50

# 빈틈없이 꽉 찬 여유

: 평생 달콤할 줄 알았던 신혼 같은 나날들

미국에서 새로운 삶을 시작하면서 나는 정말 행복했다. 천방지축 임시보호 고양이들과 우리 집 4남매 냥이들 육묘에 허덕이면서도 매일이 즐거웠고, 시간 날 때마다 하던 보호소 봉사는 내게 많은 것을 안겨줬으며, 힘들고 고됐어도 매번 보람과 성취감을 안겨준 운동으로 몸은 물론 마음까지 성장했고, 종종 혼자만의 시간이 그리울 땐 어김없이 뜨개질로 공허함을 달랬다. 타지에서 가족처럼 늘 내 곁을 지켜주는 소중한 친구들과의 시간과 소소한 기념일을 챙기며 유럽으로, 남미로, 미국 각지로 여행을 다니면서 이안과 꼭 붙어 지내던 하루하루까지. 내 미국생활은 정말 빈틈없이 행복했다.

별걱정 없이 하루하루가 즐거웠기에 바쁘면서도 마음엔 늘 여유가 있었다. 게다가 너무 감사하게도 결혼 초엔 조금 불안했던 이안의 일이 미국에 와서부터는 점점 자리를 잡아갔다. 그간의 노력을 보상이라도 받는 듯 승승장구했다. 덕분에 처음으로 우리 부모님께서 내슈빌에 놀러오셨을 때 큰딸, 큰아들로서 제대로 모실 수 있었다. 이안이 한국에서 사는 동안, 그리고 결혼하고도 난데없이 터진 비자와 영주권 문제 때문에 눈물 속에서 친정에 사는 동안 엄마 아빠께 받았던 한없는 도움과 사랑을 그렇게나마 갚아드리고 싶었다.

머나먼 미국에서 남편과 잘 살고 있다는 걸 보여드리며 행복한 3주를 보냈다.

한번은 동생과 동생의 남자친구(지금의 내 제부)와 함께 우리 넷이 사남매가 되어 한 달 동안 우리 집에서 지낸 적이 있다. 넷이서 어찌나 죽이 잘 맞던지! 매일 함께 운동도 하고, 친구들도 만나고, 쇼핑도 하고 라스베이거스와 그랜드캐니언으로 여행도 가고! 함께 먹고 자고 놀면서 우리 넷은 정말 돈독해졌다. 마침 그때 이안의 일이 제일 잘 되던 때라 그것을 자축하며 샴페인을 터뜨리던 라스베이거스에서의 마지막 밤은 아직도 잊을 수가 없다. 그렇게 원없이 놀고 후회 없이 즐기며 우리 인생에 다신 없을 추억을 쌓았다.

일이 잘 되다 보니 후원하던 곳에도 더 통 크게 도와줄 수 있게 되고, 부모님께 용돈도 드릴 수 있게 됐다. 무엇을 구매할 때도 이제는 가격이 아닌 내가 무엇을 갖고 싶은지가 중심이 됐다. 주변 친구들에게도 넉넉하게 베풀 수 있었고, 한번은 도움이 꼭 필요했던 친구에게 받지 못할 걸 알면서도 돈을 빌려준 적도 있었다. 그러면서 꾸준히 저금도 했고, 무리 없이 여유로운 생활을 이어갔다.

그렇게 계속 여유가 생기다보니 그동안 우리가 그려오던 일들을 진행해보고 싶었다. 그중 제일 첫 번째는 바로 우리의 드림하우스! 누구나 한 번쯤 꿈꾸는, 연애하면서 우리가 늘 상상 속으로만 그려왔던 드림하우스를 짓기로 했다. 집 지을 자리를 찾아 어떻게 집을 지을지 원하는 대로 설계도를 의뢰하고, 집 지어줄 회사를 정하고! 모든 준비가 착착 진행됐다. 앞으로 1년 후에는 그 집으로 이사를 가 우리를 꼭 닮은 아이를 낳아 키우는 상상을 하며 매일매일을 설렘과 기대감에 살았다. 너무도 달달했던 우리의 신혼. 모든 것은 완벽했다.

우리는 이 행복이, 그리고 이 여유로움이 평생 갈 줄 알았다.

경리안 친구
김보람

**Q 처음 이안을 소개받았을 때 솔직한 속마음!**

평생을 한국에서만 자란 토종 한국인인 나한테 이안은 신비로운 청년이었다. 낯을 가리는 성격인 데다가 영어로 말하는 것도 어색해 그저 영혼 없는 웃음만 지었을 뿐 반갑다는 말조차 하지 못했다. 그렇게 어색해하는 날 보면서도 이안은 마치 오랫동안 알고 지낸 친구처럼 편하게 대해줬다. 그 모습은 마치 내가 고등학교 때 전학 와서 처음으로 경리를 만났을 때 환하게 웃어준 경리를 보는 것 같았다. 그렇다. 이안은 정말 남자 경리 그 자체였다!

**Q 경리안 부부를 보며 국제연애에 대한 시선도 바뀌었을 것 같은데?**

이전에는 국제연애 자체에 관심이 없었던 게 사실이다. 외국에 대한 특별한 관심도 없었고 그저 남의 일처럼 느껴졌었다. 하지만 이안을 만나고 나서는 달라졌다. 시선이 바뀌었다기보다는 관심과 무관심의 차이가 아닐까 생각한다. 내 친구가 외국에서 어떤 시선을 받을지도 궁금하고, 나 또한 외국인 커플에 대한 선입견을 가지고 있지는 않나 하는 생각을 곰곰이 하게 됐다.

**Q 이안이 친구라서 가장 좋은 점은?**

이안은 한국문화에 대한 이해력과 적응력이 정말 뛰어나다. 가끔씩 이안이 미국인이라는 걸 잊어버릴 때도 있다. "이안, 염색했어?" 이럴 정도로. 한번은 경리안 커플과 경리 학교 선배들, 경리 친구들과 함께 여행을 간 적이 있다. 그곳에서 이안이 기타를 연주했는데, 다 같이 손뼉 치고 노래 부르며 잊을 수 없는 시간을 보냈다. 너무 낭만적이었다. 어색할 틈이 전혀 없었다. 이질감 없이 우리 안에 녹아드는 이안이 정말 좋았다!

(왼쪽부터 이안, 송초아, 김보람, 박경리)

**Q 경리안 부부에게 한마디!**

경리안 부부야. 너희 그만 좀 닮아가! 이러다가 이안 보고 경리라고 부르겠어 하하. 웃는 모습, 울퉁불퉁 근육, 고양이를 사랑하는 마음…. 엄마미소가 절로 지어질 정도로 닮은 모습이 예쁜 너희 부부! 사랑해!

경리안 친구
송초아

**Q 처음 이안을 소개받았을 때 솔직한 속마음!**

한국 음식을 나보다 맛있게 먹고, 노래 부르기 좋아하고, 경리가 하는 행동 하나하나 다 예쁘다 해주는, 정말 '한국말'만 서툰 남자였다. 말은 잘 안 통했지만 진중하고 착한 마음씨를 가진 청년인 것 같다는 내 느낌은 정확히 들어맞았다. 조금은 짓궂게 엉뚱한 말만 내뱉는 우리가 불편할 법도 한데, 먼저 다가와서 우리와 서슴없이 함께 어울려준 이안이 지금 생각해도 많이 고맙다.

**Q 국제커플이라, 장거리 연애라 다른 연인들보다 시련이 많았을 텐데, 옆에서 그런 모습들을 지켜보면서 어땠는지?**

결혼 후 배우자 비자를 발급받는 과정에서 옆에서 지켜보는 우리가 더 힘들 정도로 상황이 좋지 않아 정말 안타까웠던 기억이 있다. 하지만 그런 상황 속에서도 차분히 사랑을 쌓아 가는 모습, 자주 볼 수 없기 때문에 만났을 때 그 시간들을 그 누구보다 가치 있게 보내려 노력했던 모습들이 당시 내 눈에 굉장히 성숙하게 보였다.

**Q 경리안 부부, 이럴 때 부럽다?**

경리안 부부를 보면서 '떨어져 있을 때도 서로를 편하게 해주는 사람'이 정말 좋은 연애(결혼) 상대라는 생각이 든다. 눈에서 보이지 않을 때 하는 행동들에서 서로를 얼마나 배려하는지, 관계를 유지하기 위해 얼마나 노력하는지 알 수 있으니까. 경리안 부부가 떨어져 있을 때 더 빛나는 순간이 있는데, 이안의 권유로 시작한 운동이지만 지금까지 꾸준히 유지하고 스스로 도전하는 경리의 모습, 타지에서 경리와 자신들의 고양이를 위한 가구들을 제작하면서 새로운 취미가 생겼다고 즐거워하는 이안의 모습이 그렇다. 내가 지향하는 부부의 모습을 경리안 부부에게서 발견하곤 한다.

**Q 경리안 부부에게 한마디!**

긍정적인 너희 부부를 보면 내 기분도 덩달아 좋아져. 팬 분들도 나와 같은 마음이겠지? 이유 불문하고 누군가에게 그런 존재가 되어줄 수 있다는 건 정말 행복하고 감사한 일인 것 같아. 당당하고 씩씩한 그 모습 그대로 예쁘게 사랑하며 늙어가길. 지금까지 그랬던 것처럼 늘 너희 뒤에서 묵묵히 있어줄게. 사랑해!

3장

# 경리안, 도전하다

51

# 소리 없이 찾아온 어둠의 그림자

: 괜찮겠지, 괜찮을 거야…

너무 좋았다. 매일 밤 별 걱정 없이 잠이 들고 행복하게 아침을 맞이하는 게 그렇게 큰 축복인지 그때는 잘 느끼지 못했다. 시간이 날 때마다 이곳저곳 여행을 다니고, 어려운 이웃들과 유기동물들을 돕고, 그러면서도 여전히 우리가 원하는 많은 것들을 할 수 있다는 건 어린 부부에게 정말 큰 행운이었다.

그런데 어둠의 그림자는 소리 없이 찾아왔다. 그 그림자는 승승장구하던 우리의 상황이 이렇게 빨리 나락으로 떨어지리라 생각지도 못했던 시기에 드리워졌다.

늘 여유롭게 아침을 시작하던 이안의 얼굴에 어느새부턴가 근심이 보이기 시작했다. 그런 얼굴로 아침도 안 먹고 일어나자마자 오피스로 직행하는 날이 늘어갔다. 그러던 어느 날, 내게 일이 조금 이상하다 했다. 일에 있어서 작은 것 하나까지 내게 다 말을 해주던 이안이라 그 말을 들은 나는 심장이 덜컹했다.

"괜찮겠지, 괜찮을 거야. 지금까지 잘 해왔잖아? 조금만 지켜보자…"

결혼할 즈음에도 작은 고비가 한 번 있었는데 잘 헤쳐 낸 이안이었기에 이번에도 잘될 거라고 믿었다. 하지만 나의 믿음이, 내 말이 무색할 정도로 너무 갑작스레 모든 상황이 바뀌기 시작했다. 하루, 일주일, 한 달이 지날수록 점점 많은 것이 손을 쓸 수 없을 정도로 기울어갔다. 더 절망스러운 건 이 사태가 우리 손 밖의 일이라는 거였다. 이안이 백방으로 일을 지키기 위해 노력했지만 결과는 우리에게 달려 있는 것이 아니었다.

이안의 비즈니스 파트너 한 곳이 주식을 상장한 뒤로 주주들을 위해 무리하게 기업 확장의 욕심을 부렸고, 주주에게 받은 투자비로 주변의 비슷한 작은 기업체를 다 사들이며 독점 기업으로 변한 것이다. 그리고는 마케팅 파트너사에게 불리하게 룰을 바꿔서 기업을 경영하기 시작했다. 불합리한 조건에 화가 난 소기업체는 이 회사와 파트너십을 끊고 다른 회사와 일을 하려고 했지만 이미 그곳이 다른 곳을 다 독점해버려 그곳밖에 파트너사가 없었다. 쥐구멍에 갇힌 신세가 된 것이다. 그동안 이안과 함께 일을 해왔던 그 회사는 점점 번창하고 커졌는데, 그렇게까지 확장될 수 있도록 도와준 소기업체들은 고스란히 피해를 떠안게 됐다.

그 타격은 실로 엄청났다. 하지만 상장한 그 기업에서는 후폭풍 처리를 위한 어떠한 보상도, 어떤 말도 없었다. 이안은 오랫동안 그 회사에 큰 수익을 가져다 준 파트너였다. 그렇기에 어떠한 문제가 생길 거라고는 생각지도 못할 만큼 오랜 신뢰가 쌓인 곳이었는데, 하루아침에 이렇게 되니 이안은 사업이 기울었다는 절망감보다 배신감에 치를 떨었다. 사람 위에 일이 있어야 할 것을, 일 위에 사람을 두니 팀원을 먼저 챙기는 사람경영을 하던 이안에게는 믿고 싶지 않은 현실이었다.

위기는 그렇게 갑작스럽게 다가왔다.

52

# 현실을 받아들이기

## : 오르막길이 있으면 내리막길도 있는 법

이안은 늘 자신이 하는 일을 좋아하는 사람이었다. 좋아하는 일을 하며 살 수 있는 것에 항상 감사하며 살았다. 그런 이안이 그렇게 스트레스 받으며 일하는 것을 그때 처음 봤다. 그렇게 온 힘을 다해 쩔쩔 매달려 일하는 것도 처음이었다. 원래 밤, 낮, 주말, 휴일 가리지 않고 열심히 일했던 사람이지만 자신이 좋아서 열정을 가지고 한 것이었다. 하지만 이제는 쉬고 싶어도 쉬지 못하는 상황에서 강도 높은 업무를 버텨야 했다.

이안의 노력이 무색하게 일거리는 무서운 줄 모르고 계속 줄었다. 그만큼 커미션도 자꾸 줄었다. 수입은 월등히 적어진 채 평소처럼 해야 할 일들을 다 해야 하니 삶이 너무 버거워졌다. 어떤 일이 있어도 매달 갚아야 하는 비즈니스 론은 무겁게만 느껴졌고, 각종 청구서들은 우리의 숨통을 조여왔다. 밥은 굶진 않았지만 이렇게 불안한 상태로 집 모기지론을 내지 못한다면 이대로 우리는 길거리에 나앉게 될 처지였다.

이번 한 달은 잘 넘길 수 있겠지… 매달 이번 달, 다음 달을 걱정하며 살아야 하는 한달살이. 그것이 딱 맞는 말이었다. 지금껏 저금해둔 돈을 야금야금 썼고 급한 불을 끄기 위해 돈이 되는 것들은 다 내다 팔았다. 이안이 일하면서 세웠던 목표를 달성했을 때 스스로에게 선물한 시계들, 어릴 적 아빠와의 추억이 있어 늘 좋아하던 이안의 스포츠카, 언젠가 시작하려고 준비 중이었던 새로운 사업 아이디어, 조금 가지고 있었던 금… 어쩔 수 없이 다 포기해야 했다. 그때처럼 돈이 무섭고 야박한 때도 없었다.

뭐라도 해야 했기에 다른 쪽으로 길이 조금이라도 보이면 그것에 힘을 쏟았다. 이안은 스스로 앱 개발에 대해 공부해서 작은 회사를 차려 앱 게임을 만들기도 했고, 좋은 투자 기업을 추천 받아 마케팅 경험을 살려 기업과 기업 간의 거래를 연결시켜주는 브로커 일도 도전했다. 심지어는 위험한 외환 거래까지 손을 댔다. 하지만 모두 실패로 돌아갔다. 큰돈만 잃을 뿐이었다. 심지어 브로커 일을 하다 사기를 당해 그 기업을 상대로 소송까지 준비해야 했다. 정말 첩첩산중이었다. 희망 하나로 할 수 있는 일이 아니었다. 몸은 하나, 하지만 해야 할 일은 산더미. 모든 걸 여유 없이 돈만 좇아 하다 보니 일이 잘될 리 없었다.

결국 우리가 고대하던 그 드림하우스를 포기해야 했다. 지금까지 많은 공을 들여 이젠 짓기만 하면 될 것 같던 우리의 드림하우스는 하루아침에 꿈이 되어 버렸다. 이사와 함께 계획했던, 결혼 3년 가까이 기다려온 우리의 2세 계획도 함께.

우리가 처한 이 지독한 현실을 받아들이기가 참 힘들었다. 그냥 어디론가 잠시 사라져버리고 싶었다. 아무도 우리를 모르는 곳에 가 조용히 마음을 추스를 시간이 필요했다. 무엇보다 이안이 많이 힘들어했다. 괜한 자존심이 센 사람은 아니지만, 자신이 고대하고 꼭 이루고자 했던 목표들을 포기한다는 건 자신의 일을 이끌어가는 비즈니스맨으로서. 그리고 아내를 책임지는 가장으로서 받아들이기 힘든 일이었다.

아무리 오르막길이 있으면 내리막길도 있다 한들, 이렇게 깊고 어두운 내리막길을 걷기엔 우리의 오르막길은 너무 짧았다. 예전의 우리 모습이 아련했고, 일을 살리려 여러 가지를 시도하며 갉아먹은 시간과 돈이 아쉽기도 했다. 우리가 왜 그런 선택을 했지… 만약 그때 다른 선택을 해서 다른 방향으로 갔더라면 지금쯤 조금 더 괜찮았을까?

어느 순간부터 우린 열심히 달려온 그간의 노력에 후회를 하고 있었다. 우리가 지나온 길에 대한 후회, 선택의 갈림길에서 했던 결정에 대한 후회. 하지만 곧 깨달았다. 그때의 순간이 현재 상황과 비교가 돼 그것보다 더 나은 방향이 있어 보이는 것일 뿐이라는 걸. 우리가 그때그때 했던 결정들은 최선의 선택이었을 거라는 걸. 후회를 해봤자 괜히 지금의 상황에 불만만 더 커질 뿐이었다. 잘하자고 힘을 내도 모자랄 판에 스스로를 깎아내리는 일일 뿐이었다. 무엇보다 이 상황은 이미 일어난 일이었다. 짧았지만 짜릿했던 오르막길. 올라갔으니 내려와야 하는 건 인생의 섭리였다.

생각을 고쳐먹으니 서서히 현실이 받아들여지기 시작했다. 그것은 새로 출발하기 위해 우리가 꼭 이겨내야만 했던 관문이었다. 주저앉음을 인정하고 다시 목표를 세워 일어나는 것. 우리에게 가장 필요한 건 돈이 아닌 바로 그 용기였다. 그래야만 언제 끝날지 모르는 이 긴 어둠의 터널을 더 힘차게 버틸 수 있을 테니까.

우리는 인정하고 받아들이기로 했다. 우리의 실패를. 그리고 그 실패를 다음 성공의 밑거름으로 재사용하자고 다짐했다. 이 시기는 어쩌면 우리가 자만과 오만에 빠지지 말고 겸손하게 살라고 하늘이 준 휴식기일지도 모른다고 생각하니 버틸 만했다. 사서도 하는 고생, 우린 아직 젊으니까 해볼 만하다고 생각을 바꿨다.

그렇게 우리에게 닥친 상황을 있는 그대로 받아들였고, 그 과정에서 우리는 과거와 현재를 통해 많은 것을 배우고 있었다. 아픔이 짙어지는 동안 우리도 깊이 성숙해져 갔다.

우리 나이 이제 스물여덟, 모든 것을 새롭게 시작하기로 했다.

53

# 달라도 너무 다른 우리

## : 현실적인 남편, 이상적인 아내

현실을 받아들이고 인정하기까지 몇 개월. 우리는 많이 지쳐 있었다.

이안은 굉장히 현실적이고 이성적이다. 모든 것을 현실가능성에 중심을 두고 행동하며 특히 일에 있어서는 초현실주의자가 되어 날카롭고 철저하다. 그런 이안에게 현재 상황은 좋은 일이 하나도 일어날 수 없는 황무지 같은 거였다. 그 상황에서 무엇을 한들 계란으로 바위를 치는 거라고 생각했다. 그렇기에 힘을 내려고 하다가도 문득 그런 생각이 스치면 이안은 걷잡을 수 없이 나약해졌다. 그리고 그런 무기력함은 일에도 고스란히 전해졌다.

반대로 나는 굉장히 단순하고 긍정적인 이상주의자다. 같은 상황을 봐도 좋은 면을 먼저 보고, 같은 일을 해도 좋은 점을 더 부각시키려고 노력한다. 하지만 그런 내게도 이 상황은 두려움 그 자체였다. 그래도 이겨내야 했다. 그렇지 않으면 지는 거니까. 계속 긍정적으로 생각했다. 할 수 있을 것 같다고, 해낼 수 있을 것 같은 느낌이 온다고. 이안에게도 계속 말했다.

"조금만 참아봐. 곧 빛이 보일 거야! 왠지 그럴 거 같아!"

초반엔 이안도 나의 응원을 받아 열심히 달렸다. 다시 예전의 명성을 얻을 수 있을 것 같다며 자신감도 가졌다. 하지만 이 상황이 계속될수록 이안은 더 지쳤고 힘들어했다. 어둠 속에서 빛이 보일 것 같다가도 사라지고, 또 보일 것 같으면 멀리 멀어지고… 무한반복되던 희망고문. 그런 이안을 보는 게 힘든 만큼 이 상황이 너무 속상했다. 늘 든든하던 사람이 그렇게 안쓰러워 보이기도 처음이었다.

한편으로는 왜 한 번 더 힘내려 하지 않고 부정적으로만 생각할까 싶었다. 자꾸 자신감이 낮아지는 모습이 슬펐고 어쩔 땐 보기도 싫었다. 그렇게 강하고 열정적이었던 모습은 어디로 간 거지. 지금껏 10년이 넘는 시간 동안 일하며 여러 번의 롤러코스터를 경험했을 텐데 왜 아직도 그 울렁증에 익숙해지지 못한 건지… 이안이 실망스럽기도 했다.

하지만 이안은 오히려 나를 이해하지 못했다. 자신은 부정적인 게 아니라 현실을 현실로 받아들이는 것뿐이라고 했다. 되레 어떻게 현실이 좋지 않은데 한없이 긍정적일 수 있겠느냐며 반문했다.

현실적인 남자와 이상적인 여자. 어떻게 해도 좁혀지지 않는 우리의 시각차이.

우리는 그렇게 종종 다퉜다. 별것 아닌 일로, 싸우면 안 되는 일로 싸우니까 마음은 더 아팠다. 힘을 합쳐도 모자랄 판에 서로에게 상처를 주고 나면 내겐 더 아픈 화살이 꽂혔다. 몇 번의 무의미한 싸움을 하다 결국 우리는 한 발자국 물러서 상황을 다시 보기로 했다. 서로의 입장을 억지로 좁히려고 하는 대신, 서로를 한 번 들여다보기로 했다.

결혼하고 미국으로 건너와 살면서 처음 맞은 시련. 우리는 차이를 인정하고 조금씩 맞춰가며 서로를 더 이해하기 시작했다.

54

# 그를 이해하는 길

## : 감당할 수 없었던 가장의 무게

서로를 조금만 더 이해해보자고 약속을 한 뒤로 가만히 이안을 지켜보는 일이 많아졌다.

이안은 한 여자의 남편이었다. 가정을 책임지는 어엿한 가장이었다. 부모님으로부터 독립한 지 10년이 다 되었다지만 그동안 이안은 자신이 하고 싶은 일을 하며 자유롭게 살았고, 혼자였기에 모든 것에 좀 더 용감했다. 하지만 결혼을 하며 많은 것이 바뀌었다. 더 이상 혼자가 아니었으니까.

조금씩 이안을 이해하기 시작할 즈음, 혼인신고를 하기 전에 이안이 내게 조심스레 꺼냈던 속마음이 떠올랐다. 일이 잘못돼도 자신 혼자라면 땅에서도 자고 굶기도 하면서 버틸 수 있을 테지만, 책임져야 하는 가족이 생긴다면 지금과 같은 불안한 비즈니스가 더 두렵다는 그 말. 그래서 결혼 전 이안의 노트북에서 우연히 보게 된 인생계획표에 내 이름이 '불확실함' 칸에 있었던 걸까.

이안의 입장에 서 보니 그동안 보지 못했던 많은 것들이 보이기 시작했다. 이안은 일에 대한 걱정보다 가장이 된다는 책임감에 두려웠던 건지도 모른다. 점점 이안의 입장이 이해가 됐다. 일에 있어 주춤해 보였던 건 매사에 조심스러웠던 거고, 현실에 있어 부정적으로 보였던 건 모든 것을 더 정확히 보고 확실히 하고 싶었던 이안의 고군분투였다. 열정적이다가도 자꾸 떨어지는 자존심은 과연 아내를 잘 지켜줄 수 있을까 하는 깊은 걱정이었고, 이따금씩 터지는 눈물은 나약한 게 아닌, 그만의 방법으로 다시 스스로를 붙잡으며 일어나고 있던 거라는 걸… 나는 이런 위기를 겪고 나서야 비로소 내 남편을 더 잘 이해하게 되었다.

이안의 고뇌를 느끼고 나니 내 마음 한 번 더 내보이고 싶어도 자연스럽게 참게 됐다. 이 상황 속 제일 힘들 사람은 내가 아니라 자꾸 이 모든 것을 자기 탓으로 돌리는 이안 본인일 테니까.

이안이 짊어진 책임은 그가 나와 가족을 사랑하는 만큼 무거웠을 거다. 자신이 더 잘하고 싶지만 마음대로 되지 않는 현실의 무게가 이안을 눌러왔을 걸 생각하니 눈물이 흘렀다. 그동안 잘 헤아려주지 못한 미안함에, 그리고 이 모든 걸 포기하지 않고 지금까지 버텨준 것에 대한 고마움에. 그래서 이안이 유일하게 기대어 쉴 수 있는 아내인 내가 이안에게 더 큰 힘이 되어 주고 싶었다. 이런 힘듦을 감당할 만큼 나를 사랑해준 사람, 내가 더 보듬어 안고 위로가 되어주고 싶었다.

정말 너무도 다행인 건 우리에겐 서로가 있다는 것. 떨어지지 않고 함께 있다는 사실이 큰 힘이 되었다. 생각해보면 우리가 늘 바라던 건 함께 있는 것, 그것뿐이었는데… 혼인신고 전에 울면서 했던 약속, 다시 한 번 마음에 새기며 서로에게 더 의지하기로 했다.

나는 이안과 함께 인생의 고비를 맞으며 여자로서, 그리고 한 남자의 아내로서 점점 성장하고 있었다.

55

# 부부는 닮는다

## : 이안의 긍정적인 변화

내가 이안을 이해하며 행동이 바뀐 만큼, 이안도 나를 더 이해하려고 했다. 언제부턴가 이안은 비현실적으로 긍정적이기만 한 나의 입장에서도 생각을 해보기 시작했다. 그리고! 나의 긍정 기운이 점점 이안에게도 전해졌다.

내가 느끼기에 이안은 내가 항상 잘될 거라고, 할 수 있다고 말을 해도 반은 받아들이고 반은 흘려보내던 사람이었다. 일부러 그런 게 아니라 그냥 그걸 100% 받아들일 수 없는 사람이란 걸 알고 있었다. 그래서 아쉬움은 있다 한들 서운함은 없었다. 근데 그런 이안이 점점 내 생각에 동조하고 자기도 왠지 할 수 있을 것 같다며 양지로 올라왔다.

사실 모든 걸 다 잃을 수 있는 상황에서 좋게만 생각한다는 건 현실직시를 못하는 순정만화 속 여주인공 같은 일이기도 했다. 밝고 티 없이 자란 사람이 현실을 받아들이고 싶지 않아 회피하는 것처럼 보일 수도 있었다. 하지만 난 그런 여주인공이 아니었다. 그저 이안이 나락으로 떨어졌을 때 그 절벽 위에서 기다리고 있는 사람이 되고 싶었다. 그 생각 하나로 늘 이안에게 밝고 긍정적인 기운을 줬다. 예전처럼 다시 날아오를 수 있다고, 누군가가 필요할 때 당신 손 잡아줄 내가 여기 있음을 잊지 말라며 계속해서 이안을 일으켜 세웠다.

고맙게도 이안은 점점 나의 마음을 이해했고, 기꺼이 나를 위해 많이 노력해줬다. 예전보다 훨씬 더 현재 상황을 긍정적으로 생각하려 노력하고 이렇게 열심히 하면 언젠가는 풀릴 거라는 강한 믿음을 보여주곤 했다. 무엇보다 이안이 점점 예전의 여유를 찾아가서 고마웠다. 내가 이안에게서 제일 보고 싶었던 모습. 당장에 급한 돈만 좇던 이안이 다시 예전의 마음부자 이안으로 돌아가고 있었다.

일은 여전히 많고 바빴지만, 종종 휴식시간도 가졌고 자신이 좋아하는 음악도 시작했다. 집에서 기타 소리가 들려와 들여다보면 지긋이 눈을 감고 기타를 치는 이안이 있었다. 컴퓨터 앞에서 먹던 밥도 언제부턴가는 매번 식탁에서 먹었고 가끔씩 집 앞 카페에서 나랑 차 한잔하는 시간도 가졌다. 화장실에서 나오며 마주친 우리 집 고양이들과 한 번 더 놀아주며 웃음 지었고, 종종 아무 말 없이 나를 안아주기도 했다.

빽빽했던 이안의 마음에 그를 위한 공간이 생기기 시작한 거다. 내가 이안에게 바라던 모습대로 이안은 변해가고 있었다.

부부가 되면 흔히들 생김새가 닮는다고 하는데 살다 보니 얼굴만 닮는 게 아니고 마음도, 생각도 닮는 것 같다. 내가 지나치게 현실을 직시하는 이안을 부드럽게 갈아 뭉뚝하게 해주고, 이안도 내가 현실에 잘 대처할 수 있도록 나를 적당히 뾰족하게 갈아주며 그렇게 우리가 서로 닮아가는 것처럼 말이다.

치고 박고 울고 싸운 건 아니었지만, 서로를 생각하며 느낀 아픔을 깊이 겪은 뒤에야 비로소 우리는 진짜 부부가 되어 갔다.

56

# 돈으로 살 수 없는 값진 경험

## : 미국에서의 첫 직장, 세탁소

운동을 정말 좋아하는 이안이지만, 운동하는 시간에 무슨 일이라도 터지면 어떡하나 하는 걱정에 오랫동안 운동을 가지 못했다. 운동 대신 한 푼이라도 더 벌 수 있는 시간을 택한 것이다. 이 상황을 이겨내려고 그토록 노력하는 이안에게 응원뿐 아니라 실질적인 도움을 주고 싶었다. 하지만 경력을 중요시하는 미국에서 나는 그 어떤 사회 경험도 없었다. 게다가 내슈빌엔 한인도 많이 없어 한국어 구사 능력이 장점이 되지 못했다. 일단 되는 대로 이력서를 넣었지만, 좋은 소식은 들리지 않았다.

그러던 중 아주 우연한 기회에 파트타임 일을 하게 됐다. 그곳은 세탁소. 일전에 친구의 소개로 갔던 곳이었는데 예의 바르게 인사하며 사교적으로 말을 붙였던 내 첫인상을 좋게 본 주인 아주머니께서 일을 제안해주셨다. 때마침 아주머니께서는 한국어와 영어가 둘 다 잘 되는 한국 사람을 급하게 찾고 계셨는데, 사실 젊은 재미교포들은 세탁소에서 일하려고 하지 않았다. 그래서 일을 구하러 오는 대부분이 히스패닉이었고, 그들은 한국어를 아예 못해 영어에 서툰 아주머니와 의사소통이 불편한 상황이었다. 그럴 때 두 언어가 다 되고 밝은 성격인 나를 보셨던 거다.

하지만 제안을 받고 바로 대답하지 못했다. 당장 가계에 재정적인 도움이 필요한 상황에 왜 선뜻 대답할 수 없었는지… 그 이유를 모르는 척하고 싶었지만 사실 나는 너무도 잘 알고 있었다.

시급이 얼마인지, 일주일에 몇 시간 일하는지 등의 실질적인 고민보다 대학 다닐 때 화이트칼라 계층에 속하려고 아등바등 뛰었던 게 생각이 났기 때문이다. '4년제 대학 졸업했으면 책상에서 일하는 직업을 가져야 한다'라는 생각이 지배하는 대한민국에서 자란 나는 정말 치열하게, 바쁘게 미래를 준비했다. 그래서 기회가 왔음에도 자존심 때문에 망설였던 것이다. 뾰족구두를 신고 오피스룩으로 회사를 다니는 것과 화장기 하나 없는 얼굴로 후드티 걸쳐 입고 세탁소에서 일을 하는 것. 선택의 기로에서 나는 내가 하고 싶었던 일과 지금 할 수 있는 일을 자꾸 비교하고 있었다.

하지만 자존심이나 부수적인 요소를 떠나 옳은 결정을 하려고 노력했다. 그리고 곰곰이 생각한 끝에 결정을 내렸다. 일을 해보기로! 얼마나 나의 조건이 부합하는 곳에 가느냐보다 얼마만큼 나란 사람을 필요로 하는 곳에 가느냐가 더 감사한 일이라는 생각이 내 마음을 돌렸다.

그렇게 미국에서의 내 첫 경제활동이 시작됐다. 비록 일주일에 서너 번 나가는 시간제 일이었지만 내가 출퇴근할 공간이 생겼고, 처음으로 내 이름으로 된 통장도 만들었다. 매주 들어오는 돈으로 생활비를 충당했고, 이제는 내가 번 돈으로 적지만 예전부터 해오던 후원금도 계속 낼 수 있었다.

세상에 안 힘든 일이 어디 있겠냐만 늘 먼지 가득한 옷을 만져야 하는 일, 가끔은 사람들의 무시하는 듯한 시선을 받으면서도 웃으며 최상의 서비스를 제공해야 하는 일. 아메리칸 드림을 꿈꾸며 미국으로 건너온 부모님 세대의 어른들이 가족을 위해 밤낮으로 이렇게 힘든 일을 하며 얼마나 고생했을지가 눈에 그려졌다. 그런 걸 생각하면 나와 이안이 겪고 있는 고생은 사서도 할 고생이었다. 적어도 우린 그 나라 언어라도 되고, 문화라도 이해했으니까. 무엇보다 우린 젊었다.

나는 직업에 대한 시각이 넓지 않았다. 남들 다 알아주는 회사에서 떵떵거리며 일하려고 4년제 대학에 다니며 스펙을 쌓은 내겐 그저 회사만이 직장이었다. 하지만 세탁소 일을 하며 여러 사람들을 만나고 그 사람들의 수많은 직업을 들으면서 편협한 시각이 많이 바뀌었다. 누군가는 너무도 자연스럽게 파트타임이라고 생각할 일이 누군가에게는 당당한 직업이 될 수 있기에 함부로 판단해선 안 된다는 것. 내가 내 일에 자부심을 느끼며 열심히 일하는 것이야말로 내 일을 최고로 만드는 방법이라는 것. 7개월간 작은 사회를 겪으며 비로소 깨달았다. 그래서 이젠 내 가치가 가장 빛날 수 있는 곳이라면 괜한 자존심 같은 건 내세우지 않기로 했다.

무엇보다 사람 사는 게 다 똑같다는 걸 느꼈다. 그러니 우리만 힘들다고 투정부릴 일 하나 없었다. 얼굴 좋아 보이는 사람도 “How are you?” 한마디에 저마다의 고민과 걱정거리가 나오는 세상이었다. 사람마다 각자의 업 앤 다운이 있었고 우리 또한 그들 중 하나였다. 이것은 우리가 마주한 인생의 한 단면일 뿐, 그 이상도 이하도 아니었다.

이안에게 도움이 되려고 시작한 일이었는데 더 큰 것을 경험하고 느꼈다. 돈을 위해 모든 것을 내려놓으니 돈보다 더 큰 것을 얻게 됐다. 돈으로도 살 수 없는 값진 경험과 인생의 깨달음을.

프런트에서 열심히 손님도 받고, 손님들이 떨군 옷에 이름표를 붙이고,
깨끗하게 세탁한 옷을 알파벳별로 정리해 걸어 놓는 일까지! 하루 꼬박 6시간을 이곳에서 보냈다.

57

# 우리만의 행복 기준

## : 행복에는 많은 것이 필요하지 않다

이안은 이안대로, 나는 나대로 어떻게든 해보려고 열심히 지낸 게 1년을 넘어 어느새 또 다른 새해를 맞이했다. 스물여덟이었던 우리가 어느새 스물아홉. 다행히도 우리는 그 시간에 잘 적응하고 있었다. 하지만 그렇다고 상황이 딱히 나아진 건 아니었다.

'아홉수'라는 게 그냥 옛 어른들이 하는 말인 줄 알았는데, 정작 내가 너무도 혹독한 아홉수를 겪으니 정말 그런 게 있나 보다 싶었다. 열아홉 살에도 나름대로 꽤 힘들다고 느꼈는데 스물아홉이 되니 열아홉의 내 고민은 아무것도 아니었다. 그러다보니 서른아홉이 되어 지금 내가 하고 있는 걱정을 떠올리면 또 별거 아닐지도 모른다는 생각이 들었다.

그래서 우리는 힘겨운 지금에만 집중할 것이 아니라 좀 더 멀리 내다보기로 했다. 현재의 나무가 아닌 미래의 숲을 보기로 한 것이다. 지금 우리가 망망대해에서 허우적거리고 있는 이 시간이 미래에 얼마나 값진 경험이 될지 계속 생각했다. 꼭 성공한다는 보장은 없어도, 적어도 우리는 성숙해져 있을 것 같았다.

그러면서 우리는 진흙 속 진주를 하나둘씩 발견해내기 시작했다. 그 과정에서 우리는 우리만의 행복 기준을 찾았다.

한창 여유 있게 지낼 땐 돈이 있어 행복한 줄 알았다. 그래서 더 돈을 원했다. 하지만 많은 것을 잃고 나니 그동안 돈 때문에 보지 못했던 진짜 행복이 보이기 시작했다. 행복엔 많은 것이 필요하지 않았다. 가만히 안고만 있어도 평온함이 느껴지는 우리 집 4남매 고양이들, 묵묵히 수고했다 말해주는 친구들, 무슨 일이든 언제나 믿고 지지해주는 가족들, 무엇보다 힘들 때마다 의지할 수 있는 우리 둘이 함께할 수 있다는 것….

잠시 잊고 있었지만 우리가 정말로 원했던 건 영원히 함께 사는 것, 그것뿐이었다. 그 마음을 떠올리니 우리가 이미 행복의 요소를 전부 가지고 있다는 사실을 깨달았다. 빠듯했던 삶에 원하는 행복을 눈앞에 두고도 미처 발견하지 못했던 것이었다. 너무 익숙해서 잊고 있던 소중한 것들이 모든 것을 내려놓은 후에야 비로소 보이기 시작했다. 그렇게 우리는 어둠 속에서도 소소한 재미를 찾아가며 우리만의 삶을 이어갔다.

여기까지 오는 길이 여간 쉽지 않았다. 여전히 우리에게 닥친 상황은 끝이 없는 어두운 터널 같았고, 이 터널을 언제 빠져나갈 수 있을지 아무도 몰랐다. 하지만 마음을 바꾸고 현재에 만족하니 조금씩 행복해졌고 웃을 일이 많아졌다. 그 사이 이안은 계속해서 크고 작은 문을 두드렸고, 실제로 몇 개의 문이 조금씩 열릴 기미를 보이기도 했다.

우리의 이 자그마한 노력들로 언젠가는 더 많은 문이 열릴 거라 믿었다. 그 문을 열고 나가는 길에도 지금처럼 행복이 넘칠 수 있도록, 우리는 주어진 시간에 감사하며 하루하루를 살았다.

58

# 한국인은 이열치열

## : 힘들수록 나를 더 강하게 단련하기

이안 일에 위기가 생기며 마음이 불안하고 초조했지만 그럼에도 운동을 쉬지 않았다. 상황이 편치 않은 상태에서 꾸준히 운동을 한다는 것이 정신적으로나 육체적으로나 쉬운 일이 아니었지만 그럴수록 더욱 힘을 내야 했다. 그래야 나락으로 떨어진 이안을 붙잡아줄 수 있을 것 같았다. 더욱이 예전과 같이 내 삶을 즐기지 않는다면 이안의 미안함이 더 커질 것 같았다. 실제로 이안은 내가 매일 운동하고, 친구들을 사귀고, 독립적인 삶을 꾸려가는 것을 굉장히 뿌듯해하고 좋아했으니까.

그래서 나는 나를 더 단단히 잡아줄 목표를 정했다. 그것은 바로 '생애 첫 피트니스 대회 출전'. 내 나이 스물아홉. 서른이 되기 전 내 20대 중 최고의 몸을 만들어보고 싶었다. 내가 진짜 해낼 수 있을까 걱정은 됐지만 나를 앞으로 나아가게 해줄 원동력이 필요했고, 대회 결과를 떠나 목표를 이루기 위해 노력했다는 뿌듯함이 남을 것 같았다. 그래서 과감히 피트니스 대회 비키니 부문에 참가 신청서를 냈다. 그때부터 대회가 열릴 2014년 11월 1일만을 바라보며 대회 준비에 들어갔다.

치기 어리게 도전했지만 대회 준비는 정말 만만치 않았다. 피트니스 대회에 출전하는 대부분의 사람들은 운동 경력이 있거나 전문적으로 운동을 해온 트레이너였다. 더군다나 미국인들은 워낙에 어릴 적부터 온갖 운동을 하며 자라기 때문에 무대 위에서 그들과 겨뤄야 하는 빼빼 마른 아시안 여성의 도전은 시작부터 불가능한 것이었는지도 모른다. 하지만 그렇기에 더 열심히 해야겠다는 각오가 생겼다. '나 같은 사람도 할 수 있을까' 하는 생각을 깨고 싶었다.

그렇게 도전을 시작했지만 바로 난관에 부딪혔다. 아무리 잘 먹고 바르게 운동을 해도 근육이 붙는 속도가 남들보다 월등히 늦었다. 그래서 남들보다 두 배, 세 배로 움직여야 했다. 대부분의 참가자들은 주로 한 대회를 위해 12~16주 정도를 예상하고 준비하는데, 근육이 늦게 붙는 나는 정확히 그 두 배인 32주의 기간이 필요했다.

그 기간 동안 나의 의지와 열정을 아는 휘트니가 여러모로 나를 참 많이 도와주었다. 그 일환으로 헬스장에서 나를 얼마나 혹독하게 굴렸는지 모른다.

TRIPLE WHEY

정신이 힘든 상태에서 몸까지 힘드니 정말 인간의 한계에 다다른 것 같았다. 특히 일주일에 딱 한 끼 허락되는 칫밀(Cheat Meal; 먹고 싶은 음식 아무거나 한 끼 먹는 것) 빼고는 늘 정해진 시간에 뻑뻑한 닭가슴살과 야채를 먹어야 했고, 대회가 가까워 오자 탄수화물의 양은 거의 제로로 떨어졌다. 마지막 주에는 몸의 수분을 쫙 빼는 탈수과정까지 거치는데 그때는 당도 탄수화물도 물도 점점 끊기니 정신적으로 너무 힘들었다. 왜 이렇게까지 해야 하나… 눈물이 흐르고 그냥 그만두고 싶을 때도 있었다.

그럴 때면 내슈빌 친구들과 멀리 한국에 있던 친구들이 힘을 실어줬다. 매일 D-day를 세어가며 블로그에 대회 준비 기록을 올리다 보니 블로그 식구들도 엄청난 응원을 보내주었다. 이안을 비롯한 나의 수유가족, 캘리가족의 지지는 두말할 것 없이 큰 힘이 됐다.

덩치 좋은 선수들과 겨뤄야 한다는 부담감에 혹독한 트레이닝, 정확히 지켜야 하는 식단과 세탁소 일까지. 하지만 그럴수록 나를 응원해주는 사람들을 떠올리며 정신을 바짝 차렸다. 이열치열이라는 말이 있듯이 힘들수록 더욱 극한의 상황으로 몰아 나를 단련시켰다. 무엇보다 내 자신이 꼭 해내고 싶었다. 이안에게 힘이 되리라 생각했던 나의 도전은 시간이 흐를수록 나의 꿈이 되었다. 그래서 더 욕심이 났다. 비키니를 입고 무대 위에서 당당하게 이곳 사람들과 겨루는 내 모습. 입상은 못해도 무대에 출전해 한국인의 긍지를 보여주는 것!

시작이 어떠했든 내가 한 선택이고 꼭 이루고 싶은 꿈이었기에 8개월의 혹독한 준비 과정을 묵묵히 버텨냈다. 내가 이렇게 강한 사람이었나 싶을 정도로 모든 걸 쏟아냈던 시간. 주부이자 아내였던 나는 그 노력의 시간 속에서 강한 여자로 다시 태어났다. 몸도, 마음도, 정신도 그만큼 단단해져 갔다.

59

# "헬 수 이쏘 컹뤼!"

[illegible]

첫 번째 대회 준비를 하는 8개월 동안 나는 휘트니와 일주일에 6일을 만나서 함께 운동을 했다. 퍼스널 트레이닝도 받고 휘트니가 하는 수업도 듣고! 부트 캠프 수업을 들을 때도, 휘트니를 따라 새로운 헬스장에 와서도 거의 매일을 보다 보니 어느새 우리는 베스트프렌드가 되어 있었다.

그도 그럴 것이, 나이 차이도 얼마 안 나는 데다가 내가 미국에서 제일 많이 만난 친구가 바로 휘트니였다. 테네시가 고향이 아닌 휘트니에게도 이곳에서 한 친구를 이렇게 오래 본 것이 내가 처음이었다. 특히 휘트니가 피트니스 대회 준비하는 것을 보며 내가 꿈을 키웠고, 그 꿈의 첫 도전을 휘트니가 함께 해주며 물심양면으로 도와주었기에 우리는 더 가까워질 수밖에 없었다.

운동이 끝나고는 같이 다운타운에 나가 놀기도 하고, 함께 초대받은 파티에도 가고! 대회 준비로 알게 모르게 받는 스트레스를 함께 풀어가며 휘트니와 나는 더 가까워졌다. 그렇게 매일 붙어 지내다 보니 점점 서로의 말투를 닮아가기 시작했다. 영어가 모국어가 아닌 나는 휘트니가 말할 때 쓰는 단어나 수업할 때 쓰는 말투를 자연스럽게 배웠다. 휘트니 역시 내가 운동을 하며 종종 내뱉는 한국어에 관심을 가지고 배우곤 했다. 한국어로 숫자까지 셀 수 있게 된 휘트니는 나를 트레이닝 시키면서 서툰 한국어로 "하나, 둘, 셋, 넷! 좋아좋아!" 하며 숫자를 세어주기도 했고, 운동하다 지칠 때면 "컹뤄! 핼 수 이쏘! 빨리 빨리!"를 외치기도 했고, 개인 기록을 세운 날이면 "파이팅! 잘해쏘!"라며 자랑스러워하기도 했다. 우리는 서로에게 더할 나위 없는 트레이닝, 그리고 랭귀지 파트너였다.

우리가 그렇게 한국어를 주거니 받거니 하며 트레이닝을 하다 보니 헬스장에서 친하게 지내는 다른 사람들도 점점 한국어에 관심을 갖기 시작했다. 그럴 때마다 휘트니는 자랑스럽게 내게 배운 한국어를 그들에게 가르쳐주기도 했다. 주로 발음이 쉬운 '좋아'와 '대박'이 주를 이뤘다. 언젠가는 이안과 휘트니가 헬스장에서 자주 보는 존에게 한국어로 "핼 수 이쏘"를 가르쳐주는 걸 보며 깔깔 웃은 적이 있다. 미국의 한 헬스장에서 세 명의 미국인이 서로에게 한국어를 가르쳐주고 있다니! 그 이후로도 존은 나만 보면 "핼 수 이쏘"를 외친다. 하하!

나를 통해 처음 한국이란 작은 나라를 접하면서 한국어도, 한국 음식도, 한국 문화도 거부감 없이 재밌게 받아들여주었던 내 친구. 내가 미국에서 처음으로 스스로 사귄 베스트프렌드이자 대회 준비기간 동안 내가 지칠 때마다 귀여운 한국어로 나를 다시 일으켜 세워준 휘트니. 내 첫 대회 준비 기간의 일등공신은 바로 휘트니일 것이다.

지금 휘트니는 부모님이 계시는 캘리포니아로 돌아갔다. 4년을 넘게 거의 매일 같이 보던 휘트니가 곁에 없다고 생각하니 슬프기도 하지만, 우리의 우정은 변함없으리라 믿어 의심치 않는다. 빨리 휘트니를 만나러 갈 날이 오길!

보고 싶어 휘트니!

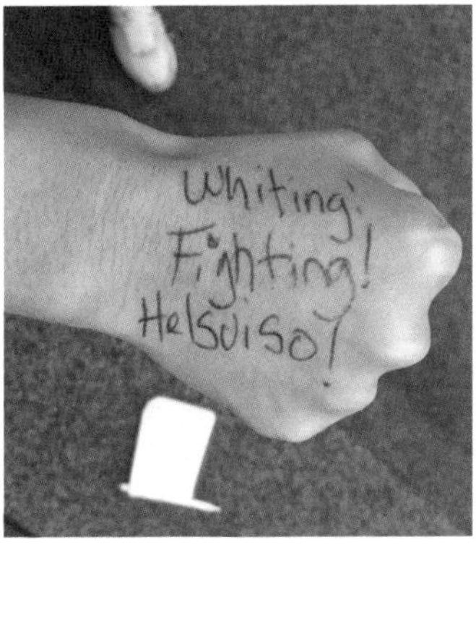

60

# 우리 아내, 할 수 있어!

## : 나보다 더 나를 믿어준 남편의 진심

이안에게 피트니스 대회 도전을 선포했을 때 이안은 정말 놀라워했다. 연애 시절부터 깡마르고 약했던 나를 봐왔기에 이 도전이 나에게 얼마나 큰 결심인지 잘 알고 있었기 때문이다. 더군다나 여자가 근력운동을 하는 것이 흔하지 않은 한국에서 태어나고 자란 내가 그런 결정을 내린 것에 또 한 번 놀란 이안. 하지만 이내 나를 크게 안아주더니 꼭 해낼 수 있을 것 같다고 했다. 세상에! 내가 이안한테 늘 하던 그 역할을 이제 이안이 나한테 해주고 있다니!

힘들고 어두웠던 시기에 점점 더 서로를 닮아가던 우리. 불가능해 보이는 내 도전을 긍정적으로 받아주고 할 수 있을 것 같다며 응원해주는 이안을 보니 이젠 정말 하나가 된 것 같은 기분이었다. 이안의 그 응원은 진심이었다. 여유를 찾기 힘든 상황에서 나의 도전을 온 마음 다해 지지해주는 이안을 등에 업으니 못할 것도 없어 보였다.

그렇게 한창 준비를 하고 있던 어느 날, 이안이 자신도 도전해보겠다는 말을 꺼냈다. 생활이 힘들어진 상황에서조차 아내가 뭐라도 해보려고 열심인데 자기도 나와 함께라는 걸 보여주고 싶다며 남자 피지크(physique) 부문에 나가

보겠다고 했다. 이젠 진짜로 긍정의 힘을 믿게 된 이안의 그런 마음을 꺾고 싶지 않았다. 그래서 우리는 여자 비키니와 남자 피지크 부문의 피트니스 대회를 목표로 함께 운동을 시작했다.

이안은 일이 우선이었기에 급한 일이 생기면 운동은 자동으로 2순위가 됐지만 그렇지 않을 때는 늘 매일 아침 함께 운동을 했다. 심심한 식사도 이안과 함께하니 참을 만했고 일주일에 한 번 허락되던 칫밀 때는 둘이서 라면 한 개를 먹어도 그렇게 행복할 수가 없었다. 힘들고 고돼서 눈물이 나오는 운동도 이안이랑 한곳에서 한다고 생각하니 왠지 든든해서 버틸 수 있었다. 우리가 간절히 바라는 것을 이루고자 이렇게 꾸준히 달리고 있다는 것 자체가 너무 뿌듯했다. 아스팔트에서 기적적으로 싹 한 개를 틔운 것 같은 기분이었다.

그러던 중 이안 일에 큰 고비가 터졌고, 결국 대회를 한 달 앞두고 출전을 포기해야 했다. 하지만 완전한 포기는 아니었다. 내가 대회를 끝낼 때까지 시간이 될 때마다 함께 운동도 하고, 나 혼자서 하기엔 힘들 거라며 식단조절도 끝까지 함께했다. 탈수과정을 거칠 땐 내 뇌가 제대로 작동하질 않아 내가 이것저것 깜빡하고 종종 넋을 놓기도 해서 운전하는 게 위험했기에 대회 일주일 전부터는 나를 헬스장에 꼬박 데려다주고 데리러 왔다. 내가 지나간 자리에 행여나 떨어뜨린 물건이 없는지 꼭 확인하는 사람도 이안이었다.

이런 상황에서 이런 도전을 하려는 나를 온전히 이해해줘서, 내가 마음 편히 기댈 수 있게 옆에 있어줘서 정말 큰 힘이 되었다. 무엇보다 이안은 낯선 곳으로 이민 와서도 나만의 삶을 잘 꾸려나가는 나를 자랑스러워했다. 혼자서는 무섭기도 할 새로운 분야의 도전이지만 잘 해낼 수 있을 거라고 믿어줬다.

내가 어떠한 상황에서도 이안에 대한 믿음을 버리지 않았듯, 이안도 종종 불안하게 흔들리는 나를 꼭 잡아주었다.

61

# Dream Wife & Dream Husband

: 서로를 발전시킨 결혼생활

대회에 오르기 이틀 전, 나는 내 인생 처음으로 피트니스 프로필 촬영에 도전했다. 100% 완벽한 몸은 아니었지만 20대 중 최고로 건강한 몸이었고, 지금까지 달려온 내 노력을 사진으로나마 남기고 싶었다. 하지만 그보다 더 좋았던 건, 이안도 촬영에 함께할 수 있었다는 것! 일 때문에 대회 출전을 포기했지만 끝까지 나를 도와주며 대회 준비를 같이 했던 이안. 그 덕에 사진 촬영을 할 수 있을 만한 몸을 유지하고 있었고, 그렇게 우리는 함께 피트니스 프로필 사진을 찍게 됐다.

헬스장과 스튜디오를 오가며 이날을 위해 힘들어도 포기하지 않고 열심히 땀 흘렸던 우리의 모습을 남겼다. 하루가 정신없이 돌아갔지만 처음 해보는 프로필 촬영은 즐겁기만 했다.

생각해보니 7년 전 여름 이안을 처음 만났던 그때 이안은 전혀 내 스타일의 남자가 아니었다. 사실 이상형이라고 딱히 정해 놓은 건 없었고 나랑 성격만 잘 맞으면 됐지만 나는 늘 남자답고 다부진 체격의 사람을 좋아했었다. 이안이 그렇게 마르거나 작은 몸은 아니었지만, 그렇다고 내가 원하는 남성상에

EXIT

꼭 들어맞는 것도 아니었다.

이안의 입장에서 나도 마찬가지였다. 이안은 탄력 있고 건강미 있는 여자를 좋아했는데 나는 그와 정반대였다. 하얗고 마르고 연약하고 강하지 않았다(단 하나도 이안 이상형에 맞지 않았다니!). 나와 말이 잘 통하고 마음이 맞았기에 만나고 결혼은 했지만 나의 건강하지 못한 생활을 늘 걱정하곤 했다.

근데 그런 우리 둘이 결혼을 하고, 결혼한 지 4년 만에, 그리고 미국으로 온 지 꼬박 2년 만에 함께 건강미를 뽐내며 프로필 촬영을 하고 있다니! 정말 신기했다. 지금까지 우리가 걸어온 그 길이. 연애 시절에는 절대로 생각하지 못했던 모습이고 우린 서로의 이상형과는 참 멀었는데 함께 살면서 점점 그 차이가 좁혀지더니 결국은 서로의 Dream Wife, Dream Husband가 되었다.

비단 겉모습이 좋아지는 것 말고도 건강한 삶에 눈을 뜨고 그걸 지켜나가기 위해 노력하며 지낸다는 것이 서로를 더 완벽한 아내와 남편으로 만들어주었다. 그렇게 열심히 자기관리를 하면서 더 강해진 정신력은 우리가 힘든 시간을 버티는 데도 많은 힘이 되었다.

생각해보니 우리는 결혼생활을 하며 서로에게 계속 좋은 영향을 주고, 서로가 발전해나갈 수 있도록 정신적으로 많이 도와주고 있었다. 그렇다고 우리가 한 번도 싸우지 않은 것도 아니고, 서로에게 단 한 번도 서운함이 없던 것도 아니지만, 서로의 작은 면 하나까지도 받아들이며 온전한 부부가 되어 갔다. 결혼하고 부부가 되었다고 현재의 상황에 안주하는 게 아닌, 여전히 상대방을 위해 얼마나 노력하느냐는 것. 그것이 우리를 Dream Wife와 Dream Husband로 만들어준 요소가 아닐까 싶다.

촬영이 끝나고 그날 밤, 우리는 그날 하루를 계속 곱씹으며 왠지 모를 행복감에 쉽게 잠을 이루지 못했다. 그날의 여운을 계속 만끽하고 싶었다. 참 달콤한 밤이었다.

62

# 내 생의 첫 피트니스 대회

## : 산 위에서 더 큰 산들을 보다

드디어 대회 날. 아침 일찍부터 메이크업과 헤어를 도와주고 응원하러 와준 내슈빌 친구들, 내 매니저 역할을 톡톡히 해준 이안, 블로그로 내가 느끼는 모든 걸 함께 느끼고 있을 한국의 우리 가족과 친구들, 그리고 블로그 식구들까지. 손바닥에 땀이 날 정도로 긴장했지만 이들을 위해서라도 이 어마어마한 긴장감을 이기고 잘하고 싶다는 생각뿐이었다.

그런데 대회 당일, 내가 등록을 잘못하는 큰 실수를 저질렀다는 걸 알게 됐다. 경험이 정말 중요한 피트니스 대회. 한 번 대회를 경험해본 사람과 첫 대회인 사람 사이엔 큰 차이가 있기에 첫 출전인 사람들끼리 공평하게 경쟁하라고 모든 대회는 참가경험의 유무를 통해 부문이 둘로 나뉜다. 그래서 첫 대회 출전자들은 노비스(Novice) 부문에, 대회를 경험해본 사람들은 오픈(Open) 부문에 등록하는 게 보통이다. 그런데 등록 당시 너무 떨렸는지 그만 오픈 부문에 등록을 했고, 그 사실을 대회 당일에야 알아버린 것이다. 인생에 단 한 번밖에 없는 기회이자 트로피를 받을 수 있는 확률이 더 높은 기회. 첫 출전자에게만 주는 특권이 바로 노비스 부문인데 나는 어이없는 실수로 그 기회를 날려버렸다.

98

당황했지만 받아들이는 수밖에 없었다. 비슷비슷한 사람들끼리 경쟁하면 그래도 내가 준비한 걸 더 잘 보여줄 수 있을 텐데… 자꾸 그 기회를 놓쳤다는 아쉬움이 들긴 했지만 이미 물은 엎질러졌다. 지난 건 잊고 계속 잘할 수 있다고 되뇌었다.

"NPC Music City Muscle! 참가번호 98번 경리 메이슨!"

드디어 내 이름이 불리는 순간! 기다릴 때만 해도 괜찮던 심장이 바운스 바운스! 요동치기 시작했다. 긴장감에 손이 땀으로 가득 찼지만 닦을 옷도 없어 입김으로 후후 말려가며 드디어 무대에 올랐다. 오픈 부문이라 확실히 참가자들의 체격도, 근력량도, 포즈도 아마추어인 나보다 훨씬 더 좋았다. 그런 선수들 사이에서 기가 죽을 법도 했는데, 막상 무대에 오르니 괜한 자신감이 생겼다. 이 준비 과정을 다 마친 것만으로도 난 이미 승자였다. 이 도전은 내 스스로에 대한 도전이자 꼭 이루고 싶은 내 꿈이었다. 그런 걸 생각하니 더 이상 내 옆에 있는 참가자에게 기죽을 필요가 없었다.

스스로 자랑스러운 마음으로 내가 준비한 그대로를 보여주며 즐기고 내려왔다. 게다가 내 자리가 딱 정중앙이어서 내가 마치 주인공인 것 같은 느낌으로 더욱 당당히 포즈를 취할 수 있었고, 관중석에서 내 이름을 부르며 환호하는 친구들을 보니 웃음도 더 자연스럽게 나왔다. 그날 나는 오픈부문 비키니 C 클래스의 15명 중 9등을 했다. 얼마나 감사한 결과였는지 모른다. 등수를 떠나 첫 대회를 유경험자들과 당당히 겨룰 수 있었다는 것 자체로도 너무 뿌듯했다.

아침 9시부터 점수를 매기는 프리저징(Pre-judging)과 오후 6시쯤 가족과 친구들을 초대해 시상식을 즐기는 나잇쇼(Night Show)까지 다 마치고 늦은 밤이 돼서야 대회는 끝이 났다. 그제서야 긴장했던 몸도 조금 풀렸고, 시원섭섭한 마음으로 오랫동안 머물렀던 선수 대기실에서 나왔다. 관중석으로 와

친구들과 휘트니, 그리고 이안을 보는데 갑자기 눈물이 터져 나왔다. 모든 걸 다 놓고 포기하고 싶은 순간도 많았는데, 그럴 때마다 더 강하게 마음먹고 힘내서 달려와 준 내게 주는 자랑스러움의 눈물이기도 했다. 내 인생에서 그렇게 큰 성취감을 느껴본 적도, 그렇게 열심히 무언가를 향해 달려간 적도 처음이었다.

그런데 참 희한한 게, 대회를 한 번 끝내고 나니 두 번째 대회 생각이 더 또렷해졌다. 준비 과정이 너무 힘들어서 끝나면 쳐다보기도 싫을 것 같던 대회였는데… 첫 산을 넘고 나니 넘고 싶은 더 많은 산들이 보였다. 대회 때 찍힌 사진과 영상을 보며 근육을 더 키우고 싶었고, 부족한 부분을 보완해 스스로 더 멋진 내가 되고 싶다는 욕심이 생겼다. 해냈다는 후련함과 함께 다음 대회에 대한 기대감에 내 머리는 정신없이 돌아갔다.

대회가 끝나고 하루 종일 함께해준 친구들과 함께 우리 집에서 작은 파티를 열었다. 샤워를 하고 나오니 친구들이 맛있는 음식을 가득 차려 놓고 나를 맞이했다. 특히 대회 기간 동안 내가 가장 먹고 싶어 했던 시리얼을 여러 개 사 놓고 고르라며 시리얼 컬렉션을 보여줬을 땐 정말 하하하 크게 웃었다. 찬 우유에 바삭한 시리얼을 넣고 한입 떠먹는 순간! 이번에는 갑자기 눈물이 줄줄 흘렀다. 그 한입이 정말 그렇게 감동일 수가 없었다.

울다가 웃다가! 감동과 재미가 넘쳤던 내 생의 첫 피트니스 대회. 내가 정말 그 첫 산을 넘었다. 내가 해낸 것이다! 몇 번을 해도 결코 안 힘들 수 없는 대회 준비겠지만 제법 자신감이 생겼다. 그것이 내가 첫 대회를 통해 얻은 가장 큰 선물이었다.

63

# 등수는 중요하지 않지만…

## : 두 번째 대회에서 현실을 마주하다

첫 대회를 마치고 여유 있게 연말을 보낸 뒤 새해를 맞이하자마자 두 번째 대회 준비에 들어갔다. 여름에 열릴 두 개의 대회에 모두 도전해보기로 했다. 하나는 연습용, 하나는 실전용! 워낙에 근육이 더디게 쌓이는 체질이라 최선을 다해 열심히 해도 남들의 두 배가 걸리는 준비 기간. 그렇게 난 또 다른 8개월의 사이클을 시작했다.

두 번째 대회를 준비할 당시 나는 휘트니와의 웨이트 트레이닝 계약이 끝난 상태였다. 부트캠프를 끝내고 휘트니를 따라 이 헬스장으로 왔을 땐 이안 일이 기울기 전이었지만, 이제는 형편이 달라졌다. 그래서 그때부터는 혼자서 운동을 하기 시작했다. 다행히 그동안 어깨너머로 배운 지식도 꽤 쌓였고, 헬스장의 각종 기구 사용법도 다 알았다. 서당 개 3년이면 풍월을 읊는다고, 헬스장 다닌 지 2년 만에 나도 트레이너가 다 되어 있었다.

처음엔 옆에서 도와주는 누군가가 없으니 너무 막막했다. 그래서 그때부터 인터넷의 힘을 빌려 혼자서 운동계획도 짜고, 근육의 조직과 움직임도 체크하고, 식단을 위한 영양소 공부도 하고, 서로를 더 자극해줄 운동 친구 트레이시(Tracy)도 사귀었다. 꾸준히 운동을 해서인지 처음보다는 근육이 느는 것이 눈에 더 잘 보였고, 지방이나 수분도 꽤 잘 빠졌다. 그렇기에 힘든 만큼 즐거웠고, 한 번 대회를 해본 경험으로 자신감 있게 준비 과정을 마쳤다.

드디어 두 번째 대회 날, 내가 속한 오픈 부문 비키니 D클래스 차례! 준비한 모든 것을 쏟아붓고 내려왔다. 새로 익힌 포즈도 실수 없이 잘했고, 당당한 발걸음과 웃음으로 무대를 즐기고 내려왔기에 어느 정도 기대할 법도 한 대회였다. 그런데 모든 행사가 끝나고 본 충격적인 결과에 놀라지 않을 수가 없었다. 내가 입상을 못한 것이 충격적인 게 아니라 비키니 챔피언이 너무 예상 외의 사람이었기 때문이다.

참가자들 모두 열심히 운동하고 식단 조절하며 준비했음을 알기에 그들을 깎아내리는 것은 전혀 아니지만, 그래도 '누가 1등을 하겠다'라는 기준은 있다.

대회 한 달 전, 운동을 하다 그만 오른쪽 어깨 인대가 늘어나 결국 팔에 보호대를 차고 운동을 해야 했던 나.
물론 힘들었지만 최선을 다했다는 보람을 위해 끝까지 포기하지 않았다.

대기실에서 만나 친해진 친구들과 함께!
새로운 사람들을 알아가는 건 대회를 하며 얻는 즐거움 중 하나다.

그런데 그 사람은 전혀 아니었다. 나랑 같은 대기실을 쓴 거의 모든 참가자들이 다른 사람을 예상했는데… 정작 비키니 챔피언 타이틀을 가져간 사람은 조금 의아할 법한 사람이었다.

그날 밤, 조금은 아쉽고 씁쓸한 마음에 SNS로 그날 참가자들의 모습을 보는데 그 챔피언이 속한 트레이닝 팀이 대회의 스폰서 중 하나라는 것을 알게 됐다. 더 놀라운 건 최고참 심사위원이 테네시에서 유명한 대회 트레이닝 팀을 운영하고 있었고, 그에게 가르침을 받은 팀원들도 무대 위에서 그 사람에게 점수를 받았다는 사실이었다. 아무리 그 심사위원이 객관성을 유지했다 한들 그건 누가 봐도 너무 불공평해 보였다.

계속 보다 보니 대회 관계자들과 심사위원들, 그리고 팀 트레이닝 대표들이 다 아는 사이인 게 눈에 보였다. 모든 대회가 그런 건 아니겠지만, 적어도 그 대회에 있어서 팀 트레이닝의 은밀한 혜택은 어느 정도 사실이었다. 스타 트레이너도, 서포트해줄 트레이닝 팀도 없었던 나에겐 모든 게 절망적으로 다가왔다. 공정해야 하는 경기가 왜 이런 걸까. 대회가 끝나면 홀가분해져야 하는데 애써 보고 싶지 않은 현실을 직접 마주하고 나니 피트니스 대회라는 것에 회의가 들었다. 대회 경험이 많은 트레이시에게 말하니 이미 널리 알려진 사실이라고 했다. 나만 몰랐던 세계. 너무도 어두운 밤이었다.

하지만 그런 실망스러운 현실 때문에 내 열정을 굽히기엔 너무 억울했다. 지금까지 달려온 길이 아쉬웠다. 근육도, 지방도, 관련 지식도, 트레이닝 팀도 없이 시작했지만 어느새 미국 땅에서 NPC 비키니 선수로서 당당히 무대에 서 있는 나였다. 이대로 포기할 수는 없었다. 그렇게 마음을 다잡고 부지런히 세 번째 대회 준비에 들어갔다. 나에게 남은 날은 고작 4일! 쉴 틈 없이 달려야 했다. 이제부터 본 게임 시작이니까!

ATIONAL QUALIFIER
NATIONAL QUALIFIER
NATIONAL QUALIFIER
PHYSIQUE • BIKINI
FIGURE • BODYBUILDING
NATIONAL QUALIFIER
PHYSIQUE • BIKINI
FIGURE • BODYBUILDING
NATIONAL QUALIFIER
PHYSIQUE • BIKINI
FIGURE • BODYBUILDING
NATIONAL QUALIFIER

64

# 유종의 미

## : 한국인의 긍지로 오른 세 번째 무대

두 번째 대회를 마친 후 다시 마음을 다잡고 다음 날부터 바로 운동을 했다. 쉬고 싶고 지쳤지만 마지막 결승점이 바로 코앞인데 멈출 수는 없었다. 다음 대회 전까지 운동할 수 있는 시간은 겨우 4일뿐이었다. 그래서 조금만 더 버텨보기로 했다. 8개월도 했는데, 4일은 아무것도 아니었다.

비록 짧은 시간이지만 그 4일 안에 조금이라도 변화를 만들고 싶었다. 그러면 세 번째 대회 목표 역시 이루는 셈이니까. 기왕 할 거면 더 잘하고 싶었다. 매번 지난번보다 좋은 모습으로 무대에 오르는 것. 그것이 내가 정말 젖 먹던 힘까지 낸 이유였다.

일주일은 금방 흘렀고, 드디어 대회 날이 밝았다. 세 번째 대회는 내가 사는 테네시주의 사람들만 참가할 수 있는 '테네시 스테이트 챔피언십 2015(Tennessee State Championship 2015)'. 수상을 하면 그해 테네시를 대표하는 선수가 되는 것이었다. 내 남편이 태어나고 쭉 살아온 고향, 그리고 미국에서 쭉 살아갈 내 제2의 고향. 왠지 이 대회만큼은 더욱더 잘하고 싶었다.

TENNESSEE
STATE
Bodybuilding · Figure · Bikini · Physique
CHAMPIONSHIPS
Sports House

비키니 부문 차례가 다가오면서 나는 더 기운 넘치는 마음으로 백스테이지에 자리를 잡고 무대 커튼 뒤에서 포즈를 연습하고 있었다. 그때 내 뒤로 낯익은 여자가 눈에 들어왔다. 왜 이렇게 얼굴이 익숙하지… 하고 봤더니 내가 첫 대회를 준비할 때 참관으로 보았던 대회에서 비키니 챔피언 타이틀을 거머쥔 선수였다. 내셔널 대회에서 Top5도 한 꽤나 유명한 선수!

오픈 부문에 나오니 역시 처음 출전하는 사람들과 경쟁하는 게 아닌, 이젠 챔피언이랑도 겨뤄야 하는구나. 아마추어로서 처음으로 이 피트니스 대회의 높디높은 문을 느끼며 오히려 마음이 편해졌다. '저 선수는 어차피 이번 대회에서도 챔피언 메달을 받을 것 같으니 그냥 맘 편하게 놀자!' 하는 마음이 생겼기 때문이다. 오히려 그 선수와 나란히 서서 경쟁을 한다는 게 영광이고 자랑스럽기도 했다. 그래서 무대에서 올 시즌 마지막 대회라 생각하며 즐기고 내려왔다. 그때까지 총 세 번의 대회를 치렀는데, 대회 자체를 그만큼 즐긴 적은 그때가 처음이었다.

역시나 나를 응원하러 와준 내슈빌 친구들의 함성과 응원에 힘을 얻어 피곤하고 길었던 세 번째 대회를 잘 마쳤다. 모두의 예상대로 그날 비키니 부문 전체 챔피언은 그 선수가 받았고(다행히도 두 번째 대회 같은 결과는 없었다!) 나는 너무 감사하게도 비키니 부문 D클래스에서 3등 트로피의 영광을 안았다. 그로써 나는 더 큰 내셔널 대회에 참가할 수 있는 자격을 갖추게 되었다.

세 번의 도전에서 처음으로 트로피를 받았다. 하지만 등수는 정말 상관없었다. 오히려 지난 주 대회와 이번 대회 무대 사진을 비교해봤을 때 작은 차이점이 보였다는 것에 나는 더 흥분했다! 그 4일간 밤낮으로 운동한 것이 효과가 있었는지 지방이 조금 더 줄어서 근육의 선명도가 더 높아졌다. 그런데 입상까지 하다니… 그것도 영광스러운 테네시 스테이트 챔피언십에서! 너무 감사했다. 지금까지 2년을 정말 열심히 포기 않고 달려온 내게 수고했다고 주는 선물 같았다.

사실 테네시주는 아시안의 비율이 워낙 적은 데다 더욱이 피트니스 대회 분야에서는 아시안이 별로 없기 때문에 늘 대회에 가면 아시안은 거의 나뿐이었다. 마지막 대회에서도 나 혼자 아시안 여자였는데, 그래서 왠지 내가 한국인의 삼세번 긍지로 해낸 것 같아서 더욱 뿌듯했다. 이 대회를 끝으로 유종의 미를 거두며 2015년 시즌을 마무리할 수 있었다.

하지만 나는 안다. 그때 내가 입상을 한 것은 운이 좋았기도 했고, 아무리 출전 자격이 주어졌을지언정 나는 아직 내셔널 대회까지 나갈 준비가 되지 않았다는 것을. 그래서 내 스스로가 생각하기에 내셔널 대회에 당당히 나갈 수 있을 때가 되기 전까지는 작은 지역대회에서 계속 경험을 쌓고 운동을 하며 언젠가 찾아올 더 큰 기회를 잡을 준비를 하기로 했다.

지금 생각해도 내겐 너무 감사한 경험이었던, 비경험자 노비스가 아닌 경험자 오픈 선수로서의 두 대회. 그 시간은 대회 자체를 떠나 내가 강인한 끈기와 열정을 갖고 꿈을 향해 달려가게 해준, 돈으로 살 수 없는 인생 경험이었다.

65

# 기회는 준비하는 자의 것

## : 피트니스 모델 도전기!

세 번째 대회가 끝난 후에도 나는 꾸준히 운동을 했다. 다음 대회를 계획한 것은 아니었지만, 이제 운동은 내 삶의 일부분이 되어 있었다. 두 대회가 끝난 후 친동생의 결혼 준비로 두 달 동안 한국에 머물면서도 꼭 운동을 했다. 생전 처음 해보는 한국에서의 운동! 한국을 떠났을 때와 돌아왔을 때의 내 모습이 너무 달라 가족들과 친구들만큼이나 나도 내 자신이 신기했다.

미국으로 돌아갈 날이 일주일 앞으로 다가온 어느 날, 베스트프렌드 한 명에게서 한 가지 부탁을 받았다. 엘르 스윔웨어 코리아(ELLE SWIMWEAR KOREA)에 다니는 친구였는데, 제품 사진을 위해 직원들이 옷을 입고 간단한 사진을 찍으려고 하는데 도와달라는 것이었다. 처음엔 포즈 코치만 하기로 했는데, 이야기를 하다보니 직원들이 아닌 내가 제품을 입고 촬영을 하게 됐다.

그렇게 정말 급작스럽게 하게 된 촬영! 사실 몸 상태가 대회 때만큼 최상은 아닌 데다가 연락을 받고 3일 후에 바로 촬영을 해야 했기에 준비할 시간이 부족했다. 그래도 워낙 친한 친구였기에 도와주고 싶었고, 나에겐 또 한 번의

신선한 도전이었기에 즐거운 추억이 될 것 같았다. 막중한 책임감에 원래 내게 맡겨진 일은 제대로 해야 하는 성격이 더해져 촬영 전에 숍에 들러 헤어와 메이크업까지 받고 회사로 갔다. 보수를 받고 안 받고, 내 돈과 시간이 들고 안 들고를 떠나 일단 내게 주어진 일에 최선을 다하고 싶었다(무엇보다, 촬영이니만큼 나도 예뻐보이고 싶었다. 하하).

그렇게 거의 반나절 동안 여러 벌의 스윔 웨어와 액티브 웨어를 입으며 촬영을 했다. 마침 사진을 찍어주는 직원도 중고등학교 동창이어서 오랜만에 만난 친구들끼리 정말 신나게 일을 했다. 편안한 촬영 현장 덕분에 사진 속 내 표정과 포즈도 자연스러웠고, 모두가 만족스러워한 결과가 나왔다.

난 늘 내가 연관된 모든 일이 다 성공하길 바라는 사람! 그래서 이번 촬영도 공식적으로 계약을 맺고 진행한 일이 아니었음에도 최선을 다해 촬영에 임했다. 사실 나보다 몸이 좋은 사람들도 많은데 내가 촬영을 했다는 것이 부끄럽긴 했지만, 이런 기회가 온 것에 너무 감사했다.

ELLE

ELLE

ELLE
ELLE

ELLE

ELLE

그런데 더 감사한 일이 생겼다. 그날 나온 내 사진을 보고선 회사 측에서 내게 또 한 번의 촬영 제의를 해준 것이다. 이번엔 친구를 위해 도와주는 것이 아닌, 회사측에서 공식적으로 요청해준 기회였다.

167cm 키에 몸무게 50kg도 안 되던 내가! 꾸준한 운동을 통해 피트니스 모델 데뷔를 무사히 치렀고, 우연히 잡은 그 기회가 또 다른 기회를 이끌었다. 계속해서 새로운 것에 도전할 수 있는 기회가 찾아온다는 것은 참 설레는 일이다. 그렇기에 언제 찾아올지 모르는 그 기회를 꽉 잡기 위해 늘 열심히 살아야겠다는 다짐을 하게 된다. 인생은 끊임없는 도전의 연속! 내 인생 모토에 딱 들어맞았던 내 인생 첫 피트니스 모델 도전기였다.

66

# 더 큰 꿈을 향해 달리다

## : 우연히 시작했지만 운명이 된 운동

블로그에 꾸준히 운동일지 및 대회 준비과정을 기록하면서 너무 감사하게도 많은 사람들의 응원을 받았다. 특히 연예인이 이런 걸 이뤘다면 '연예인이니까 가능하지~' 하며 별로 와 닿지 않았을 텐데, 오래전부터 블로그를 통해 봐오던 사람이 우연히 운동을 시작해 대회까지 나가는 걸 보니 자신도 할 수 있다는, 하고 싶다는 용기와 자신감이 생겼다는 말을 종종 듣곤 했다.

그렇다. 나도 했다. 볼품없이 마르기만 한 몸에 늘 약하고 비실비실하던 나 같은 사람도 피트니스 대회에 도전장을 내밀었고 승패를 떠나 포기하지 않고 그 목표를 이루었다. 남들보다 특별나게 똑똑하다거나 힘이 센 것도 아니었고 의지가 유난히 강한 것도 아니었다. 유전적으로 타고나지도 않았고 그저 남들처럼 운동을 싫어하던 평범한 여자였다. 이 말은, 이건 나만이 가능한 일이 아니라는 거다. 모두가 마음만 먹고 의지만 있다면 할 수 있는 일이라는 것.

나에겐 아직 갈 길이 많이 남아 있다. 내 완연한 목표를 이루기 위해선 아직도 멀었다. 하지만 지금까지 내가 걸어온 길에 뿌듯함과 보람을 느끼며 지금

Before
After

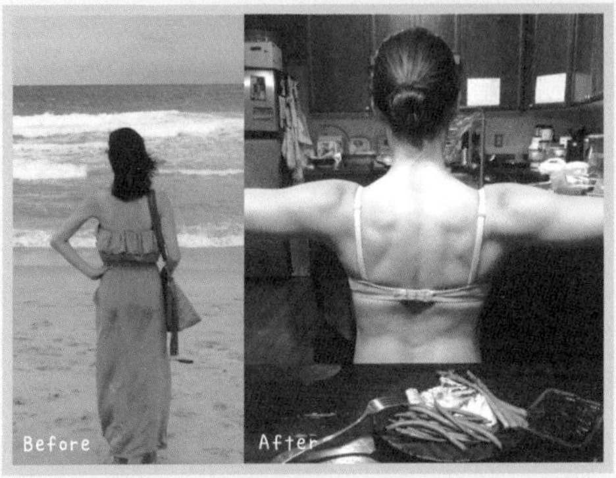
Before
After

Before
After

Before
After

Before
After

내가 있는 이 자리, 내 모습에 감사하며 살고 있다. 이렇게 꾸준히 하다보면 분명 어제보다 오늘 더 나은 내가 되어 있을 거란 걸 알기 때문이다. 열심히 힘들게 돈을 벌어본 사람이 그 돈을 쉽게 쓰지 못하듯이, 정말 많은 노력으로 지금까지 왔기에 하루아침에 이걸 놓고 싶지 않다는 생각이 들어 더 꾸준히 하게 되는 것 같다.

누구는 한 번뿐인 인생 너무 팍팍하게 사는 거 아니냐 안타까워할 수도 있겠지만, 단 한 번뿐인 인생이라서 욕심이 난다. 늘 사회가 정해 놓은 길만 따라가던 지극히도 평범했던 내가 꿈과 목표를 가지고 사는 삶이 얼마나 아름다운지를 알게 됐다. 그것을 이루기 위해 노력하는 매시간이 고될지언정 지나고 보면 정말 행복하고 값진 시간이라는 걸 처음 느꼈다. 내가 무엇을 하고 싶은지, 내 꿈은 무엇인지 그렇게 찾으려 해도 보이지 않던 내 앞길이 우연한 기회에 내 눈에 보였다. 매 순간순간 최선을 다해 살다 보니 꿈으로 가는 길이 열렸다.

내가 이루고자 하는 꿈이 그리 대단한 것이 아니어도 괜찮다. 내가 그토록 갈망하는 것이라면 그 무엇이라도 꿈과 목표가 될 수 있다. 단지 그것을 마음속에만 그리지 말고, 그것을 위해 포기 않고 열심히 달려갈 준비가 되어 있다면 내가 정한 꿈의 크기는 중요하지 않다. 마음속 용기의 크기가 가장 중요한 것일 테니까.

지금까지 그래왔듯 어떻게 펼쳐질지 모르는 내 앞날을 위해 앞으로의 내 도전에 '퍼스널 트레이너 자격증(CPT)'을 추가했다. 내 도움이 필요한 여성들에게 모범이 되는 코치가 되어 내 경험을 공유하고 싶고, 아직 클린 이팅에 대한 개념을 잘 모르는 엄마들에게 자녀와 남편을 위한 건강한 밥상을 차리는 노하우도 알려주고 싶다. 건강하게 임신기를 보내고 빨리 예전의 몸으로 돌아올 수 있는 예비엄마들의 운동법과 식단도 연구해보고 싶다. 내가 언젠가 임신을 하게 되면 더 많이 공부하고 시도해보며 나만의 방법을 만들어갈 계획이다.

몸과 마음이 건강한 삶을 위한 운동. 그것은 앞으로 내가 평생 이루고 싶은 꿈이 됐다. 피트니스 대회는 그 목표의 일환일 뿐. 그래서 시간이 오래 걸리더라도 천천히, 정직하고 바른 길로 가고 싶다. 그리고 아이를 낳고, 중년의 아줌마가 되고, 머리가 하얀 할머니가 되어도 꾸준히 내 관리를 하며 한 번뿐인 여생을 꽉 차게 보내고 싶다. 누구의 아내나 누구의 어머니도 좋지만, 그 이전에 스스로에게 당당하고 멋진 여자로서의 삶에도 욕심이 난다.

하지만 운동이 모든 것의 중심이고 싶진 않다. 그것으로 인해 스트레스 받고 싶지도 않다. 이것은 내가 행복하기 위한 하나의 방법이지, 이것 때문에 내가 불행해지는 건 싫다. 내가 늘 외치는 'Balanced life among fitness, craziness and happiness'의 모토에 맞게 내 생활과 운동의 균형을 맞춘 삶을 살고 싶다.

나의 또 다른 목표가 어떤 식으로 실현될지 모르겠지만, 지금처럼 현재에 최선을 다해 살다 보면 어느새 난 또 그곳에 한 발자국 더 가까이 다가가 있을 것 같다. 그저 지금 해왔던 것처럼 순간순간 주어진 일에 온 열정을 다해 사는 것! 그것이 지금 내가 해야 할 일의 전부다. 무엇을 하든 꾸준히, 묵묵하게 하는 것. 그것뿐이다.

우연히 시작한 운동이 이젠 내게 운명같은 존재가 됐다. 덕분에 희망적인 미래를 꿈꿀 수 있게 되어 힘든 운동에도 늘 미소가 지어진다.

67

# 나의 첫 책

## : 내 나이 서른, 내게 주는 선물 그리고 도전

나에겐 운동 말고도 꼭 이루고 싶은 소소한 목표가 몇 가지 더 있다. 나중에 우리 아이들에게 연주해주기 위해 이안에게 배우기 시작한 우쿨렐레가 큰 줄 여섯 개의 기타로 바뀔 날이 빨리 왔으면 하고, 몇 년째 독학하다 말다를 반복한 일본어를 진득하게 배워 언어장벽 없이 일본여행을 가고 싶다.

언젠가 이안과 함께 길고양이와 캣맘, 유기견을 돕는 재단도 만들고 싶고(우리끼리는 이미 Scout's Friends Fund라고 이름도 지어놨다!), 한쪽에서 뜨개질을 배우며 차 한잔할 수 있는 고양이 카페를 차리고 싶다. 유기동물의 중성화수술 및 보호시설 후원을 위해 매년 뛰는 하프마라톤을 언젠가는 풀마라톤으로 뛰고 싶고, 지금 하는 소소한 동물보호기관 봉사가 나중엔 조금 더 구체적인 도움으로 이루어졌으면 좋겠다. 나중에 아이들을 다 키워 놓고 여유로운 중년이 되면 수의사 공부를 시작해 길 위의 동물들을 무료로 치료하는 수의사가 되고 싶기도 하다. 꿈은 늘 크게 가지라는 우리 부모님의 말씀. 그 말을 되새기며 허황돼 보여도 나름대로 진지함을 담아 마음에 품고 있는 내 인생의 꿈이다.

그리고, 또 하나의 꿈이 바로 내가 쓰는 책이다. 누구나 한 번쯤 품어볼 만한 꿈. 그런데 내 서른 살 한 해가 끝나기 전, 고맙게도 그 꿈으로 향하는 길이 우연히 찾아왔다. 블로그를 통해 출판사에서 출간 제안을 해준 것이다.

하지만 막상 내 목표를 펼칠 기회가 오니 복잡한 생각이 들었다. 내 이야기가 과연 책으로 나올 만큼 재미와 감동이 있을까. 내가 과연 책 출판의 목표를 이룰 만큼 열심히 잘 살아온 사람일까. 난 다른 저자들처럼 대단하거나 멋진 이야기를 들려줄 수 있는 사람이 아닌데… 내 욕심에 앞선 결정일지도 모르고 막상 책이 나오면 결과가 어떨지 아무도 모르는 일이었다. 제안을 해준 상상출판에게도 좋은 책을 선사하고 싶었지만 내 글의 퀄리티를 나도 장담할 수 없었다. 모든 것은 정말 도전이었다.

하지만 지금까지 늘 그래왔듯, 목표를 정하고 온힘을 다해 포기 없이 달릴 각오가 되어 있다면 도전할 만한 가치가 있다고 생각했다. 또 한 번 내 인생의 목표를 이루면서 내가 한층 더 성장할 수 있는 기회가 될 것 같기도 했다. 지레 겁부터 먹고 내 인생에 어떤 것을 가져다줄지 모르는 그 기회를 떠나보내면 분명 후회할 것 같았다. 무엇보다 책 수익금을 도움이 필요한 곳에 보태면서 내게 주는 이 선물을 더 의미 있게 만들고 싶었다.

그래서 나는 서른 살의 나에게 또 다른 도전을 선사했다. 책을 써 보기로! 그리고 수익금 전액의 반은 개발도상국에, 반은 유기동물 보호기관에 기부하기로!

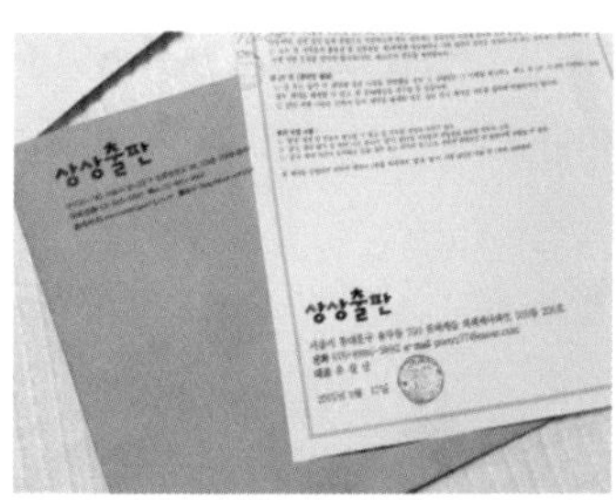

68

# 쉽지 않은 탈고의 길

## : 한 장 한 장 솔직담백하게

사실 책 출간을 제안 받고 정말 많은 고민을 거듭했다. 이안과 별의별 생각을 다 꺼내 얘기도 해봤고, 엄마 아빠와도 충분한 대화를 나눴다. 생각하면 할수록 결코 쉬운 도전이 아니었다. 그래도 일단 도전해보기로 마음먹고 출판사에 내 뜻을 알렸다.

내 결정에 따라 일은 일사천리로 진행됐고 동생 결혼식 차 한국에 갔을 때 출판사를 찾아가 첫 미팅을 했다. 대표님과 편집자님 앞에서 조심스러운 내 마음과 한편으로는 이왕 시작할 거 잘해내고 싶다는 욕심까지 허심탄회하게 털어 놓았다. 감사하게도 그 자리에 있던 모든 분들이 그런 나의 마음을 이해했고, 그렇게 나는 두 번째 만남에서 계약서에 사인을 했다. 내가 책을 쓴다니! 내 인생은 늘 도전의 연속이었지만 이번에야말로 정말 큰 도전이 시작된 것이다!

계약금은 전부 부모님께 드렸다. 욕심 많은 딸의 도전을 늘 자랑스럽게 여기시고 내가 무슨 일을 하든 간에 묵묵히 응원을 보내주는 우리 엄마 아빠. 아무리 채우려고 해도 늘 부족하기만 한 부모님의 마음에 돈보다 더 소중한 뿌듯함을 안겨드리고 싶었다. 또 한 번의 새로운 도전에 발을 내딛은 자랑스러운 딸의 모습을 보여드리고 싶었다. 그렇기에 이번 도전은 나에게뿐만 아니라 우리 양가 부모님께도 큰 선물이 될 것 같았다. 물론 나의 마지막 결정에 가장 큰 힘을 실어준 이안에게도 말이다.

그러나 대문호 박경리 선생님과 이름이 같다고 필력까지 같을 순 없었다. 내 인생 처음 접한 탈고의 길은 결코 쉽지 않았다. 처음에 어떤 식으로 책을 일궈나가야 할지 전혀 감이 잡히질 않았다. 그야말로 망망대해였다. 그래서 여러 가지 버전으로 글을 써보며 수많은 퇴고를 거쳐 출판사와 함께 가닥을 잡아갔다. 나를 잘 서포트해주고 이해해주는 좋은 출판사를 만난 건 정말 다행이고 행운이었다.

책의 가장 큰 기둥이 될 목차를 짤 때부터 힘들었지만, 글 쓰는 내내 나를 제일 지치게 한 건 내가 잘 쓰고 있는지 확신이 서지 않았다는 것이다. 시간은 제한돼 있는데 지금까지 쓴 글을 읽다 보면 전부 다시 쓰고 싶은 마음이 가득했다. 지어내는 소설도 아니고, 누구를 설득하는 자기계발서도 아니고, 그냥 나의 인생을 적어 내려가는 에세이지만 잘 써야 한다는 부담이 나를 조여왔다. 블로그에 내 마음속 이야기를 털어 놓을 땐 술술 잘 써지던 글이 책이라는 틀 안에 갇혀버리니 한 자 두 자 쓰는 게 막막하고 더 힘들어졌다.

그래서 쉽게 생각하기로 했다. 블로그의 오프라인 확장판이라고! 내가 6년 동안 블로그에 글을 쓰면서 수많은 사람들과 소통하며 즐거움을 찾아간 것처럼 책도 별다를 것 없다고 생각했다. 조금 더 쉽고 편하게 생각하니 막혔던 혈이 뚫리듯 글이 써졌다. 일부러 멋진 형용구나 미사여구를 넣으려 하지도, 평범한 일을 미화하지도 않았다. 솔직하고 담백하게 나의 이야기를 있는 그대로 써내려갔다. 편집자님들이 부족한 내 글을 좀 더 멋지게 다듬어주면서 그렇게 서서히 페이지가 채워졌다.

사실 2009년도의 우리 첫 만남부터 지금까지의 일을 기억해서 쓰려니 자세하게 생각나지 않는 부분도 있었다. 그때마다 블로그에 고스란히 기록해둔 우리의 모습이 큰 도움이 됐다. 블로그를 보면서 기억을 더듬어가며 다시 글을 쓰는 과정에서 추억에 잠기기도 했다. 그간의 우리 모습을 돌아보며 그땐 그랬지… 하며 한참을 웃기도 하고, 결혼한 지 5년이 넘은 헌내기부부인 우리의 마음이 그때나 지금이나 한결같음에 새삼 감사함을 느끼기도 했다. 그것만으로도 이미 이 도전의 가치는 충분했다.

책 작업이 단 한 번도 쉬운 적이 없었지만, 단 한 번도 보람되지 않은 적 또한 없었다. 한 장 두 장 마무리 지어가며 포기하지 않고 또 한 번의 도전을 위해 끊임없이 달리고 있다는 사실에 매번 새벽에 늦은 잠을 청하면서도 마음만은 뿌듯했다. 책 작업을 시작할 때 가진, 서른 살을 마무리하는 나에게 주는 도전이자 선물이라는 그 마음. 그것이 글을 마무리할 때까지 지켜지고 있어서 정말 감사하다.

이 선물이 나에게뿐만 아니라 내 글을 읽는 모든 사람들에게도 편안한 마음의 선물로 다가갈 수 있길. 그리고 이 책에 보태준 고마운 독자들의 마음이 저 멀리 도움이 필요한 개발도상국과 수많은 길 위의 생명들에게도 닿을 수 있길 바라본다.

STARBUCKS
COFFEE
Logitech
7:47 PM
10/1/2015

69

# 어제보다 오늘 더 사랑해

: 사랑에도 노력이 필요하다

내가 품은 소소한 목표들을 뒤로하고, 내 인생에서 이루고자 하는 가장 큰 꿈은 사실 별다른 거 없다. 그저 지금처럼 행복하게 사는 것. 사랑하는 남편과 고양이들과 함께, 그리고 언젠가 태어날 우리 아이들과 옹기종기 모여 앉아 우리에게 주어진 시간 동안 행복을 느끼며 사는 것. 그것이 내 삶의 가장 큰 목표다.

스물다섯의 꼬꼬마부부는 어느새 서른한 살이 되었고, 벌써 결혼 7년차에 접어들었다. 부부의 이름으로 함께하는 동안 우리의 마음과는 달리 나아지지 않는 일, 생각만큼 쉽지 않은 길고 긴 터널, 나도 이안도 끊임없이 도전하며 겪었던 수많은 좌절 등으로 매일이 편하진 않았다. 하지만 우리가 함께라는 사실을 늘 마음에 담아두니 찬바람이 불고 거센 비가 내려도 흔들리지 않을 수 있었다. 그래서 좋은 일, 나쁜 일 모든 걸 다 받아들이며 지금까지 올 수 있었던 것 같다.

흔히들 말하는 사랑의 유효기간 3년을 훌쩍 넘긴 결혼 7년차에도 우리가 여전히 신혼처럼 살 수 있는 건 바로 서로의 배려 덕분일 것이다. 부부가 되고 나서 크고 작은 일들을 함께 겪어왔지만, 어떤 상황에서도 서로를 위한 노력은 멈추지 않았다. 20년 넘게 다른 곳에서 자라온 두 사람이 하루아침에 함께 살아야 하는 과정인데 시행착오가 없을 리 없었다. 그래서 더 노력이 필요하다고 느꼈다. 우리가 국제부부라고 해서 그 노력이 더 특별한 것도 아니었다. 그저 사람 대 사람으로, 남자와 여자로, 여느 부부와 마찬가지로 서로의 생각을 먼저 들어줄 여유만 있으면 됐다.

우리의 싸움은 늘 내 의견을 먼저 내보이기 때문에 생겼다. 하지만 싸움이 더 크게 번지지 않았던 이유는 나랑 맞지 않아도 그 사람의 입장에서 끝까지 들어보려는 노력 때문이었다. 미안하면 "미안해", 내가 잘못한 거면 "맞아, 내가 틀렸어". 있는 그대로 인정하며 싸움도 우리 관계에 든든한 밑거름이 될 수 있게 만들었다.

사랑에도 노력이 필요하다. 내게 온 이 사랑을 늘 처음처럼,
아니 처음보다 더 뜨겁게 달궈나가는 것은 끊임없는 노력의 산물이다.
이것이 설렘보다 익숙함이 더 큰 우리 부부가 늘 신혼 같을 수 있는 이유다.

또 한 가지, 내 기준으로 상대방에게 확신을 내리지 않으려고도 노력했다. 인생 백세시대에 앞으로 함께 살아갈 날이 70년이나 남았는데, 고작 몇 년 함께 살았다고 이 사람을 다 알 거라는 실수를 저지르지 않으려고 노력을 기울였다. 이것이 내가 5년이 넘는 부부생활을 통해 느낀 가장 중요한 배우자의 모습이다. 비단 부부사이 말고도 모든 연인 사이에 가장 필요한 자세가 아닐까.

사람은 그때그때 상황에 맞게 변하기도 하고, 굳게 믿었던 신념이 하루아침에 달라질 수도 있다. 아무리 눈빛만으로도 무엇을 말하는지 아는 부부라지만, 그것만 너무 믿어 서로의 세세한 감정을 놓칠 수 있는 것도 부부다. 그래서 우리는 끊임없는 노력의 쳇바퀴를 굴리며 살기로 했다. 대화도 많이 하고 서로가 지금 어느 위치에서 무슨 생각으로 사는지, 연애할 때보다 더 많은 애정과 관심을 주기로 했다.

사랑에도 노력이 필요하다. 내게 온 이 사랑을 늘 처음처럼, 아니 처음보다 더 뜨겁게 달궈나가는 것은 끊임없는 노력의 산물이다. 이것이 설렘보다 익숙함이 더 큰 우리 부부가 늘 신혼 같을 수 있는 이유다.

오늘이 어제보다 더 큰 사랑이고 싶은 우리의 노력은 여전히 진행 중이다. 아마 죽는 날까지 끊임없이 가지고 가야 할 가장 큰 숙제일지도 모르겠다!

tip 07

# 국제결혼을 **꿈으로 두지 마세요**

지금이야 우리의 모습을 경리와 이안, 그 자체로 봐주는 사람들이 많지만 연애 초반에는 그저 외국인과 한국인 커플로 보는 사람들이 많았다. 물론 우리가 국제커플인 것은 사실이지만 국적을 떠나 그저 일반 연인과 똑같이 사랑하고 연애하던 우리였다.

2010년부터 시작해 블로그를 한 지 어느덧 7년차에 접어들었다. 블로그에 우리의 모습을 기록하기 시작하면서 종종 자신도 외국인이랑 결혼하는 게 소원이라며 어떻게 하면 외국인을 만날 수 있는지 비법을 알려달라는 문의도 있었다. 정작 우리도 여전히 우리의 만남이 신기하기만 한데 비법이라니. 우리의 시작은 의도한 것이 전혀 아니었다. 그저 우연한 계기로 만나 자연스럽게 감정이 싹텄고 모든 것이 물 흐르듯 자연스럽게 일어났다. 그래서 그런 질문을 받을 때마다 말한다. 블로그 속 우리의 이야기는 한국인과 외국인이기에 일어날 수 있는 일이 아니라 그저 나라는 '사람'과 이안이라는 '사람'이 만나 겪는 일일 뿐이라고(물론 문화 차이로 인해 생기는 일들은 어쩔 수 없지만 말이다).

단순히 외국인이랑 살면 재밌을 것 같아서, 외국에서 살고 싶어서, 외국어 실력이 늘 것 같아서 등의 이유로 외국인과의 만남을 꿈꾸는 사람도 있다. 하지만 그런 몇 가지 이유만으로 '국제결혼'을 꿈꾼다면 대가로 치러야 할 것이 너무 많고 무겁다.

대부분 국제커플은 결혼 후 상대방의 나라로 이민을 가게 된다. 만약 자신이 외국으로 떠나게 된다면 태어나고 자라온 한국에 모든 것을 내려놓고 새로운 나라로 떠나야 함을 의미한다. 익숙한 곳을 떠나 새로운 곳에서 처음부터 적응해야 하는 건 결코 쉬운 일이 아니다. 보

고 싶을 때마다 가족, 친구들을 볼 수 없는 건 물론이고 아이를 낳더라도 친정엄마의 도움 없이 아이를 키워야 하는 막중한 책임감도 있다. 새로운 환경에 적응을 못해 우울증이 올 수도 있고, 향수병이 심해져 고국으로 역이민 오는 경우도 종종 있다. 물론 새로운 생활에 잘 적응해가는 사람도 있지만, 타향살이는 생각보다 그리 쉽지만은 않다.

그러니 부디 '외국인을 만나는 것'을 소원이라 하지 말고 '나에게 꼭 맞는 사람을 만나는 것'을 소원으로 두었으면 한다. 나와 말이 잘 통하고, 내 가족들과도 잘 어울리며, 자신의 가치관에도 부합하고, 무엇보다 변함없는 사랑을 줄 거라는 믿음이 가는 사람을 만나는 것이 꿈이 되어야 한다. 평생의 배필이 될 사람을 '외국인'이라는 울타리에 가두어 놓치는 일은 없었으면 좋겠다.

이안 메이슨

**Q 경리작가님께 보낸 쪽지 'I like your eyebrows!'. 두 사람의 첫 시작이기도 한데, 어떤 마음으로 이런 쪽지를 보낸 건지?**
펜팔 사이트에서 우연히 경리 사진을 봤는데, 왠지 지적이고 성숙하면서도 재밌는 사람일 것 같은 느낌이 들었어요. 그래서 말을 걸어보고 싶었죠. "I like your eyebrows"라고 말한 건 느끼하거나 무겁지 않은, 하지만 재밌으면서도 칭찬이 되는 말을 하고 싶었기 때문이에요. 그 한마디가 우리를 엮어줄 거라곤 그땐 전혀 생각도 못했죠. 경리를 꼬시려고 한 말은 절대 아니에요! 하하.

**Q 경리작가님은 처음 이안을 만난 얘기를 하면서 '그렇다. 그는 내 이상형이 절대 아니었다'라고 했는데, 반대로 경리작가님을 처음 본 순간 이안의 첫 느낌은?**
결론부터 말하자면, 저도 경리와 같은 생각이었어요. 참 재밌죠? 둘 다 서로의 이상형이 절대 아니었는데 결국 결혼까지 한 거 보면 말이에요. 처음 경리에게 온라인으로 말을 걸었을 때, 경리는 그냥 재밌고 착한 사람 같았고 한국의 많은 것들을 친절하게 가르쳐줄 것 같았어요. 한마디로 자신의 나라에 애정이 많은 사람 같았죠. 그래서 말을 걸었어요. 그때 당시엔 정말 친구 이상의 감정은 없었는데 처음 만난 그날 하루가 제 마음을 바꾸었어요. 아직도 그때를 생각하면 신기하고 재밌어요. 경리도 저도 하루 만에 서로에게 호감이 생기다니. 근데 더 신기한 건, 마음이 변해가는 걸 느끼지도 못했을 정도로 빠르게 서로에게 빠져들었다는 거예요!

**Q 이안은 경리작가님과 떨어져 있을 때 혼자 있는 시간을 어떻게 보내고 버텼는지?**
경리와 떨어져 있는 동안 열심히 일에 몰두했고, 음악을 하며 시간을 보내기도 했어요. 그때는 스마트폰 시대가 아니라 연락하는 게 힘들기도 해서 그 시간 동안 제게 주어진 일에 최선을 다했고, 그랬더니 시간이 술술 흐르더라고요.

**Q 어떤 마음으로 한국에서 살고 싶단 생각을 했는지?**
사실 한국에서 1년이라는 시간을 보낸다는 게 조금 걱정되는 일이긴 했어요. 일이야 온라인으로 얼마든지 할 수 있지만 음악, 운전, 운동

등 제가 미국에서 자유롭게 매일 하던 많은 것들을 포기해야 했으니까요. 하지만 경리와 수유가족들과 함께 지내는 게 제 일상을 잠시 내려두어도 괜찮을 만큼 소중하고 가치 있는 시간이라는 생각이 강했어요. 그만큼 경리를 사랑했으니까요(물론 지금도!). 지금 생각해보면 정말 잘한 결정 같아요. 아직도 그때의 소중한 시간으로 한국을 추억하고 사랑하고 그리워하며 산답니다.

**Q 이안이 겪은 한국의 문화충격은?**

한국 드라마 속 시어머니 콘셉트에 굉장히 놀랐어요. 미국엔 그런 게 없거든요! 결혼 전엔 착한 사람이었는데 자신의 아들이 결혼을 하고 나면 변하는 엄마의 모습이 충격이었어요. 드라마에서만 일어나는 일이 아니라 실제로도 그런 상황이 종종 있다고 하더라고요. 모든 가족이 다 그런 건 아니겠지만 고부갈등이 있다는 것 자체가 안타까웠어요. 사실 아직도 조금 이해할 수 없는 부분이기도 해요.

또 하나는, 사람들이 여유가 많이 없다는 거였어요. 그렇다고 제가 한국인들을 연민의 감정으로 보는 건 절대 아니에요. 열심히 일하는 게 존경스럽기까지 해요. 세계 어디를 봐도 한국처럼 위기상황마다 하나가 되어 빨리 극복하고 발전을 이룩한 나라가 없거든요. 하지만 가끔은 자신의 시간, 가족과의 시간을 더 많이 가지며 살았으면 좋겠다는 생각을 하곤 해요. 특히나 한국인들이 휴가를 다녀와서가 오히려 더 피곤하다고 할 때 정말 신기했어요.

이런 것들은 단지 문화적 차이일 뿐이지 어떤 게 맞고 틀리다 말하는 건 아니에요. 이런 차이를 느끼면서 저도 경리와 한국을 더 잘 이해할 수 있게 돼서 문화차이를 느껴본 것이 고맙기도 해요. 그것들을 받아들이며 제가 점점 더 한국에 가까워진다고 생각돼서 좋기도 하고요!

**Q 이안이 뽑은 한국음식&한국명소 BEST 3!**

회+매운탕, 꽃살, 삼계탕! 그리고 제주도, 설악산, 담양!

**Q 국제결혼이 쉬운 일은 아닐 텐데 결혼을 결심하게 된 계기는?**

미국은 워낙 다양한 인종이 살다 보니 여러 형태의 부부가 많아요. 그래서 우리의 결혼이 국제결혼이라는 생각보다는 그냥 제가 사랑하는 사람과 하는 결혼이었기 때문에 딱히 힘든 결정이 아니었어요. 이전 만남에 상처가 깊었던 저에게 우연히 나타난 경리는 제 인생에서 가장 소중하고 특별한 사람이에요. 그래서 경리와의 결혼을 생각하는 건 당연했죠. 이런 인연을 놓치면 평생 후회할 게 분명했으니까요.

**Q 과거에 비해 많이 나아졌다고 해도 여전히 신기하게 쳐다보거나 색안경을 끼고 바라보는 사람들이 있을 테고, 어쩔 수 없이 느껴지는 가치관 · 문화적 차이도 있을 텐데 이런 것들을 어떻게 극복했는지?**

커피숍에서 한 아저씨에게 이유도 없이 욕을 먹은 그 일은 저도 눈물이 날 정도로 화나더라고요. 제가 태어난 나라 때문에 그런 굴욕을 받는 건 처음이었어요. 언제 한번은 길을 가는데 어떤 아저씨가 저를 보더니 "캭!" 하며 제 쪽으로 침을 뱉고 저를 째려본 일도 있었어요. 경리가 속상해할까봐 그냥 웃으며 넘기지만 가끔 그런 일들을 겪을 때마다 솔직히 '왜 이 사람들은 이렇게 무례하지' 하는 생각이 들죠. 하지만 곰곰이 생각해보면 그 사람들이 겪은 저마다의 경험 때문에 그런 것 같다는 생각도 들어요. 한국에 사는 모든 외국인들이 그런 건 아니겠지만 한국에서 범죄를 저지르는 외국인 등 그들에 대한 선입견이 생길 수밖에 없는 일들이 일어나니까요. 그래서 제가 좀 불쾌한 상황을 마주친다 하더라도 개인적으로 받아들이지 않기로 했어요. 그 사람들은 제가 어떤 사람인지 알지 못하잖아요. 그냥 제가 외국인이기에 그들이 보고 들은 잣대로 평가하고 그렇게 행동하는 것일 테니 그러려니 하고 넘어가기로요. 하지만 저 때문에 경리가 받아야 하는 불편한 시선이나 모멸감은 여전히 제가 감당할 수 없는 부분이기도 해요. 서로를 이해하며 잘 살아감으로써 이런 부분이 조금씩 바뀌어가길 바랄 뿐이에요.

**Q 장거리 연애 커플 or 국제커플들에게 힘이 되는 응원의 한마디!**

떨어져 있는 시간은 결코 쉽진 않지만, 자기계발에 온전한 시간을 쏟을 수 있는 기회이기도 해요. 상대방을 위해 최고의 내가 되기 위한 준비 시간이 될 수도 있고요. 무엇보다 사랑하는 사람의 존재와 서로의 사랑, 믿음에 대해 더 크게 감사할 수 있는 시간이 될 거예요. 떨어져 있는 시간을 걱정하지 마세요. 그 시간은 곧 더 큰 믿음으로

보상받을 테니까요!

**Q 편견 없이 이안을 온 마음으로 받아들여준 수유가족에게 한마디!**
수유가족은 제게 처가 이상의 가족이에요. 아들처럼 지극정성으로 잘 챙겨주시고 저를 위해 기도해주실 때 정말 제 친부모님 같다는 생각이 들어요. 때로는 친한 친구처럼 느껴지기도 하고요. 이렇게 멋진 사람들을 제 또 다른 가족으로 맞이할 수 있는 건 정말 큰 축복이라고밖에 표현할 수 없어요. 수유가족, 사랑해요!

**Q 많은 고난과 역경이 있었지만 잘 헤쳐 나갔고, 지금도 열심히 노력하고 있고, 그러면서도 끊임없이 많은 것들에 도전하면서 긍정적으로 살아가는 경리작가님께 하고 싶은 말!**
경리와 함께한 지난 7년 동안 경리가 오로지 자신만을 위해 일하는 걸 보지 못했어요. 늘 자신과 타인을 위해, 모두가 좋은 일에 먼저 중심을 두고 열심히 일하는 사람이에요, 경리는. 오히려 타인을 위해 일할 때 그 책임감 때문에 더 최선을 다해 일하고 뿌듯함을 느끼는 사람인 것 같아요. 무엇보다 경리는 제가 본 사람 중 가장 긍정적이고 밝은 사람이에요. 그런 마음으로 매사에 일을 하니 경리가 하는 일은 늘 성공하는 것 같아요. 그 성공이라는 게 꼭 어떤 성과나 보상으로 돌아오지 않아도, 경리가 그렇게 노력하며 산다는 것 자체가 성공한 삶인 거죠! 그런 제 아내가 언제나 자랑스러워요.

## 마침표 아닌 쉼표

이 책 한 권 안에 우리의 모든 것을 담을 순 없었지만, 그래도 글을 통해 나와 이안의 이야기를 다시 돌아보니 참 다이내믹한 시간들을 보내왔다는 생각이 들었다. 인생은 알 수 없는 초콜릿 상자 같다던 영화 〈포레스트 검프〉 속 주인공 엄마의 말처럼, 참 다양한 초콜릿들을 삼켜냈던 우리의 지난 7년. 부드럽고 달콤해서 입에 넣자마자 행복했던 초콜릿도 먹어봤지만, 음미하면 음미할수록 쓰디쓴 초콜릿도 먹어야 했다. 맛있다고 달달한 초콜릿만 골라 먹을 수도 없었고, 맛없다고 씁쓸한 초콜릿을 내뱉을 수도 없었다. 우리가 원하던 원하지 않던 간에 내 것으로 녹여내며 인생의 여러 맛을 배워갔다.

서로의 소울메이트를 찾은 것이 그저 신기하기만 했던 스물넷, 그리고 반지를 나눠 끼며 서로의 아내와 남편이 되었던 스물다섯. 연인이 아닌 부부가 된 우리의 인연에 세상 어떤 것도 부럽지 않았던 스물여섯, 일곱. 악성루머, 사람들의 시선, 영주권 문제와 같은 것들은 우리 앞을 가로막는 장애물이 되지 못했다. 우린 그저 좋았다. Mr. and Mrs. Mason으로 살아갈 앞으로의 날들이. 여자가 가장 예쁘다는 이십대 중반, 나는 그 누구보다 나를 가장 사랑해주는 내 사람과 더없이 행복했다.

힘내려고 노력했고, 주어진 상황 속에서도 많이 웃으려고 했지만 참 많이 어두웠던 우리의 스물여덟, 그리고 스물아홉. 현실을 견디는 것이 너무 힘들어서 긍정적이다가도 불쑥 눈물이 쏟아졌다. 가장 두려웠던 건 불확실함… 그래도 쓰러지지 않게 서로를 붙잡았다. 그러면서 각자의 위치에서 부지런히 살다보니 어느 정도 숨을 쉴 수 있게 된 서른 한 해를 무사히 넘겼다.

그리고 이제 서른하나. 다행히도 이안의 비즈니스가 조금씩 회복세를 보이고 있어 소중히 품어온 우리의 소망을 하나둘씩 꺼내기 시작했다. 아직 완전하게 예전의 페이스를 찾은 건 아니지만 그간 포기하지 않고 계속해서 두드린 문이 조금씩 열리는 것 같아 더욱더 긍정적으로 살 힘이 생겼다. 무엇보다 파산까지 갈 뻔했던 힘들었던 상황에 비하면 너무도 감사한 오늘이다.

어린 나이에 큰돈을 벌다보니 예전엔 물질적인 것에 더 마음이 뺏긴 적도 있었다. 돈을 흥청망청 쓴 건 아니었지만, 돈으로 많은 걸 해결할 수 있다고 생각하기도 했다. 하지만 많은 걸 가져도 보고 잃어도 본 지금은 스스로에게 주는 여유가 더 소중해졌다. 내게 정말 중요하게 남은 건 바로 감사함과 소중함을 있는 그대로 받아들일 수 있는 마음의 여유였다.

승승장구하기만 했다면 놓쳤을 소박한 행복들, 빛바랜 것들의 소중함, 늘 곁에서 진득한 힘이 되어 주는 가족과 친구들, 그리고 어두울 때일수록 그 가치가 더욱 빛났던 서로의 존재. 모든 걸 내려놓으니 내게 더 크게 다가온 것들이었다. 무엇보다 당시에는 죽을 만큼 힘든 순간도 묵묵히 버티고 나면 결국은 다 지나간다는 사실. 우리의 지난날이 밝기만 했다면 이토록 절실히 인생의 참맛을 느낄 수 있었을까.

지나온 어둠으로 인해 우리는 더없이 밝은 미래를 선물 받았다. 우리가 겪은 성장통은 결코 헛되지 않았다. 이 선물이 더 반짝이도록, 그리고 그 환함이 다른 사람에게까지 좋은 영향을 미칠 수 있도록 잘 가꿔나가고 싶다. 책에 기록한 이 마음가짐이 마흔이 된 내가 다시 열어봤을 때도 한 점 부끄럼이 없도록 살고 싶다.

이제 또 새로운 한 해가 밝았다. 의도치는 않았지만 어차피 미뤄진 아기 계획, 이젠 미뤘다기보다 그전에 더 많은 걸 이룰 시간이 생겼다고 생각한다. 우리의 삼십대를 희망으로 채워줄 새로운 도전들, 성취감을 안겨줄 그 노력의 과정, 그리고 그것을 통해 더 성장할 우리의 미래. 계획대로 되지 못한 것이 슬프기보다 더 기대되는 이유다.

앞으로 살아가면서 계속 맛보게 될 우리 인생의 다양한 초콜릿들! 어떤 맛일지는 맛보기 전까지 알 수 없지만, 어떤 맛이든 좋을 것 같다. 단맛, 쓴맛 모두 우리 인생의 자양분이 될 거란 걸 믿으니까. 그래서 오늘도 용감하게! 즐겁고 신나는 마음으로 우리에게 주어진 초콜릿 상자를 열어본다.

오늘은 또 어떤 맛의 초콜릿이 나올까?

즐겁고
신나고
따뜻하게

**초판 1쇄** | 2016년 3월 2일
**초판 2쇄** | 2016년 3월 21일

**지은이** | 경리안

**발행인 겸 편집인** | 유철상
**기획** | 임지연
**책임편집** | 황유라
**교정 · 교열** | 황유리
**디자인** | Mia Design
**마케팅** | 조종삼, 임지연

**펴낸 곳** | 상상출판
**주소** | 서울시 동대문구 정릉천동로 58, 103동 206호(용두동, 롯데캐슬 피렌체)
**구입 · 내용 문의** | **전화** 02-963-9891, 070-8886-9892 **팩스** 02-963-9892
**이메일** cs@esangsang.co.kr
**등록** | 2009년 9월 22일(제305-2010-02호)
**찍은 곳** | 다라니

※ 가격은 뒤표지에 있습니다.

ISBN 979-11-86517-53-6 (03810)

※ 이 도서의 국립중앙도서관 출판예정도서목록(CIP)은 서지정보유통지원시스템 홈페이지(http://seoji.nl.go.kr)와
국가자료공동목록시스템(http://www.nl.go.kr/kolisnet)에서 이용하실 수 있습니다. (CIP제어번호 : CIP2016003825)

**www.esangsang.co.kr**